Über die Autorin:

Ivy Lace steht für heiße Männer, selbstbewusste Frauen,
Humor und prickelnde Erotik mit Handlung. Der Zu-
sammenschluss deutscher Liebesromanautorinnen lässt
im Auftrag der Liebe und Leidenschaft Leserherzen
höherschlagen. Frei nach ihrem Motto: erst der Sex,
dann noch mehr Vergnügen.

Ivy Lace

You Want Me, Wild Girl!

San Colina Love 1

*Bibliografische Information der Deutschen Nationalbibliothek:
Die Deutsche Nationalbibliothek verzeichnet diese Publikation in
der Deutschen Nationalbibliografie; detaillierte bibliografische
Daten sind im Internet über http://dnb.dnb.de abrufbar.*

© 2019 by Ivy Lace
Erstausgabe Oktober 2019
Lektorat: Marie Weißdorn
Korrektorat: Klaudia Szabo

Coverdesign: Marie Weißdorn
unter Verwendung von Bildmaterial von
© Stock.adobe.com

ISBN: 9783750428539

Herstellung und Verlag: BoD –
Books on Demand, Norderstedt

Für Patrick.
Danke für die Inspiration.

Kapitel 1

San Colina. Der heilige Hügel.

Maria schnaubte und fragte sich, ob je ein Ort auf Erden diesen Namen weniger verdient hatte. Sündiger Hügel hätte eher gepasst.

»Entschuldigung, was hast du gesagt?«, fragte sie in das Smartphone an ihrem linken Ohr und wandte den Blick von dem Ortsschild ab, während das Taxi gemächlich weiterrollte.

»Die Stofflieferungen waren katastrophal. Mr. Jenkins hat nach einem Telefonat mit dir gefragt, so schnell wie möglich.« Die Stimme ihrer Assistentin Alessia klang blechern.

»Du musst ihn noch ein bisschen vertrösten. Aber höchstens ein paar Tage, länger bleibe ich nicht.« Maria unterdrückte ein Seufzen und fuhr sich mit der Hand übers Gesicht. »Direkt nach der Beerdigung setze ich mich wieder in den Flieger. Ich schicke dir eine SMS, wenn ich weiß, wann sie stattfindet.«

»In Ordnung. Mach dir keine Sorgen, wir schaffen das hier schon«, erwiderte Alessia eine Spur sanfter.

»Aber du meldest dich, sobald etwas ist?«

»Natürlich.«

»Gut. Ich muss jetzt auflegen«, sagte Maria, als die Häuser um sie herum ihr immer bekannter vorkamen. »Bis dann.«

Sie ließ das Smartphone in ihre Handtasche gleiten. Je mehr sie sich dem Hotel ihrer Mutter näherten, desto schneller schlug ihr Herz. Seit sie ausgezogen war, kehrte sie nur noch zu besonderen Anlässen in ihre Heimatstadt zurück. Zu diesen zählten in ihren Augen weder Weihnachten noch Geburtstage. Ein Trauerfall aber schon, vor allem dieser. Ihre Schwester Serafina war sehr wortkarg gewesen, als sie ihr am Telefon vom Tod ihrer eigenen Mutter berichtet hatte.

Das Auto rollte auf den Kiesparkplatz und kam vor der abblätternden Fassade des Hotels zum Stehen.

Maria starrte durch die Scheibe auf die rostrote Wand vor ihr, zählte die Backsteine und schob das Unausweichliche vor sich her.

Der Taxifahrer warf ihr durch den Rückspiegel einen nervösen Blick zu, doch sie ignorierte ihn. Einen Moment brauchte sie noch. Er würde sie verstehen, wenn er wüsste, was da drinnen auf sie wartete. Oder besser gesagt, wer.

Gott, wie sie diese Stadt hasste. Die Betonwüste, die von Abgasen verpesteten Gassen. Ja, sogar den zugegebenermaßen sehr malerischen Sandstrand. Alles daran erinnerte sie an die Jahre, als sie mit ihren Schwestern noch bei ihrer Mutter gewohnt hatte. An die Sticheleien und das Gefühl, nicht wie sie zu sein. Und an den schlimmen Streit, der sie am Ende auseinandergebracht hatte. Es hatte auch schöne Zeiten in ihrer Kindheit gegeben, abenteuerliche Versteckspiele in den Gängen des Hotels oder lange Nachmittage am Strand. Aber Menschen behielten ja bekanntlich die schlimmen Dinge eher im Gedächtnis, um für die Zukunft daraus zu lernen. Die Tatsache, dass Maria jetzt hier war, zeigte, dass das bei ihr wohl nicht der Fall war.

Am schlimmsten war dieses Hotel, in dem sie ihre gesamte Kindheit verbracht hatte. Es sah noch heruntergekommener aus als in ihren Erinnerungen.

Sie beugte sich vor und drückte dem Taxifahrer die Bezahlung und ein großzügiges Trinkgeld in die Hand. Dann schloss sie die Augen, atmete noch einmal tief durch und öffnete die Tür.

Auf ihren Plateauabsätzen, mit denen sie ihre Größe und ihr Ego aufpolierte, stolperte sie um das Auto herum und zog den Handgepäckkoffer heraus. Sie hatte nicht vor, lange zu bleiben. Wenn es nach ihr ginge, säße sie morgen schon wieder im Flieger nach New York.

Als das Auto mit auf dem Kies durchdrehenden Reifen davonfuhr, musterte sie das Hotel noch einmal genauer. Einer der Buchstaben auf dem Leuchtreklameschild hatte einen Defekt und flackerte unkontrolliert. Dieses Bild spiegelte die Funktionalität von Marias Familie perfekt wider.

Die baufällige Herberge hatte ihrer Mutter gehört. Ihrer jetzt sehr toten Mutter, die nichts außer dieses klapprige Haus, ein paar gute Erinnerungen und ein staubiges Testament zurückgelassen hatte, das heute verlesen wurde. In Marias Innerem stritten widersprüchliche Gefühle. Auch wenn sie bereits einige Tage vom Tod ihrer Mutter wusste, hatte sie noch keine Zeit gefunden, sich über ihre Gedanken und Gefühle klarzuwerden. Sie hatte sie seit drei Jahren nicht mehr gesehen und ihr letztes Gespräch war alles andere als freundlich gewesen.

Du hast dich für deinen Vater entschieden, Maria. Du hast mich verlassen.

Seufzend schaute Maria auf ihre Armbanduhr. Es war Viertel vor elf. In wenigen Minuten hatten sie den Termin mit dem Notar und Unpünktlichkeit war noch nie eines ihrer Laster gewesen.

Mit energischen Schritten steuerte sie auf die Tür zu. Je schneller das Treffen vorbei war, desto besser!

Die Drehtür quietschte und der große Empfangsbereich wirkte auf den ersten Blick wie ausgestorben, doch im nächsten Moment drang ein helles Lachen zu ihr herüber und hastig wirbelte sie herum. Diesen Ton hätte sie unter Tausenden wiedererkannt. In einer der lichtdurchfluteten Sitzecken vor den großen Fenstern saßen zwei Personen. Sie musste die Gesichter nicht sehen, um zu wissen, wer das war.

Maria schluckte, strich mit der freien Hand ihren Rock glatt, reckte das Kinn und ging über den schweren, roten Teppich auf ihre Schwestern zu. Auch sie hatte sie seit dem großen Streit nicht mehr gesehen. An ihren Geburtstagen hatten sie ein paar bedeutungslose SMS ausgetauscht, aber trotzdem stand das letzte Gespräch noch zwischen ihnen wie eine unsichtbare Wand. Ihre älteste Schwester Estelle hatte auf ihrer Seite gestanden, was aber nicht hieß, dass ihr Verhältnis weniger merkwürdig war. Streit war eben vorprogrammiert, wenn drei Schwestern drei verschiedene Väter besaßen, die ihre Kinder entweder zu sehr für sich beanspruchten oder sich nie für sie interessiert hatten. Estelle war noch an ihrem achtzehnten Geburtstag ausgezogen. Maria hatte das zum Anlass genommen, ebenfalls zu ihrem

Vater zu ziehen, auch wenn sie erst vierzehn gewesen war. Und obwohl das weit über zehn Jahre her war, hatten ihre Mutter und ihre andere Schwester Serafina ihnen das nie verziehen.

Sobald sie vor der Sitzgruppe stehen blieb, verstummte das Gespräch. Die linke Frau hob eine perfekt gezupfte dunkle Augenbraue. Ein Pony, wie mit dem Lineal gezogen. Endlose Beine. Model durch und durch.

Estelle war gertenschlank, wenn auch nicht mehr ganz so dürr wie bei ihrer letzten Begegnung – was ihr durchaus stand. Lässig lehnte sie sich gegen einen der dunkelroten Lounge-Sessel und betrachtete Maria skeptisch. Obwohl sie selbst in der Modebranche arbeitete und nicht unerfolgreich Businesskleidung designte, hatte Estelle noch nie für eine ihrer Linien auf dem Laufsteg gestanden. Sie hatte ihren Job sicher gut drauf, aber zu Marias Label passte sie nicht. Dafür waren ihre Lippen zu voll, ihre Gedanken zu dreckig und ihr Blick zu sündig.

Die andere Frau hatte langes, leicht gewelltes Haar und ein markantes Kinn. Ihre Beine steckten in einer hautengen Lederhose und auf ihren Lippen lag ein spöttisches Lächeln.

Serafina, die Mittlere. Verrucht und unnahbar wie eh und je.

Ihre wundervollen Schwestern.

Maria hoffte sehr, dass die beiden ihr laut pochendes Herz nicht hörten, und überlegte fieberhaft, was sie sagen könnte, während sich die Blicke ihrer Schwestern wie heiße Eisen in ihre Haut gruben. Am liebsten wäre sie umgedreht und notfalls zu Fuß nach New York zurückgelaufen.

»Hallo«, sagte sie, ihre Stimme leiser als beabsichtigt.

Serafina strich sich eine Strähne aus dem Gesicht und stand langsam auf. Sie sah alles andere als erfreut aus. »Hallo? Nach all der Zeit fällt dir wirklich nichts Besseres ein?« Ihre Stimme war so kalt, dass Maria ein Schauer den Rücken hinablief.

»Danke. Ich habe dich auch vermisst«, entgegnete sie pikiert.

Estelle musterte sie abschätzig. »Ist Lügen den Worten deines Vaters zufolge nicht eine Todsünde?«

Wenn Lügen zu den Todsünden gehören würde, würde es sicher niemand mehr in den Himmel schaffen. Aber Maria schluckte den Kommentar dazu herunter. Es wunderte sie nicht, dass das Gespräch diese Richtung einschlug. Estelle hatte sich schon immer einen Spaß daraus gemacht, über den Beruf ihres Vaters herzuziehen. Er war Pfarrer, was ihrem sündigen Leben in jeder Weise widersprach.

»Genauso wie Hochmut«, erwiderte Maria kühl. »Auch schön, dich zu sehen, Estelle.« Sie lächelte gezwungen. Es würde keinen Sinn ergeben, jetzt noch einen Streit zu provozieren. Wenn alles gut ging, konnte sie gleich nach der Beerdigung wieder fahren. Die Zeit ging sicherlich schneller rum, wenn sie ihren Schwestern nicht gleich hier im Foyer an die Gurgel sprang.

Estelle setzte ein falsches Lächeln auf, das eher auf das Magazin einer Hochglanzzeitschrift gepasst hätte als in dieses schäbige Hotel. »Das ist in Ordnung. Ich freue mich auf die heißen Bad Boys im Fegefeuer.«

»Ich gebe nichts auf die Kirche, die verurteilt schließlich auch Verhütung«, bemerkte Serafina, ihre Stimme so süß wie Honig. Und genauso klebrig. »Aber das Outfit einiger Personen ist ja schon Verhütung genug.« Ihr

Blick glitt vielsagend über Marias hochgeschlossene Bluse. »Für manche von uns.«

Maria hielt sich mühsam von einem Augenverdrehen ab. Sie hatte nur auf diesen Kommentar gewartet. Serafina und Estelle gingen mit ihrem Liebesleben sehr offenherzig um – wenn man es nett ausdrückte. Und nur, weil Maria nicht jede Woche mit einem anderen Gigolo in die Kiste hüpfte, nahmen sich ihre Schwestern das Recht heraus, auf sie herabzusehen. Auf eine seltsame Weise war es beruhigend zu wissen, dass sich in der Hinsicht in den letzten Jahren rein gar nichts geändert hatte. Als ob ein frivoles Sexleben einen zu einem besseren Menschen machen würde!

Sie schnaubte und schaute von der einen zur anderen. »Habt ihr euren Spaß dann gehabt? Also, wo ist der Notar? Ich würde das hier gern hinter mich bringen.«

Nun erhob sich auch Estelle elegant und warf die Haare zurück. Bei ihr gab es keine Bewegung ohne das gewisse bisschen Drama. »Da bin ich voll auf deiner Seite. Schauen wir mal, was das Hotel in den letzten Jahren abgeworfen hat.«

Serafina verdrehte die Augen. »Du tust ja gerade so, als gäbe es hier viel zu holen. Glaubt mir, Mom hat keine Goldbarren im Keller gelagert.«

»Davon bin ich auch nicht ausgegangen«, murmelte Maria und schaute auf ihre Uhr. Fünf vor elf.

Estelle verengte die Augen. »Schön, wenn wir das jetzt geklärt hätten … Finchen, gehst du vor?«

Serafina schenkte Estelle einen bösen Blick. »Wer sollte sonst vorgehen? Ich war zumindest in den letzten Jahren hier.« Sie schob sich zwischen ihren beiden Schwestern hindurch und stolzierte mit gesundem Hüftschwung voran.

Ein Lächeln schlich sich auf Estelles Lippen und unverhohlen musterte sie das Hinterteil ihrer Schwester in der engen Lederhose. »Ich werde versuchen, dich bis morgen nicht zu sehr zu reizen. Sonst holst du noch deine Peitsche raus.«

Wie konnte Maria nur mit den beiden verwandt sein? Sie waren so unfassbar extrovertiert und besaßen ein beneidenswertes Selbstvertrauen. Dagegen stand sie, die graue Maus.

Serafina öffnete eine Tür gegenüber von der Rezeption und führte sie durch einen Gang mit bräunlicher Tapete. Beleuchtet wurde er wie das Foyer von altmodischen, goldenen Kronleuchtern, die dringend eine Behandlung mit dem Staubwedel vertragen könnten.

»Gott, ich habe das echt nicht vermisst«, stellte Estelle vor ihr fest und musterte die runtergekommenen Bilder in den blassgoldenen Rahmen.

Maria konnte ihr nur zustimmen, obwohl tatsächlich ein Funke Wehmut in ihr aufflammte, als sie durch die alten Hotelgänge gingen. Hier hatten sie Verstecken und Fangen gespielt, bis ihre Mutter sie zurechtgewiesen hatte, dass sie mit ihrem lauten Lachen die Gäste störten. Dort hinten befand sich die Nische mit dem alten Sessel, auf dem Maria immer gesessen hatte, wenn sie in Ruhe zeichnen wollte. Es war nicht alles schlecht, was sie mit diesem Ort verband. Trotzdem überwogen die negativen Erinnerungen. Bevor ihr Vater sie zu sich geholt hatte, hatte sie in diesen Räumlichkeiten viel zu viel Zeit unter der kindlichen Tyrannei ihrer Schwestern verbringen müssen. Und mit einer Mutter, die sie zwar liebte, sich aber nicht oft dazu herabließ, ihr ihre Zeit zu schenken.

Ihr Vater war da ganz anders gewesen. Wenn er könnte, würde er auch jetzt noch jeden ihrer Schritte überwachen. Sie wusste nicht, was von beidem schlimmer war.

Serafina öffnete die Tür am Ende des Ganges. Das alte Büro ihrer Mutter. An der hinteren Wand standen Regale aus dunklem Holz, bis an die Decke vollgestopft mit Aktenordnern. Im Zentrum des Raumes saß ein Mann an einem Schreibtisch und erhob sich, sobald sie eintraten. Der Anzugträger war Ende fünfzig, hatte Haut wie Papier und kaum noch Haare auf dem Kopf. Er räusperte sich und rückte die scheußlich gemusterte Krawatte zurecht, bevor er auf drei freie Stühle ihm gegenüber deutete.

»Herzlich willkommen, Ms. Cunningham, Ms. Rousseau, Ms. Stone.« Er nickte ihnen nacheinander zu.

Maria lächelte ihm halbherzig zu und setzte sich auf den mittleren Stuhl. Der Glatzkopf kam ihr vage bekannt vor, wahrscheinlich hatte er ihre Mutter schon vorher bei Geschäften im Hotel unterstützt. Nervös trommelte sie mit den Fingern auf die Armlehne und ein bedrückendes Gefühl klammerte sich um ihre Brust. Es war, als wäre sie vierzehn Jahre in der Zeit zurückversetzt. Gleich würde ihre Mutter in ihren viel zu engen Jeans und mit erhobenem Zeigefinger zur Tür hereinkommen und ihnen erklären, dass die Familie das Wichtigste sei und die kindischen Zickereien unter den Schwestern aufhören mussten. Keine von ihnen hatte je auf sie gehört. Sie waren schlichtweg zu unterschiedlich gewesen.

Serafina nahm rechts von ihr Platz. »Vielen Dank, dass Sie es so kurzfristig einrichten konnten, Mr. Harper. Sie haben dafür wirklich etwas gut bei mir.« Sie zwinkerte ihm auf eine neckische Art zu, die Maria das Schlimmste befürchten ließ. »Wie geht es den Kindern? Jackson hat inzwischen seinen Master angefangen, nicht wahr?«

Serafina hatte San Colina nie verlassen und kannte die Stadt wie ihre Westentasche. Zu Marias Leidwesen war sie jobbedingt auch mit dem Nachtleben sehr gut vertraut.

»Entschuldigung, aber könnten wir den Smalltalk vielleicht überspringen?«, fragte Estelle ebenso ungeduldig. »Ich muss heute Abend noch einen Flug erwischen.«

»Wie, du fliegst heute Abend schon wieder?« Ungläubig schaute Serafina ihre Schwester an.

Estelle ließ sich davon nicht beirren und verdrehte die Augen. »Ich habe ein Fotoshooting in Paris. Keine Sorge, zur Beerdigung bin ich wieder da.«

»Das brauchst du nicht. Die hast du bereits verpasst.«

Die Worte ihrer Schwester rissen Maria aus den Gedanken an die nächste Modemesse. »Wieso das? Wann war die Beerdigung? Wieso hast du uns nichts davon gesagt?« Sie spürte, wie ihr das Blut in den Kopf schoss. Egal, was zwischen ihr und ihrer Mutter vorgefallen war, die Beerdigung hatte sie auf jeden Fall besuchen wollen.

»Hat denn eine von euch mal nachgefragt? Es ist doch nicht meine Aufgabe, euch hinterherzurennen. Und eure vollen Terminpläne wollte ich nicht durcheinanderschmeißen.«

»Du bist so gut zu uns, Finchen.« Estelle klang unbeteiligt und auch Maria schluckte ihre Emotionen herunter. Die Beerdigung war vorbei? Umso besser. Vielleicht konnte sie dann auch noch den letzten Flug am Abend nach New York erreichen. Gleich nach diesem Ge-

16

spräch würde sie ihre Assistentin anrufen, damit diese sich darum kümmerte.

»Wie auch immer. Können wir jetzt weitermachen? Mr. Harper hat heute sicher ebenfalls noch anderes zu tun«, sagte sie ungeduldig.

»Nicht nur er«, murmelte Estelle neben ihr. Musste sie eigentlich zu allem ihren Kommentar abgeben?

Mr. Harper musterte sie mit undefinierbarem Blick. Maria wollte gar nicht wissen, was er gerade über sie dachte. »Nun gut. Das Testament Ihrer Mutter liegt mir bereits länger vor und ist sehr eindeutig.« Er schlug eine Mappe auf und reichte Maria mehrere zusammenge-tackerte Blätter. »Hier finden Sie eine Auflistung sämtlicher Hinterlassenschaften Ihrer Mutter. Am interessantesten sind wohl das Geld und das Hotel. Beides wird zu gleichen Teilen an Sie drei vergeben.«

Maria nahm den Zettel entgegen und überflog die Liste. Sie stockte, als sie an dem Geldbetrag hängenblieb. Sie las die Zahl mit den vielen Nullen mindestens viermal, bevor sie die Kopie wortlos an Estelle reichte. Gott, wo hatte ihre Mutter so viel Geld her? Marias Finger zitterten und sie musste sich zwingen, sie ruhig auf dem Tisch liegen zu lassen. Das Hotel war das letzte Loch, die Preise für die Zimmer konnten nicht sehr hoch sein … und trotzdem hatte sie es geschafft, eine solche Summe anzusparen? Das erschien ihr unmöglich und mit ungutem Gefühl dachte sie daran, dass ihre Mutter Regeln nie allzu genau genommen hatte. Was, wenn das Geld nicht aus legalen Einnahmequellen stammte?

Auch Estelle hatte augenscheinlich nichts von dem Vermögen gewusst, das ihre Mutter in dem Testament vermerkt hatte. »Eine halbe Million Dollar?«, fragte sie fassungslos. »Diese Bruchbude kann unmöglich so viel abwerfen!«

Serafina langte über Maria hinweg und riss Estelle den Zettel aus der Hand. »Eine halbe Million? Wieso wusste ich davon nichts?«

Maria runzelte die Stirn. Dass selbst Serafina nichts davon wusste, wunderte sie, schließlich war ihre Schwester all die Jahre die rechte Hand ihrer Mutter gewesen. Sie hatte ihr immer mit dem Hotel geholfen und war ihr nie von der Seite gewichen.

»So gut kanntest du Mom scheinbar doch nicht«, sagte sie trocken.

»Schadenfreude steht dir ausgesprochen schlecht«, entgegnete Serafina bissig. Man sah ihr jedoch an, wie sehr sie diese Information wurmte.

»Ihre Mutter hat mich zu ihren Lebzeiten gebeten, ihr Vermögen zu verwalten und geheim zu halten«, fuhr Mr. Harper fort und ignorierte ihre Einwürfe. »Es stammt aus einer großen Erbschaft.«

Erleichtert atmete Maria aus. Eine Erbschaft klang nach einer sauberen Methode, an Geld zu kommen. Mr. Harper sah aus wie ein zuverlässiger Mann, er würde doch kein Verbrechen vertuschen, das ihre Mutter begangen hatte?

»Von einer halben Million hätte ich auch nichts erzählt«, murmelte Estelle abwesend. »Da hätte in diesem Kaff ja jeder etwas von abhaben wollen. So sind es 165.000 Dollar für jede von uns … Das hätte ich Mom nicht zugetraut.«

Der Notar räusperte sich. Seine Wangen färbten sich rot und fast eingeschüchtert musterte er die Schwestern nacheinander. Er räusperte sich ein zweites Mal und Maria wollte ihm gerade ein Hustenbonbon anbieten, als er endlich sprach. »Nun ja, nicht direkt. Ihre Mutter hat die Auszahlung des Betrags und die Ausstellung der Eigentumsurkunden an eine Bedingung geknüpft.«

Estelle neben ihr stöhnte auf und legte den Kopf in den Nacken. »Das klingt schon eher nach ihr.«

»Das wäre auch zu einfach gewesen«, murmelte Maria.

»Ach, seid still, ihr zwei. In den letzten Jahren hat sie euch sowieso nicht interessiert.« Serafina war immer noch blass. Sie biss sich auf die Lippe und sah den Notar an. »Fahren Sie fort.«

Mr. Harper räusperte sich und schaute auf seine Aufzeichnungen. »Um den Geldbetrag ausgezahlt zu bekommen, müssen Sie lediglich das *Bed 'n' Beach* für die nächsten sechs Monate im Sinne Ihrer Mutter gewinnbringend gemeinsam führen. Anschließend können Sie mit Ihren neuen Besitztümern verfahren, wie Sie möchten.«

Stille.

Maria riss die Augen auf und blickte in die ebenfalls entsetzten Gesichter ihrer Schwestern. Sie sollten das Hotel leiten? Für sechs Monate? Wie genau stellte er sich das vor? Sie konnte ihrem Leben nicht einfach den Rücken kehren. Sie hatte eine Wohnung, einen Job …

Wieder einmal kam Estelle ihr zuvor. Bewundernswert beherrscht hob sie eine Augenbraue. »Haben Sie gerade *lediglich* gesagt?«

Maria konnte sich nicht länger zurückhalten und gab Mr. Harper gar nicht die Möglichkeit, ihrer Schwester zu antworten. »Das geht nicht! Ich habe ein Geschäft zu leiten, ich kann nicht einfach ein halbes Jahr hier in der Pampa untertauchen!«

Ihre älteste Schwester lachte auf. »Hast du keine Assistentin? Vielleicht tut ein Tapetenwechsel deiner Inspiration gut und du entwirfst mal etwas anderes als hochgeschlossene Blusen und Bleistiftröcke.«

Maria presste die Lippen aufeinander. Sie hatte eine Assistentin, die sie sich kaum noch leisten konnte. Wenn sie ehrlich war, hatte sie in den letzten Monaten ein paar finanzielle Schwierigkeiten gehabt. Ihr Geschäft hing am seidenen Faden. Aber sie würde einen Teufel tun, das ihren Schwestern auf die Nase zu binden.

»Wenn du nicht bleiben willst, ist das kein Problem, Schwesterchen. Da ist die Tür, ich kann das Hotel auch allein führen«, meinte Serafina.

»So funktioniert das leider nicht«, warf der Notar sofort ein. »Ihre Mutter hat darauf bestanden, dass Sie alle das Hotel führen! *Gemeinsam*. Wenn Ihre Schwester nicht mitmachen möchte, wird das Erbe an keine von Ihnen ausgezahlt.« Er räusperte sich und ihm war deutlich anzusehen, dass die nächsten Worte nur sehr widerwillig über seine Lippen kamen. »In diesem Fall werden der volle Geldbetrag und die Immobilie der Kirche gespendet.«

Serafina sprang auf und schlug mit den Handflächen auf den Tisch. Ihre Augen fassungslos geweitet. »Wie bitte? Das geht nicht! Ich habe meine Mutter bis zu ihrem Tod gepflegt, das Geld steht mir zu! Was will sie denn mit der Kirche? Um sich aus der Hölle freizukaufen, ist es etwas zu spät.«

Estelle hustete leise. »Dafür reicht auch keine halbe Million.«

»Das kann sie nicht machen«, murmelte Maria und suchte fieberhaft nach einem Ausweg. Aber verdammt, eine halbe Million war wirklich viel Geld. »Wir müssen doch darüber reden können. Es wird eine andere Lösung geben.«

»Man kann nicht immer alles wegreden, Maria.« Serafina schnaubte.

»Ganz abgesehen davon, dass es überhaupt keinen Sinn ergibt, uns für diese Bruchbude zusammenzutun«, fuhr Estelle fort, ihre Einwürfe ignorierend. »Wie hat sie sich das denn vorgestellt? Eine macht die Zimmer sauber, eine die Rezeption, eine die Küche?«

»Wenn es mal nur das wäre«, rief Serafina kopfschüttelnd. »Wir haben ja unsere Angestellten, aber seit Moms Tod ist echt viel liegen geblieben. Ich kümmere mich seit Jahren schon um das Marketing, die Website und … gewisse andere Nebengeschäfte, aber ich hab ja auch noch einen Job. Bleiben für euch Moms Aufgaben. Das heißt: Personal, Dienstpläne, Inventur, Bestellungen, Buchhaltung, an der Rezeption stand sie meistens auch selbst …«

Estelle schaute ihre Schwester ungläubig an. »Das hat sie alles allein gemacht? Was ist denn mit Jimmy?«

»Der ist vor fünf Jahren in Rente gegangen. Und glaub mir, Mom hätte gern noch wen eingestellt, aber abgesehen davon, dass das Geld – dachte ich – immer scheiße knapp war, hat sie niemand Vernünftiges gefunden.«

»Mhm. Könnte der Grund dafür sein, dass hier alles so runtergekommen ist«, meinte Estelle und Maria stimmte ihr stumm zu. Sie hatte nicht gewusst, wie viel ihre Mom all die Jahre allein gestemmt hatte … Das half ihrem Gewissen auch nicht gerade.

Estelle seufzte und fuhr sich mit beiden Händen durch die perfekt liegenden Haare »Verdammt. Ihr wollt das ernsthaft machen?«

»Nein, eigentlich nicht«, sagte Maria tonlos. Das ging nicht! Sie konnte ihrer Alessia nicht für ein halbes Jahr quasi die Leitung überlassen. Natürlich konnten sie per Telefon in Kontakt bleiben, aber …

»Ihr seid doch bescheuert. Schlagt ihr ernsthaft eine halbe Million Dollar aus? Aber klar, ihr könnt es euch ja leisten.« Serafina schüttelte verächtlich den Kopf.

Nun musterte auch Maria Estelle. Wenn es bei ihrer Modelkarriere immer noch so lief wie zu Beginn, musste sie sich um Geld wirklich keine Sorgen machen. Doch ihre Schwester biss sich nachdenklich auf die Unterlippe und zupfte nervös an ihrem Oberteil herum. Die Summe schien ihr mehr zu bedeuten, als sie zugeben wollte.

Schließlich verschränkte sie seufzend die Arme vor der Brust und legte den Kopf in den Nacken. »Meine Güte. Ich mach die Bücher. Inventur und Bestellungen von mir aus auch.«

»Du und Zahlen?« Maria lachte spöttisch auf. »Du hast das Studium doch nur dank deiner sexy Ausschnitte und deines lasterhaften Charmes geschafft.«

»Maria-Chérie, nimm doch nicht so ungezogene Worte in den Mund«, meinte die jedoch nur abwesend. »Gott hat seine Ohren überall. Ich sagte, ich mache die Bücher. Also mache ich sie.«

Maria wollte gerade noch etwas erwidern, um nicht kampflos unterzugehen, als sich Serafina an sie wendete. »Dann bleiben für dich das Personal und die Rezeption.« Sie lächelte spöttisch. »Ein paar Dienstpläne zu schreiben, sollte dir ja nicht schwerfallen. Und am Empfang darfst du meinetwegen auch dieses … Etwas tragen.«

Maria schluckte und widerstand dem Drang, ihre Bluse zurechtzuziehen. Sie ließ sich schon lange nicht mehr von ihren älteren Schwestern einschüchtern – und sie würde jetzt nicht wieder damit anfangen. Auch wenn die beiden nur allzu gern auf ihr herumritten, so wussten sie doch gar nichts über sie. Sie wussten nicht, mit wie viel Blut und Schweiß sie sich in der Modebranche hatte hochkämpfen müssen. Was es sie gekostet hatte.

Estelle grinste. »Der Ausschnitt entspricht nicht ganz Moms Geschmack, vielleicht verlieren wir dadurch wichtige Kundschaft.«

Maria lachte ungläubig. »Ihr könnt froh sein, wenn ich überhaupt mitmache. Falls ich die Organisation hier in die Hand nehme, haben wir wenigstens die Chance, die nächsten sechs Monate halbwegs wirtschaftlich zu überstehen.«

»Wie war das mit dem Hochmut, Maria?«, fragte Serafina nachdenklich.

Maria presste die Lippen zusammen und ballte die Fäuste, um ihr nicht den Mittelfinger zu zeigen.

Estelle nickte Serafina zu. »Sechs Monate mit uns und sie folgt uns ins Fegefeuer.«

Maria zwang sich zur Beherrschung und verdrehte die Augen. »Das glaube ich ohne zu zögern. Allein eure Anwesenheit macht mich bereits zu einem schlechteren Menschen.«

Gott, sie musste hier unbedingt raus.

»Du musst mitmachen«, sagte Serafina bissig und funkelte sie an. »Das schuldest du mir.«

Unwohl rutschte Maria auf ihrem Stuhl hin und her. Sie hasste ihre Schwester dafür, dass sie recht hatte. Die letzten Jahre, in denen sie kaum mit ihrer Mutter gesprochen hatte, lasteten schwer auf ihren Schultern. Was blieb ihr für eine Wahl, allein um dem letzten Wunsch ihrer Mutter zu entsprechen und ihr Gewissen zu beruhigen?

Wenn sie den Anforderungen ihrer Mutter folgte, hatte sie am Ende der sechs Monate zumindest genug Geld, um ihr Business am Leben zu halten. Es war Wahnsinn, aber notwendig. »Schön«, flüsterte sie. »Ich werde es ... irgendwie einrichten.«

»Wunderbar«, bemerkte Mr. Harper und packte seine Sachen. Er sah gestresst aus. Schweißperlen glitzerten auf seiner Stirn, als er noch ein zusammengefaltetes Blatt Papier auf den Schreibtisch legte. »Genau diese Aufgabenteilung hat Ihre Mutter übrigens auch in ihrem Testament angemerkt, eine genaue Auflistung aller Aufgaben in diesem Hotel finden Sie hier. Lily hat wirklich nicht übertrieben, was die Liebenswürdigkeit ihrer Töchter angeht.« Sein Lächeln war so unecht wie Estelles Extensions. »Wenn das nun geklärt ist: Ich werde einmal im Monat vorbeischauen, um zu überprüfen, ob Sie Ihren Pflichten angemessen nachkommen.«

»Vielen Dank für Ihre Mühe, Mr. Harper.« Maria zwang sich zu einem Lächeln und nickte dem Notar zu. Es schadete sicher nicht, sich seiner Sympathie zu versichern. Wer konnte wissen, was in den nächsten Monaten auf sie zukam?

»Richten Sie Jackson meine verbundenen Grüße aus«, bat Serafina.

Wer war nur dieser Jackson?

Mr. Harper nickte ihnen zu und verließ den Raum mit schnellen Schritten.

»Wunderbar, Schwestern.« Estelle stand auf, schob die Auflistung der Aufgaben in ihre Hosentasche und klatschte in die Hände. »Ich bringe dann mal meine Koffer in Moms Wohnung.«

»Tu dir keinen Zwang an.« So wie Serafina redete, sah sie sich schon selbst als zukünftige Chefin des Hotels. »Ihr wisst ja hoffentlich noch, wo ihr alles findet. Heute ist eh nicht viel los, also könnt ihr euch schön erst mal alles anschauen. Maria, Carrie hilft gerade an der Rezeption aus, sie kann dir bestimmt schnell die Software zeigen. Ich muss zu einem Auftrag, aber ihr kommt ja wohl ein paar Stunden klar.« Sie nickte ihnen zu und machte sich auf den Weg zur Tür. »Gegen drei bin ich zurück. Treffen wir uns dann in Moms Büro? Vielleicht habt ihr euch bis dahin ein bisschen eingearbeitet.«

Estelle stimmte zu. Maria tat es ihr gleich, mied allerdings die Blicke ihrer Schwestern. Für heute hatte sie wahrlich genug von ihnen. Verdammt, wie sollte sie das sechs Monate aushalten? Das waren um die vierundzwanzig Wochen. 168 Tage … Aber von allen Aufgaben erschien ihr die Arbeit am Empfang noch am erträglichsten. Sie konnte gut mit Menschen und alles war besser, als sich mit Zahlen herumzuschlagen.

»Wie auch immer«, sagte sie und zog schon ihr Smartphone aus der Tasche. »Ich versuche dann mal, meine Sekretärin in New York zur Schadensbegrenzung zu erreichen.« Sie folgte Serafina nach draußen.

Estelle trat als Letzte auf den Flur. »Also hat sich in den letzten zwanzig Jahren nichts verändert. Serafina kümmert sich um ihren eigenen Scheiß, Maria ist beleidigt und klugscheißt, während ich die richtige Arbeit mache. Klasse.«

»Richtige Arbeit?« Sie schnaubte. »Es wird alles an mir hängen bleiben, so wie sonst auch.«

Serafina presste die Lippen aufeinander und schüttelte den Kopf. »Geht ihr euch ruhig weiter an die Gurgel. Bevor ich es vergesse: Gerade geht eine Grippe herum und beinahe die Hälfte des Servicepersonals liegt flach. Also stellt euch schon mal darauf ein, auch im Restaurant aushelfen zu müssen.« Sie nickte ihnen zu. »Wir sehen uns später.«

»Lass dich nicht aufhalten. Ich schaue mir dann gleich an, was Mom in den letzten Jahren so an Umsatz gemacht hat.« Estelle warf einen letzten Blick in das alte Büro ihrer Mom, zog dann die Tür zu und entblößte lächelnd perfekte Zähne. »Auf ein wundervolles halbes Jahr und eine halbe Million, Mädels.«

Kapitel 2

Diego Como betrachtete die 22er Halbautomatik in seinem Handschuhfach und fragte sich, ob er sie heute wohl noch gebrauchen würde. Er hatte seit zwei Wochen auf niemanden mehr geschossen, vielleicht war heute ja der Tag, an dem er seine Durststrecke beendete. Scheiße, er hoffte es geradezu.

Mit den Fingern trommelte er auf das Leder des Lenkrads, während sein Blick aufmerksam die Straße auf und ab flog. An den überfüllten Müllcontainern und grauen Betonklötzen vorbei, die mit rassistischen Graffitis beschmiert waren. Klasse. In dieser Gegend fühlte sich seine Schwester, die genauso offensichtlich südländisch aussah wie er, bestimmt richtig wohl.

Was dachte ihr Wichser von Freund sich dabei, sie hier leben zu lassen? Hätte er gewusst, wie schlimm dieser Ort war, hätte er ihm schon früher mal einen Besuch abgestattet. Aber Adriana hatte kein Wort darüber verloren. *Es ist alles gut, Diego, wirklich. Komm nicht her. Ich würde dir doch sagen, wenn etwas nicht stimmt.*

Verächtlich verzog er den Mund, schloss das Handschuhfach, rammte den ersten Gang rein und glitt aus der Parklücke. Er stand seit fast einer Stunde hier und wartete darauf, dass jemand nach Hause kam, doch die beiden schienen auf unbestimmte Zeit ausgeflogen zu sein. Diego hatte keine Lust mehr, diese hässliche Landschaft zu betrachten. Adri hatte keine Ahnung, dass er hier war, aber sie würde es schon noch früh genug erfahren.

Er fädelte sich in den Verkehr ein und gab neue Koordinaten in sein Navigationssystem ein. San Colina hatte trotz der achtzigtausend Einwohner nur eine sehr begrenzte Anzahl an Hotels, in denen er die sechshundert Dollar für sein Zimmer problemlos in bar zahlen konnte. Pico hatte ihm das *Bed 'n' Beach* empfohlen, die Inhaberin sei mehr als diskret und habe selbst den ein oder anderen Dreckpartikel am Stecken. Das war ihm ganz recht. Dann würde niemand dämliche Fragen stellen. Gott, er hasste es, wenn Leute ihn dumme Sachen wie »Dürfen Sie eine Waffe tragen?« oder »Warum haben Sie eine Tasche voll Geld dabei?« fragten. Und wie es der Zufall so wollte, arbeitete der Macker seiner Schwester in einem Club, der keinen Block von diesem Hotel entfernt lag. Schön, wie sich die Dinge manchmal fügten.

Eigentlich sollte er gar nicht hier sein. Die Stadt lag zu nah an der mexikanischen Grenze. Einige Leute … nein, *alle* Leute aus seiner Vergangenheit würden damit ein Problem haben. Zum Glück gab er einen Fick auf die Probleme anderer. Wenn er das schöne Wetter in Kalifornien genießen wollte, war das sein verdammtes Recht.

Fünfhundert Meter vor seinem eigentlichen Ziel machte er an einem Coffeeshop Halt. Der Tag war bereits jetzt viel zu lang und wenn er schon keine heiße Frau in seinem Auto vernaschen konnte, dann zumindest einen heißen Kaffee. Die Sonne brannte ihm auf den Kopf und er schob die Sonnenbrille höher seine Nase hinauf.

Eine kleine, schlanke Rothaarige mit einem aufmüpfigen D-Körbchen stand hinter der Theke und zog ihn bereits in Gedanken aus, bevor die Tür hinter ihm auch nur zugefallen war. Ihr Blick glitt gierig über seine von Tinte geschwärzten Arme, blieb am Schritt seiner engen Jeans hängen und flog schließlich zu seinem Gesicht. Ein verführerisches Lächeln umspielte ihre Lippen und Diego hob einen Mundwinkel. Er mochte es, wenn Frauen wussten, was sie wollten. Die Barista war außerdem süß und sein Schwanz schon viel zu lange einsam. Die letzten Wochen war er von einem Ort zum nächsten gezogen, auf der Suche nach irgendetwas, das er mit seiner Zeit anfangen konnte … und die süße Rothaarige war möglicherweise die Lösung für sein Problem. Aber nicht heute. Er könnte sie auch noch morgen ficken.

»Hey«, schnurrte sie und beugte sich über die Theke, sodass ihre Brüste ihm enthusiastisch entgegensprangen. »Sie sehen gefährlich aus. Hat Ihnen das schon einmal jemand gesagt?«

Okay, womöglich würde er doch nicht mit ihr schlafen. Sie redete zu viel. Frauen, die redeten, waren den Stress nicht wert. Elf Wörter verschwendet, ohne seine Bestellung aufzunehmen? Woher nahm sie ihre Geduld?

»Kaffee, schwarz«, beantwortete er ihre nicht gestellte Frage.

»Hätte ich mir denken können …« Sie wandte sich um, bediente die Maschine und schenkte ihm über die Schulter ein Lächeln. »Kommen Sie aus San Colina? Oder sind Sie vielleicht beruflich hier?«

Diego ließ den Blick über die weichen Rundungen ihrer vollen Brüste bis zum Saum ihres kurzen Rockes gleiten. Die cremefarbenen Schenkel, die darunter zum Vorschein kamen, waren wohlgeformt und straff und würden sich fantastisch um seine Hüften machen. Vielleicht sollte er ihr noch eine Chance geben.

»Nein. Nicht geschäftlich«, sagte er knapp. »Aus privaten Gründen.«

»Oh, ich hoffe doch aus einem fröhlichen Anlass?«

Kam drauf an. Er würde fröhlich sein, wenn er dem Nichtsnutz von Macker seiner Schwester das Gehirn wegpustete. Adriana könnte damit möglicherweise ein Problem haben. »Ich werde sehen«, sagte er vage.

»So, so.« Die Barista warf die Haare über die Schulter. »Und was machen Sie beruflich?«

Nein. Nein, er würde nicht mit ihr schlafen. Selbst wenn ihre Muschi magisch sein sollte. Dieses Gequatsche konnte er sich nicht antun.

»Ich bin zurzeit … zwischen zwei Jobs.« Auch wenn ihm noch nicht klar war, was sein nächster Job sein würde. In seinem Lebenslauf stand, dass er ausgebildeter Versicherungskaufmann war. Aber in seinem Lebenslauf stand ja auch, dass seine Eltern Lehrer gewesen waren und er klassische Musik und Gartenarbeit mochte. Diego hielt nicht viel von Worten auf Papier. Sie waren nur Versprechen und Versprechen hatten keinen Wert.

Die *Baracudas* hatten ihm einen sauberen Ausstieg versprochen. Sein Vater hatte ihm versprochen, keine Drogen mehr zu nehmen. Seine Mutter hatte versprochen, nicht zu trinken. Seine Schwester hatte ihm versprochen, Bescheid zu sagen, wenn es ihr nicht gut ging.

Jetzt saßen ihm seine ehemaligen … *Arbeitskollegen* im Nacken, seine Eltern waren tot und seine Schwester ignorierte seine Anrufe. Nein, Versprechen waren einen Scheiß wert. Er hatte schlichtweg den Glauben an sie verloren. Stattdessen glaubte er an Zahlen auf Geldnoten und weiche Frauenbrüste in seinen Händen. Er glaubte an heißen Sex gegen eine kalte Mauer oder eine Kugel im Oberschenkel als Verhandlungsmittel. Er glaubte an Taten und ein aussagekräftiges Nicken.

Leider waren das keine Qualitäten, die ein *normaler* Arbeitgeber zu schätzen wusste. Also war er noch auf der Suche nach einem Job, für den er sich begeistern konnte. Einem Job, in dem er nicht seinen besten Freund umbringen sollte.

»Oh, Sie sind arbeitslos«, stellte die Rothaarige fest und Diego sah das Interesse in ihren Augen wanken, aber nicht verschwinden. Hey, ein arbeitsloser Schwanz war genauso funktional wie ein vollzeitbeschäftigter. Und wenn sie wüsste, wie viel Kohle er derzeit in seinem Kofferraum staute, würde sie ihn gleich im Hinterzimmer besteigen.

»Sagen wir, ich weiß noch nicht, was ich will«, meinte er, lächelte knapp und warf ihr ein paar Dollarscheine hin, als sie ihm den Kaffee in die Hand drückte.

Er wartete nicht darauf, was aus dem viel zu losen Mundwerk seines Gegenübers noch kommen mochte, sondern lief geradewegs zurück zu seinem Wagen. Der Kaffee ging runter wie Öl.

Er sank gerade auf den Fahrersitz, als sein Handy klingelte. *Unbekannte Nummer*. Er vermutete stark, dass er keine Lust hatte, mit dem zu reden, der sich in der Leitung befand, aber er hob trotzdem ab.

»Como«, meldete er sich.

»Was soll der Scheiß? Wir haben dir gesagt, dass du einen verfickten Bogen um unser Land machen sollst. Das war die Abmachung.«

Diego lehnte sich gelassen in seinem Sitz zurück. Mit diesem Anruf hatte er gerechnet. »Hallo, Ramirez. Lange nicht gesprochen. Wie geht es deiner Mutter? Hat sie immer noch Fußpilz?«

»Como, verschwinde«, zischte es durch den Hörer. »Denkst du, du kannst aussteigen und dann tun und lassen, was du willst?«

»Genau das denke ich.«

»Du warst schon immer ein arrogantes Arschloch.«

Ja, deswegen war er auch so gut in seinem Job gewesen. »Wenn du mir Komplimente machen willst, Ramirez, schick mir doch einfach ein paar Blumen.«

»Ich schicke dir höchstens eine Faust in den Arsch, du Wichser! Wir beobachten dich, Como. Wir …«

»Ich weiß. Deswegen ziehe ich mich jeden Morgen so hübsch an. Möchtest du mir jetzt irgendetwas Wichtiges sagen oder hast du nur angerufen, um mir zu erzählen, wie schön ich bin?«

»Fick dich, Como. Du hast drei Tage, dann bist du hier weg. Oder das hübsche Gesicht deiner Schwester wird nie wieder aussehen wie zuvor.«

Diegos Kiefer knackte und er musste sich große Mühe geben, das Telefon nicht zwischen den Fingern zu zerquetschen. Er hatte Grenzen. Nur ein paar. Aber die Menschen, die sie übertraten, sollten sich besser wünschen, dass er sie niemals finden möge. »Ich reagiere nicht gut auf Drohungen, Ramirez«, sagte er leise, seine Stimme kaum mehr ein Knurren. »Und wenn ich mich recht erinnere, reagierst du nicht gut auf eine Kugel in deinem Kopf – also halt die Fresse, kriech in das Loch, aus dem du gekommen bist, und ruf mich nie wieder an.«

Ramirez schnaubte verächtlich. »Du bist allein, Como. Was willst du gegen uns machen?«

Süß. Er wollte ihm Angst einjagen. »Ich werde überhaupt nichts machen. Denn das ist gar nicht nötig. Ich bin kein anderer Mensch geworden, Ramirez. Nur ein etwas Vernünftigerer. Und vielleicht erinnerst du dich ja daran, dass Menschen, die mir auf den Sack gehen, bald keinen Sack mehr haben. Weißt du noch, was meine beste Eigenschaft war? Ich töte niemanden, der es nicht verdient, Ramirez. Also sieh zu, dass du es nicht verdienst. Sonst wirst du ein Problem bekommen.«

Damit legte er auf. Kleiner Wichser.

Seine Schwester sollte er trotzdem bald noch einmal aufsuchen. Morgen. Er war müde. Er brauchte eine Dusche. Er musste seine Waffe putzen.

Ungeduldig fuhr er die Straße hinab, an einem Stripclub vorbei, der mit kostenlosem Buffet warb, bis er an einem gelben Neon-Schild, auf dem *Hotel* stand, angelangte. Das E flackerte besorgniserregend, aber immerhin gab es das Schild, sonst wäre er glatt dran vorbeigefahren. Das vor ihm liegende Gebäude als *heruntergekommen* zu bezeichnen, war noch freundlich. Der Putz des vierstöckigen Hauses blätterte an der rostroten Fassade ab und gab ungesund aussehende, gelbliche Stellen frei. Das Flachdach war mit spitzen, grauen Nadeln umgeben, wahrscheinlich um Möwen und Tauben zu verscheuchen, und der Name des Hotels auf dem morschen Brett über der Tür war so verblichen, dass Diego ihn kaum lesen konnte. Das einzig Schöne an dem Haus war das dahinter aufblitzende Meer. Kaliforniens Küste war nun einmal hübscher als ein gut trainierter Frauenhintern.

Diego bog nach links auf einen kleinen Parkplatz, auf dem sonst nur ein himmelblauer Ford stand, und trat die Bremse aggressiver durch als nötig.

Was für ein scheiß Tag. Er war sich ziemlich sicher, dass Ramirez eine leere Drohung ausgesprochen hatte, aber er wollte es nicht drauf ankommen lassen. Er würde nicht länger bleiben als nötig.

Gott, er hoffte wirklich, dass er heute niemandem mehr, außer zwei Sorten von Menschen begegnete: entweder nackten, heißen Frauen, die ihm gerne einen blasen wollten, oder Taubstummen, die lediglich mit den Händen kommunizierten. Zum Glück musste er nur noch einchecken und konnte sich dann in seinem Zimmer einschließen. Was sollte ihn da schon groß wütend machen?

Er klemmte seine Waffe hinten in die Jeans, zog die Lederjacke über, damit das Metall nicht mehr sichtbar war, und lief dann um das Auto herum, um die Tasche mit dem Geld zu bergen. Die würde er sicher nicht einfach im Kofferraum liegen lassen.

Schließlich schloss er den Wagen ab und rückte die Sonnenbrille gerade. In den letzten Jahren hatte er gelernt, dass Menschen ihn für freundlicher hielten, wenn seine Augen verborgen blieben. Adri meinte, das läge an seinem düsteren Mörderblick. Diego fand nicht, dass er mörderisch guckte. Er guckte halt so, als würde er jedem Menschen, der ihm grundlos auf den Sack ging, das Gehirn wegpusten. Normal eben.

Der Kies knirschte unter seinen schweren Schritten und er schob die große Sporttasche die Schulter hinauf, um durch die quietschende Drehtür des Hotels zu passen.

Der kalte Luftzug der viel zu kalt gedrehten Klimaanlage blies ihm entgegen, während er den Blick durch das großzügige Foyer schweifen ließ. Die Decken waren hoch und über seinem Kopf hing ein verstaubter Kronleuchter, der gedämpftes Licht auf den schweren, roten Teppich unter seinen Füßen warf. Es roch nach modrigem Holz und Mottenkugeln. Vielversprechend.

Sein Blick landete auf einem breiten Tresen in der Mitte des Raumes, hinter dem eine kleine Frau stand.

Volles C-Körbchen, war das Erste, was er dachte. Er hatte da einen Blick für. Außerdem waren die Brüste der Rezeptionistin, soweit er das erkennen konnte, ihr bestes Merkmal.

Scheiße, sie sah so unglaublich prüde aus, dass sein Schwanz erschrocken zwischen seine Beine zurückschreckte. Grauer Bleistiftrock, gestreifte, hochgeschlossene Bluse, die auch das letzte Stückchen Haut verbarg. Da hatte sie geile Brüste und versteckte sie. Verstehe einer die Frauen.

Diego lief geradewegs auf sie zu und ließ den Blick träge über ihr Gesicht gleiten. Glatte, braune Haare, die ihr über die Schultern fielen, und braune Augen, mit denen sie aufmerksam auf den Computerbildschirm sah. Diego erkannte auf einen Blick, dass sie eine der süßen, freundlichen Frauen war, die einen weiten Bogen um ihn machten. Schade eigentlich, denn ihr Mund war geil. Er schien kaum zu der unschuldig wirkenden Frau zu passen. Volle, dunkelrot bemalte Lippen, die nur zur Sünde geschaffen waren. Lippen, die sich fest um seinen Schwanz saugen konnten, um auch den letzten Tropfen aus ihm zu wringen.

Oh ja, das gefiel ihm.

Und auf einmal wirkte die geschlossene Bluse wie ein süßes Versprechen. Ein Geschenk, das es nur auszupacken galt. Waren die am unschuldigsten wirkenden Frauen nicht ohnehin die versautesten? Die Frauen mit einem Heiligenschein auf dem Kopf, aber dem Maxi-Dildo im Nachtschränkchen? Die Frauen, die laut schrien, wenn sie kamen, und ihre Zähne in seine Schulter gruben, wenn er ihnen den Orgasmus verwehrte?

Dieser Gedanken verleitete ihn zu einem Grinsen, bevor er die Tasche von der Schulter gleiten ließ und sich mit den Händen auf den Rezeptionstresen abstützte.

»Diego Como, ich hatte ein Zimmer reserviert.«

KAPITEL 3

Maria hätte sich mit Freuden den Apokalyptischen Reitern entgegengestellt und klaglos die sieben Plagen über sich ergehen lassen, wenn sie dafür nie wieder Zeit mit ihren Schwestern verbringen musste.

Es wäre nicht die Wahrheit, zu sagen, dass sie sie hasste. Schließlich waren sie immer noch Teil ihrer Familie. Aber sie hasste die Unsicherheit, die sie bei ihr auslösten. Sie hasste ihre Blicke und ihr herablassendes Lächeln.

Und all das musste sie nun die nächsten sechs Monate ertragen.

Hilflos schaute sie auf die Formulare, die sich hinter der hölzernen Theke stapelten. Die letzte halbe Stunde hatte eine Mitarbeiterin sie mit den Grundlagen vertraut gemacht und ihr erklärt, wie sie Buchungen in den PC eingab und abrief. Weil unter der Woche ohnehin nicht viele Gäste eincheckten, hatte sie gleich ihre erste Schicht übernommen.

In Ermangelung einer anderen Beschäftigung drehte sie sich zu dem Computer um und klickte sich durch das Programm. Es würde sicher nicht schaden, wenn sie sich die Buchungen anschaute und sich ein Bild davon machte, wer in diesem Hotel ein und aus ging. Trotz der unendlichen Ladezeiten schaffte sie es letztendlich auf die Übersichtsseite, die die Buchungen der letzten Woche auflistete. Schnell überflog sie die Informationen zu den Gästen. Diverse Ehepaare, wenige Familien, eine Handvoll Alleinreisende. Und ein Club.

Maria runzelte die Stirn. In der Zeile für den Namen stand nicht mehr. *Club P4*. Welcher Club konnte damit gemeint sein? An zwei Abenden in der Woche waren unter diesem Namen Buchungen von drei Zimmern im Erdgeschoss vermerkt.

Einer dunklen Vorahnung folgend, rief Maria die Buchung der letzten Woche auf. Auch hier fand sie den *Club P4* sogleich, dieses Mal an drei Abenden die Woche. Genauso in der Woche zuvor.

»Verdammt«, murmelte Maria. Scheinbar hatte sie ihre Verärgerung zu sehr an der Tastatur des alten Computers ausgelassen. Auf dem Bildschirm prangte eine rote Fehlermeldung.

Sie schnaubte und tippte weiter, doch es tat sich nichts. Das hatte ja so kommen müssen. Heute war ein typischer Tag, an dem es dem Schicksal nicht reichte, ihr nur einmal ins Gesicht zu spucken.

Aus dem Augenwinkel sah sie, wie sich die Drehtür bewegte. Panisch hackte sie auf die Tastatur ein, doch der Computer dachte nicht einmal daran, auf sie zu hören. Schnell presste sie die Lippen aufeinander und schenkte dem Computerbildschirm einen letzten bösen Blick. Dann setzte sie ein höfliches Lächeln auf, hob den Blick und sah dem Gast entgegen. Eindeutig Südländer. Schwarze Lederjacke, muskulöse Arme. Die Ansätze von Tattoos blitzten an Handgelenken und Hals unter dem Leder hervor. Bartstoppeln, ein markanter Kiefer.

»Diego Como, ich hatte ein Zimmer reserviert«, sagte der Gast, als er an die Theke herangetreten war.

Maria musste sich zwingen, ihr Gegenüber nicht mit offenem Mund anzustarren. Er sah aus wie eine Mischung aus Gangster und … Nein, eigentlich sah er ganz genauso aus wie ein Gangster. Aber ein verdammt attraktiver.

Ihr Blick glitt hinauf bis zu seinen Mundwinkeln, die unwillig ein Stück nach unten gezogen waren. Seine Haut war dunkel, die Augen hinter einer großen Sonnenbrille verborgen. Gott, dieser Mann war die pure Sünde.

»Guten Tag, willkommen im *Bed 'n' Beach*. Einen Moment, bitte.« Maria zwang sich zu einem höflichen Lächeln, und drehte sich wieder zu dem Bildschirm um. Ihre Finger schwebten über der Tastatur, während sie die leeren Textfelder anstarrte.

»Wie war noch gleich Ihr Name?« Ihr Mund fühlte sich trocken an.

»Como. Er ist nicht schwer. Es sind vier Buchstaben.« Die Stimme des Fremden klang ungeduldig, geradezu herablassend. Dieser Umstand brachte für einen Moment wieder Klarheit in Marias Gedanken. Missbilligend presste sie die Lippen aufeinander und räusperte sich.

»Danke.« Glücklicherweise hatte sich die Fehlermeldung inzwischen verabschiedet. Langsam tippte sie die Buchstaben in die Suchleiste ein und zwang sich, keinen weiteren Blick in die Richtung des Mannes zu werfen. »Diego Como? Eine Suite für drei Nächte?«

»Ja.«

Maria hörte ein merkwürdiges Geräusch und für einen Moment zuckte ihr Blick doch zur Seite. Die Hand des Fremden lag auf der Theke und mit den Fingern trommelte er ungeduldig auf das Holz. Diese starke Hand … Maria schnaubte. Sie verstand nicht, was mit ihr los war. Die wenigsten Männer brachten sie so aus dem Konzept. Natürlich musste ihr eines dieser Exemplare gerade an einem Tag wie diesem begegnen.

»Gut …« Sie wählte die Buchung aus, doch bevor sie die Ankunft des Gastes bestätigen konnte, fror der Bildschirm ein. Verdammt. Warum hatte sie sich die endlosen Erklärungen zu dem Programm überhaupt angehört, wenn es jetzt sowieso nicht das machte, was sie wollte? Sie löste die zitternde Hand von der Maus und merkte, wie ihr Puls stieg. Wieso ausgerechnet heute? Sie war ohnehin mit den Nerven am Ende.

Aufgewühlt suchte sie in ihrem Kopf nach einem unverfänglichen Gesprächsthema, das den Gast beschäftigen würde, bis der Computer wieder funktionierte. »Diego also? Wie aus *Ice Age*?« Das war nicht unbedingt der beste Einfall. Okay, eigentlich hätte ihr in diesem Moment kaum etwas Dümmeres über die Lippen kommen können.

»Diego. Wie in: Diego«, sagte er trocken. »Könnten wir das Ganze etwas beschleunigen?«

Er schien durch ihren schwachsinnigen Kommentar zumindest nicht genervter als ohnehin, was Maria aus irgendeinem Grund erleichterte.

»Ja, natürlich. Einen Moment noch, bitte.« Sie schaute wieder auf den Computer, auf dem sich nichts tat. Die

Startseite der Hotelsoftware strahlte ihr höhnisch entgegen, wie auf dem Bildschirm festgeklebt. Plötzlich wünschte sie sich, heute Morgen statt dieser hochgeschlossenen Bluse die kurzärmelige Version gewählt zu haben, denn ihr wurde von Sekunde zu Sekunde wärmer.

»Ganz schön heiß hier in San Colina, oder? Sind Sie zum ersten Mal hier?« Oh Gott, Smalltalk. Kaum hatte sie diese Worte ausgesprochen, wäre sie am liebsten in einem großen Loch im Boden verschwunden.

Der Fremde stützte sich langsam mit den Händen auf den Tresen, beugte sich zu Maria vor und nahm die Sonnenbrille ab. Seine Augen waren dunkel. Geheimnisvoll, aber auf eine eher beunruhigende Art. »Verraten Sie mir etwas. Sehe ich aus wie ein Mann, der sich gern übers Wetter unterhält?«

Ungebeten schossen ihr auf diese Frage hin verschiedene Bilder in den Kopf. Diverse aufregende Szenarien. Nein, dieser Diego sah nicht aus wie ein Mann, der sich gern übers Wetter unterhielt. Er sah aus wie ein Mann, der im Regen mit nacktem Oberkörper ohne Helm Motorrad fuhr. Ein Mann, der nervige Menschen mit einer Pistole bedrohte.

Maria schluckte. Ihr war bewusst, dass sie ihr Gegenüber schon länger anstarrte, doch sie konnte den Blick nicht von ihm lösen.

Er sah aus wie ein Mann, der es dreckig und hart mochte.

Verdammt, langsam wurde es wirklich peinlich. Maria merkte, wie ihr die Hitze in die Wangen stieg. Worüber hatten sie geredet? Er hatte eine Frage gestellt!

»Nein, Sie … sehen ehrlich gesagt aus wie ein Gangster.« Maria schluckte und hatte das Gefühl, etwas hinzufügen zu müssen. »Ein Motorradgangster.«

Er zog irritiert die Augenbrauen zusammen. »Und Sie wie eine Jungfrau. Da wir das geklärt hätten … Mein Zimmer?«

Erst wollten ihr beim Stichwort »Zimmer« noch weitere Bilder in den Kopf schießen, dann wurde ihr die Bedeutung seiner Worte bewusst. »Ich bin … ganz und gar keine Jungfrau!«

Diego Como hob die Mundwinkel und blickte auf ihr Namensschild – jedenfalls vorrangig. Danach ruhte sein Blick verräterisch lange auf ihren Brüsten. »Wie Sie meinen … Maria.«

Maria verschränkte die Arme vor der Brust, um sich vor den aufdringlichen Blicken zu schützen. »Niemand braucht so lange, um ein Namensschild zu lesen, Mister Como.«

»Ich bin Legastheniker.«

Sie weitete die Augen. »Oh Gott … Das tut mir leid, ich wollte nicht … Hätte ich das gewusst, hätte ich mich nicht darüber lustig gemacht!«

Erst schwieg der Mann, dann hob er die Mundwinkel ein Stück weiter. »Sie sind verdammt leichtgläubig. Ich würde aufpassen. Ein schlechterer Mann als ich könnte das ausnutzen.«

Ein schlechterer Mann? Sie schnaubte. Er war schließlich die Personifikation des Schlechten. Des Bösen. Des Dreckigen … *Maria!*

Schnell kratzte sie den letzten Rest an Würde zusammen, der ihr in den vergangenen Minuten nicht irgendwo unter dem Tresen verloren gegangen war.

»Wie freundlich von Ihnen, dass Sie sich um mich sorgen.«

»So bin ich einfach«, sagte er trocken. »Und was halten Sie jetzt davon, Ihren nervigen Mund zu schließen und mir endlich meinen Schlüssel zu geben?«

»Wie nett«, murmelte sie, schaute ihn noch einen Moment giftig an und dann wieder auf den Computer. Auch wenn dieser Kerl heiß war, rechtfertigte das nicht sein Benehmen. »Das macht 250 Dollar pro Nacht. Insgesamt dann 750 Dollar. Falls Sie auch an Dyskalkulie leiden.«

Er sah sie mit hochgezogener Augenbraue an und schwieg.

»Dyskalkulie bezeichnet übrigens eine Rechenschwäche. Falls Sie auch an Dummheit leiden.«

Für einen Moment starrte er sie irritiert und mit halb offenstehendem Mund an, dann fing er sich wieder und sein Kiefer knackte. »Auf der Website waren es 200 pro Nacht … und was habe ich Ihnen dazu gesagt, Ihren nervigen Mund zu halten?«

Das warme Gefühl des Triumphs breitete sich in Marias Brust aus und sie lächelte breit. »Der Preis ist soeben gestiegen.«

Como ballte eine Hand zur Faust und knallte sie mit einer solchen Wucht auf den Tresen, dass Maria sich nach allen Seiten vergewisserte, dass niemand anderes in der Eingangshalle war. »Einen Scheiß ist er.«

»Ja, definitiv Dummheit«, murmelte sie und blickte auf ihren PC. Auch wenn sie ihr Gegenüber gern noch länger betrachtet hätte – am liebsten wieder mit der Sonnenbrille auf der Nase –, hatte sie doch keine Lust auf einen Streit. Vor allem nicht hier, wo jeden Moment andere Gäste aufkreuzen konnten.

»Sagen wir 700 Dollar«, schlug sie gönnerhaft vor. »Ansonsten müssen Sie meinen nervigen Mund noch länger ertragen.«

»Beschissen gutes Argument«, zischte er und musterte sie erneut, als zöge er sie bereits bis auf die Unterwäsche aus. Betont langsam beugte er sich nach unten. Maria hörte, wie ein Reißverschluss geöffnet wurde, dann erschien Como wieder über der Theke und knallte ein Bündel Geld auf den Tisch. Stilvoll zusammengehalten von einem Einmachgummi.

Ungläubig stieß Maria ein Lachen aus. Natürlich! Natürlich trug ihr Motorradgangster so viel Bargeld mit sich herum, dass er schon Bündel schnürte. Wahrscheinlich war seine ganze Tasche voll damit. Wie er wohl da rangekommen war? Drogenhandel? Auftragsmord?

»Das ist jetzt nicht Ihr scheiß Ernst«, sagte sie wenig professionell.

Como verzog keine Miene. »Ich bin kein besonders witziger Typ. Natürlich ist das mein Ernst.«

»Sie wollen 700 Dollar in bar bezahlen? Das geht nicht.«

»Ein Freund hat mir da etwas anderes gesagt.« Langsam schien ihr Gegenüber unruhig zu werden – jedenfalls nahm seine Hautfarbe von Sekunde zu Sekunde einen dunkleren Ton an. Auch die Augen verengte er, aber Maria war das egal. Sie würde keine voreiligen Entscheidungen treffen, nur weil dieser Typ ihr Angst einjagte. Ihr Herz pochte schneller, während sie sich ausmalte, woher er das ganze Geld haben könnte. Ob es Schwarzgeld war? Ob Blut dafür geflossen war? Verdammt, wieso hatte sie heute nur so oft mit großen Geldsummen von unbekannten Quellen zu tun?

»Das ist mir herzlich egal«, sagte sie und versuchte, das Zittern in ihrer Stimme zu unterdrücken. »Sie haben gerade 700 Dollar aus dieser auffällig aussehenden Sporttasche genommen. Wollen Sie mir jetzt erzählen, dass Sie das alles legal erworben haben?«

Er schlug wieder mit der flachen Hand auf den Tisch und Maria zuckte zusammen. »Ich möchte Ihnen überhaupt nichts erzählen, denn es geht Sie einen Scheißdreck an, woher ich das Geld habe. Geld ist Geld.«

Auch wenn sie mit jedem seiner Worte nervöser wurde, knickte sie nicht ein. Sie wollte ihren Schwestern später nicht erklären müssen, was passiert war, wenn das Hotel durch diesen zwielichtigen Typen Schwierigkeiten bekam. Wenn er hier auf einem ihrer Zimmer Drogen vertickte …

Also zog sie die Schultern zurück und reckte das Kinn. »Das hier ist mein Hotel und ich bestimme selbst, was ich annehme oder nicht.« Nachdem sie es ausgesprochen hatte, kam ihr ihre Aussage doch wenig stichhaltig vor. Fieberhaft suchte sie nach einem weiteren Argument. »Außerdem haben wir gerade unsere Firmenpolitik geändert.«

Como rang sichtlich um Fassung. Ein bisschen tat er ihr ja schon leid, doch dann sah sie, wie seine Hand kurz zum hinteren Bund seiner Jeans zuckte. Hatte er da gerade … Hatte er etwa eine Waffe? Ihr Mund klappte auf.

Aber er gab ihr keine Zeit nachzudenken. »Ich möchte gern mit deinem Daddy sprechen, Kinderarbeit ist selbst in Kalifornien verboten.«

Schon wieder ein dummer Spruch. Gingen ihm nicht langsam die Ideen aus? Irgendwann musste die kleine schwarze Kiste in seinem Kopf doch leer sein. »Wenn mein Vater dich sehen würde, würde er gleich zehn Rosenkränze für deine Seele beten«, murmelte sie.

»Bitte was?«, fragte er scharf.

Maria schluckte und schielte noch einmal zu seiner Hose. »Nichts.« Jetzt schaute sie ihm in die Augen. »Sparen Sie sich Ihre Witze. Ich bin die Geschäftsführerin dieses Hotels und verlange von Ihnen eine Kartenzahlung.«

»Ich habe keine Kreditkarte. Ich besitze nicht einmal ein Bankkonto.«

Na bravo. Wer hätte das geahnt?

»Die Straße runter befindet sich eine Bank. Dort können Sie eines eröffnen.«

Eine Ader an Comos Stirn pulsierte. Auch wenn er ein wahrlich einschüchternder Mann mit einer Schwarzgeldtasche und einer Waffe war – jedenfalls vielleicht –, machte es Maria langsam Spaß, ihn auf die Palme zu bringen.

Doch ihr Gegenüber schien der Situation nichts Positives entlocken zu können. Er presste die Lippen aufeinander und verengte die Augen.

Wieso war ihr nicht vorher aufgefallen, was für schöne Lippen er hatte? Markant geschwungen und männlich. Wie sie sich wohl auf ihren eigenen anfühlen würden? Oder auf ihrem Körper …

Sie umklammerte einen der schwarzen Kugelschreiber mit dem Hotellogo darauf, bis ihre Knöchel weiß hervortraten. Ein sanftes Ziehen, das sie lange nicht mehr verspürt hatte, meldete sich in ihrem Unterleib.

Doch Como ließ sie nicht lange in ihren Tagträumen. Die Worte, die über seine Lippen kamen, waren nämlich alles andere als schön.

46

»Du hörst mir jetzt mal ganz genau zu, Püppchen: Ich habe in meinem Leben noch nie das getan, was eine Frau mir gesagt hat. Ich werde jetzt ganz sicher nicht damit anfangen, mir Finanztipps von einer Heiligen mit großen Brüsten geben zu lassen. Ich bin verdammt müde, ich hatte einen beschissenen Tag, aber ich bin ein gütiger Mensch. Deshalb gebe ich dir eine letzte Chance, mich in bar zahlen zu lassen. Ansonsten wird dieses Gespräch sehr schnell sehr ungemütlich. Glaub mir einfach, wenn ich dir sage, dass du mich nicht zum Feind haben willst.«

Verdammt. Fassungslos starrte Maria ihn an und merkte erst nach einigen Sekunden, wie dämlich sie dabei aussehen musste. Wieso war sie heute Morgen noch mal aus diesem Taxi gestiegen? Sie räusperte sich nervös. »Drohen Sie mir gerade?« Ihre Stimme brach nach dem letzten Wort.

Fassungslos sah Como sie an und schüttelte langsam den Kopf. »Meine Güte, ich lasse nach …« Dann hob er die Stimme. »Natürlich ist das eine beschissene Drohung, was sollte es sonst sein?«

Maria schluckte und wies sich selbst an, ruhig zu bleiben. Erst heute Morgen hatte sie am Flughafen in einer Zeitschrift geblättert, in der es Tipps zu dem Umgang mit Psychopathen gegeben hatte. Man durfte sich ihnen nicht in den Weg stellen. Man musste ihnen ihre Wünsche gewähren, bevor man Schritte gegen sie einleitete.

Doch ein Teil von ihr wollte es nicht einsehen, Diego Como komplett gewinnen zu lassen.

Sie räusperte sich ein zweites Mal. Dann kam ihr eine brillante Idee. »Ich … dann … Wie wäre es, wenn Sie eine Anzahlung leisten? 200 Dollar? Und ich werde Sie in der Zwischenzeit überprüfen. Den Rest zahlen Sie morgen.«

Mit mehr Überzeugung, als sie noch in sich hatte, griff sie nach einem der hellblauen Anmeldeformulare und schob es ihm über den Tresen zu. Blut schoss ihr in den Kopf und sie hoffte, dass dieser nicht so rot war, wie er sich gerade anfühlte.

Comos Mundwinkel zuckte. »Sie wollen, dass ich Ihnen meine Personalien gebe?«

»Das wäre sehr ... nett.«

»Nett?« Er schnaubte. »Lange her, dass ich dieses Wort gehört habe.« Ruckartig zog er das Papier zu sich heran. Maria reichte ihm einen Kugelschreiber. Mit gerunzelter Stirn beugte er sich über das Formular und füllte es aus.

Maria stützte sich mit den Händen auf dem Tresen vor ihm ab. Fast geschafft. Sobald sie seinen Namen und seine Adresse hatte, würde sie ihren Highschoolfreund Bill, der bei der städtischen Polizei arbeitete, um einen kleinen Gefallen bitten – vorausgesetzt, er war noch dort. Gott, sie war wirklich lange nicht mehr in San Colina gewesen.

Sie beobachtete ihren zwielichtigen Gast, während er schnell etwas in die dafür vorgesehenen Felder krakelte.

»Bitte leserlich«, rutschte es ihr heraus.

Como warf ihr einen irritierten Blick von unten herauf zu, konzentrierte sich dann aber wieder auf das Formular. Vielleicht war er doch Legastheniker.

Marias Blick fiel auf das dicke Geldbündel, das wie eine unausgesprochene Drohung vor ihr auf dem Tisch lag. Mit spitzen Fingern packte sie zwei 100-Dollar-Scheine und zog sie heraus. Den Rest schob sie in

Comos Richtung, als er ihr das ausgefüllte Formular reichte.

»Ich wünsche Ihnen einen wunderschönen Aufenthalt in unserem Hotel.« Maria setzte ein gekünsteltes Lächeln auf, nahm den passenden Schlüssel vom Haken und schob ihn über den Tresen. Nummer 304. »Ihr Zimmer liegt im dritten Stock. Einfach die Treppe hoch, der Aufzug ist gerade kaputt.«

»Natürlich ist er das«, antwortete Como trocken. »Viel Spaß bei der Überprüfung.« Er packte den Schlüssel mit der einen und die Tasche mit der anderen Hand und steuerte auf die Treppe zu.

Maria folgte ihm mit ihrem Blick, bis er im Treppenhaus verschwunden war. Dann wandte sie sich ab und sank mit einem Stöhnen auf den Stuhl vor dem Computer. Sie betrachtete das streikende Programm und wischte sich die schweißnassen Hände an ihrem Bleistiftrock ab.

Konnte dieser Tag eigentlich noch schlimmer werden? Erst das Gespräch mit ihren Schwestern, dann dieser verdammte Testamentsbeschluss ihrer Mutter und nun ein sexistischer, vielleicht bewaffneter Gangster, der sie bedroht hatte. Bedroht! Noch nie in ihrem Leben war sie bedroht worden. Was fiel diesem Kerl überhaupt ein?

Sie pustete sich eine Strähne aus dem Gesicht und lehnte sich zurück, bis sie an die mäßig biegsame Rückenlehne des Stuhls stieß. Wie sie diesen Typen verabscheute, obwohl sie ihn nur einmal gesehen hatte. Seine arrogante und herablassende Art, sein spöttisches Lächeln.

Doch je mehr sie sich ihre Abneigung einreden wollte, desto mehr verwirrende Bilder drängten sich in ihren

Kopf. Bilder von Motorrädern und von Diego Como, der sich mit nacktem, braungebranntem Oberkörper über sie beugte, das weiche Leder des Sitzes in ihrem Rücken. Von seinen sehnigen Unterarmen. Der leicht betörende Geruch von Schweiß und Motoröl. Seine starken Hände, die ihre Hüfte umfassten und sie nach hinten schoben. Begehren in seinem undurchdringlichen Blick, als er sich über sie beugte und seine rauen Lippen fordernd auf ihre presste ...

Um Gottes willen, Maria! Sie riss die Augen auf und sprang auf die Füße, als könnte sie die Gedanken so abschütteln. Hastig legte sie das Formular in eine der Ablagen. Sie brauchte Ablenkung. Dringend. Ein Blick auf die Uhr bescherte ihr auch gleich einen triftigen Grund, ihre Aufmerksamkeit auf etwas anderes zu lenken. Denn es war Zeit für das unausweichliche Gespräch mit ihren reizenden Schwestern.

KAPITEL 4

Nett.

Sie hatte gewollt, dass er *nett* zu ihr war.

Das letzte Mal hatte er dieses Wort von seiner Mutter gehört und die war seit über fünfundzwanzig Jahren tot. In was für einer rosa Zuckerwattewelt lebte diese Frau? Sah er aus wie ein Kerl, der sich die Mühe gab, nett zu sein? Er hätte sich heute Morgen nicht die Haare kämmen sollen. Offenbar hatte ihn das zu zahm aussehen lassen.

Diego nahm die letzte Treppenstufe, umfasste die Tasche mit dem Geld fester und schüttelte den Kopf. Er war es gewohnt, Menschen einzuschüchtern. Das war nun einmal seine Jobbeschreibung gewesen. Aber die heilige Jungfrau Maria vom Tresen …

Sie hatte nicht *verstanden*, dass er ihr drohte! Weil so etwas in ihrer Welt wahrscheinlich einfach nicht passierte. So verdammt unschuldig war sie. Das war ihm noch nie passiert. Frauen waren angeturnt oder eingeschüchtert von ihm. Und er mochte es so, denn dann gab es keine Überraschungen. Aber noch nie hatte eine Frau ihn angesehen, als wäre er der Bösewicht aus einem beschissenen Disney-Film, dem man nur den Kopf tätscheln musste, damit er urplötzlich Manieren entwickelte!

Er ließ den Blick nach rechts schweifen, während der rote Teppich seine Schritte verschluckte, und suchte die Türen nach der Nummer 304 ab.

Gott, er hasste Frauen, die Widerworte gaben. So sehr. Frauen sollten nur eins auf ihrer Zunge liegen haben und das war sein Schwanz, nicht etwa bissige Bemerkungen.

Andererseits musste er zugeben ... ja, ihre katholische Schulmädchen-Masche tat es für ihn. Es war süß gewesen, wie ihre dunklen Rehaugen sich schockiert geweitet und ihre Wangen sich gerötet hatten, als ihr klargeworden war, dass er ihr drohte. Wie sie versucht hatte, einen Kompromiss mit ihm zu schließen. Mit dem Mann, der das Wort Kompromiss aus seinem Wortschatz gestrichen hatte, als die *Baracudas* ihm ein lukratives, wenn auch ein wenig blutiges Jobangebot gemacht hatten. Es gab seinen Weg – und den falschen. Das hatte jeder in der Organisation gewusst. Aber das konnte Maria natürlich nicht ahnen.

Seine Mundwinkel zuckten bei dem Gedanken daran, wie sie erschrocken die Hand auf ihr volles C-Körbchen pressen würde, wenn sie herausfände, was er die letzten drei Jahre getrieben hatte. Ja, sie war die Art von Frau, die in einem Wattebausch aufgewachsen war. Die Art von Frau, die hart durchgefickt werden musste, damit sie bemerkte, dass die Welt nicht nur aus süß riechenden Blumen und tanzenden Elfen bestand – sondern aus Gier, Macht und Sex. Er würde sich da anbieten, um sie

52

in die Realität zu holen. In dem Bereich war er ein wahrer Heiliger.

Endlich gelangte er an seiner Suite an und öffnete die Tür. Das dahinter zum Vorschein kommende Zimmer war genau das, was er erwartet hatte. Groß, leicht verstaubt und mit antik aussehenden Möbeln, die wahrscheinlich alle älter waren als er selbst. Und mit vierunddreißig war er wahrlich kein Jungspund mehr. Das einzig Moderne war ein großer Flachbildfernseher gegenüber des Kingsize-Bettes.

Diego trat die Tür ins Schloss und warf die Tasche mit dem Geld auf die Blümchenbettwäsche. Zu seiner Linken lag eine breite Flügeltür, die in ein weitläufiges Wohnzimmer mit zweitem Fernseher, breiter Kordcouch und goldenen Vorhängen führte. Die Klimaanlage lief, die Fenster konnte man nicht öffnen, so wie es sich für ein Hotel, das nicht als Selbstmorddomizil bekannt werden wollte, gehörte, und die Deckenlampen warfen ein nicht allzu aufdringliches Licht in den Raum.

Ja, die Suite war gut. Aber wenn in der Dusche keine nackte Frau auf ihn wartete, keine siebenhundert Dollar wert.

Diego verstaute seine Rente im Safe, der in einem der Schränke stand – nur deshalb hatte er überhaupt eine Suite gebucht –, bevor er das Zimmer wieder verließ, um seine restlichen Sachen aus dem Auto zu holen.

Als er die Lobby durchquerte, war der Empfangstresen leer. Er war fast enttäuscht darüber. Maria war nervig, aber auch unterhaltsam gewesen. Außerdem wusste er die Begrüßung von zwei deutlich sichtbar aufgerichteten Nippeln zu schätzen. Er hoffte sehr, dass sie nicht auf die Idee kam, die Klimaanlage runterzudrehen. Ihr stand kalt.

Es war absurd, dass sie die Besitzerin des Hotels sein sollte. Sie sah aus, als hätte sie gerade erst die Highschool beendet. Aber offensichtlich hatte er sich da geirrt. Gut. Dann brauchte er sich zumindest nicht für seine unsittlichen Gedanken zu schämen.

Er erreichte seinen Wagen und öffnete den Kofferraum, in dem sich nur noch eine einzige Holzkiste befand. Kniehoch, eine Armeslänge breit.

Diese Kiste war das Einzige, was er immer mitnahm. Ihr Inhalt beruhigte ihn – und da er ein eher aufbrausender Mensch und sein bisheriger Job sehr stressig war, war Ruhe ein rar gesätes Gut.

Er klemmte sie sich unter den Arm, schloss den Wagen ab und ging zurück in sein Zimmer, wo er sie neben sein Bett stellte. Dann ließ er seinen Nacken kreisen, setzte sich aufs Bett und zog sein Handy aus der Hosentasche, um Adris Nummer zu wählen. Es wurde Zeit, sich bei seiner Schwester anzukündigen.

»Hey, Diego«, meldete sie sich nach dem dritten Klingeln. »Was gibt's? Ich bin gerade auf dem Sprung.«

»Hey, *Hermana*. Alles okay bei dir?«

»Klar. Kann mich nicht beschweren.«

»Gut.« Er hoffte sehr für ihren Macker, dass das die Wahrheit war. »Hey, weißt du was? Ich bin ab morgen in der Stadt«, log er.

»In der … wo? *Hier*?« Die Stimme seiner Schwester klang nervös.

Fuck, das war nicht gut. »Ja. Jetzt, da ich in Rente bin, dachte ich, könnte ich meinen Lieblingsmenschen mal besuchen.«

»Oh. Das … das freut mich.«

Diego verengte die Augen. »Warum hörst du dich dann nicht so an?«

»Ach, ich … ich bin nur gestresst. Ich muss gleich zur Arbeit. Steve auch. Aber wir würden dich natürlich gerne morgen sehen! Vielleicht so um die Mittagszeit?«

»Klar, ich habe nichts vor«, sagte Diego mit einer Geduld in der Stimme, die er nicht verspürte. »Überhaupt gar nichts. Ich komme nur deinetwegen.«

»Oh. Gut.« Sie zögerte … und er hasste es. Adriana konnte normalerweise gar nicht aufhören zu reden. Sie war immer fröhlich und herzlich gewesen. So wie ihre Mutter. Und jetzt brachte sie kaum zwei Worte heraus. Er war ihr beschissener Bruder! Niemand kannte ihn so gut wie sie. Was zum Teufel war los mit ihr?

»Hör mal, Diego, ich muss jetzt wirklich los, okay? Aber ich schreib dir noch, wo wir uns treffen. Hab dich lieb, *Hermano*. Ich freu mich wirklich darauf, dich zu sehen!« Diesmal hörte sie sich sogar halbwegs aufrichtig an.

»Okay. Bis morgen«, sagte er knapp und legte auf.

Irgendetwas stimmte nicht. Er hatte da ein Gespür für. Seine Nackenhaare standen zu Berge und sein ganzer Körper befand sich in Alarmbereitschaft. Aber darüber konnte er sich noch später sorgen. Er hatte ohnehin vorgehabt, sich den Club, in dem Adrianas Macker arbeitete, heute Abend anzusehen. Wenn er schon dabei war, würde er Steve auch gleich genauer unter die Lupe nehmen.

Es war immer gut, etwas über sein Opfer … ähm, seinen Schwager in spe zu wissen. Am besten etwas, das er gegen ihn verwenden konnte. Diego mochte es eigentlich nicht, Menschen zu erpressen. Das war hinterlistig und feige. Nein, er war die Art von Gentleman, die einem Menschen lieber eine Knarre an die Schläfe hielt, um seinen Standpunkt unmissverständlich klarzumachen. Das war einfach die feinere Art. Aber bei Adrianas Macker musste er vielleicht eine Ausnahme machen. Besondere Umstände erforderten besondere Maßnahmen.

Er atmete tief durch, legte seine Waffe unters Kopfkissen und zog dann Jacke, Jeans und T-Shirt aus.

Er nahm die Tür rechts, die ins Bad führte, und stellte zufrieden fest, dass zumindest die Dusche etwas taugte. Sie war mit einer großen Glaswand vom Rest des Raumes abgetrennt und mit einem vielversprechenden Regenduschkopf ausgestattet. Ein wenig Entspannung war genau das, was er jetzt brauchte.

Er trat in die zur Seite geöffnete Kabine, stellte das Wasser an, legte den Kopf in den Nacken und ließ den heißen Strahl auf sein Gesicht prasseln. Dann nahm er sich etwas von dem Duschgel, rieb sich ein und ließ die Hände über seinen Oberkörper tiefer wandern.

Er dachte an die Frau aus dem Coffeeshop. Die Rothaarige, die sich ihm so bereitwillig angeboten hatte. Ihre großen Brüste, die wackeln würden, wenn sie ihn ritt. Aber irgendwie turnte sie ihn nicht an. Sie war zu eifrig gewesen und hatte wahrscheinlich schon auf Hunderten Schwänzen gesessen.

Also ließ er seine Gedanken stattdessen zu der unschuldigen Rezeptionistin wandern. *Maria.* Das unerfahrene Mädchen, das wahrscheinlich nicht wissen würde, wo es ihn zuerst anfassen sollte. Deren Berührungen vorsichtig, bedacht sein würden. Deren Küsse süß und ein wenig zögerlich, aber genauso gierig wie seine sein würden. Er spürte, wie er hart wurde, griff fest um seinen Schwanz und fuhr genüsslich seinen Schaft auf und ab. Das heiße Wasser massierte seine Schultern und nahm ihnen etwas an Spannung. Seine Gedanken wanderten zu Marias Brüsten, die ihr aus der Bluse quellen und perfekt in seine Hände passen würden. Er stellte sich vor, wie sie sich vor ihm hinhockte, seine Spitze an ihren Lippen. Wie er in ihre feuchte Mundhöhle glitt, ihre Hände an seinem Arsch. Er schloss die Augen und rieb seine Latte fester. Er würde fest in sie stoßen, bis sie ihn vollkommen mit den geilen Lippen umschloss. Ja, genau da gehörte sie hin. Zwischen seine Beine, sein Schwanz in ihrem Mund. Dann würde sie vielleicht auch endlich mal die Klappe halten.

KAPITEL 5

Als Maria bemerkte, dass sie Diego Como selbst bei dem Gedanken an einen weiteren Streit mit ihren Schwestern nicht aus ihrem Kopf verbannen konnte, wusste sie, dass sie ein ernsthaftes Problem hatte. Ein knapp eins fünfundachtzig großes, muskulöses und verdammt düster dreinschauendes Problem.

Sie schüttelte den Kopf, als könne sie damit die Erinnerung an seine sehnigen Unterarme und das kleine, aber doch elektrisierende Lächeln aus ihrem Kopf befördern.

Vor dem Büro ihrer Mutter, in dem Mister Harper ihnen erst vor ein paar Stunden das Testament eröffnet hatte, hörte sie Stimmen. Es waren Serafina und Estelle, die sich unterhielten. Sie warteten wahrscheinlich schon auf sie, um mit ihr das weitere Vorgehen zu besprechen. Maria wusste, dass man Leute nicht belauschen sollte und sie wahrscheinlich gar nicht hören wollte, was ihre Schwestern in ihrer Abwesenheit beredeten, trotzdem blieb sie stehen. Zögerlich strich sie sich eine Haarsträhne hinters Ohr und lehnte sich vor.

Zuerst vernahm sie Estelles Stimme. »Wenn ich geahnt hätte, dass ich mich länger als zwei Tage mit diesem Mist hier rumschlagen muss, hätte ich wohl anders gepackt. Zum Glück hat Papa Kontakte zu einer Spedition, die werden meine Klamotten hoffentlich auch ans Ende der Welt verschiffen. Aber bis die hier sind … Welche Läden haben denn die letzten Jahre überlebt? Gibt es *Katys* noch? Die hatten ganz nette Wäsche.«

»Nein, Katy verkauft jetzt Brautkleider die Straße runter. Was du wüsstest, wenn du mal anstandshalber zu Besuch gekommen wärst.« Das war Serafina. Sie hörte sich nicht herablassend an, so wie Estelle. Ihre Worte waren ein einziger Vorwurf. »Aber vielleicht sind die Typen von der Spedition heiß. Dann brauchst du auch keine Unterwäsche.«

»Ah, richtig, neues Land, neue Mitarbeiter …« Estelle lachte leise und Maria verdrehte die Augen. Sie war kaum ein paar Stunden hier und überlegte bereits, mit wem sie als nächstes in die Kiste hüpfen konnte.

Aber bist du besser?, fragte eine leise Stimme in ihrem Kopf. *Schließlich hast du dir auch überlegt, wie es wäre, mit Diego Como in die Kiste zu hüpfen.*

Maria schluckte und merkte, wie die Röte ihren Hals hinaufkroch. Schnell verdrängte sie den Gedanken und lauschte wieder den Worten ihrer Schwestern.

»Dem Himmel sei Dank keine Franzosen. Der Letzte, den ich hatte, war nicht sonderlich begabt.«

»Wenn du wüsstest. Komm du mich doch mal in Paris besuchen. Da mache ich dich mit einigen bekannt, dann lernst du ihre Vorteile so richtig … oh. Hey, Maria.«

Maria zuckte zusammen und richtete sich ruckartig auf, wobei sie mit dem Arm an der Türklinke hängen blieb. Sie verkniff sich einen leisen Fluch und schob die Tür auf. Ein Blick auf den Boden zeigte ihr, dass sie ihr eigener Schatten, verstärkt von der elfenbeinfarbenen Lampe des Flures, verraten haben musste.

Schnell richtete sie sich auf und glättete ihren Rock. »Warum wundert es mich nicht, dass das wieder euer Gesprächsthema ist?«

Estelle musterte sie von oben bis unten. Gott, wie sehr sie diesen taxierenden Blick hasste. »Warum wundert es mich nicht, dass wir dieses Thema abbrechen, sobald du dazukommst?«

»Wir bevorzugen nun einmal eine andere Form der Anbetung, Schwesterchen. Davon verstehst du nichts.« Serafina lehnte sich rückwärts gegen den mit Mappen und Ordnern überhäuften Schreibtisch, hob eine Augenbraue und ein Lächeln umspielte ihre vollen, kirschroten Lippen. Entweder besaß ihr Lippenstift eine beeindruckende Haftung oder sie trug ihn alle dreißig Minuten neu auf.

»Witzig, wie immer«, entgegnete Maria trocken. Es hatte ohnehin keinen Sinn, sich über ihre andauernden Sticheleien aufzuregen. »Es gibt noch ein paar Dinge zu klären. Ich war gerade am Empfang …« Bei diesen Worten lehnte sie sich unmerklich ein Stück zur Seite und schielte auf das Chaos auf dem Schreibtisch. Wie sollte man da je irgendetwas wiederfinden?

»Du hast die Gäste wirklich in diesem Aufzug begrüßt?«, unterbrach Serafina sie.

Maria ballte eine Hand zur Faust.

»Sie hat es zumindest versucht. Als ich eben nachgeschaut habe, hat sie kaum ein Wort rausgebracht. Maria, schreib mir doch schnell die Zimmernummer unseres neuen Gastes auf, dann kann ich bei ihm unterkriechen, wenn mir die Kleidung ausgeht ...«

Wieder spürte Maria die Hitze in ihren Wangen und hoffte, dass sie nicht so rot war, wie sie sich fühlte. Estelle hatte sie gesehen, als sie sich mit Como unterhalten hatte? Ob sie ihre Gedanken erahnt hatte?

Nein, sicher nicht, sonst wären sie schon lange zum Ziel einer ihrer Schikanen geworden. Wahrscheinlich hatte Maria professioneller gewirkt, als sie sich selbst gefühlt hatte.

»Vielleicht solltest du das auch mal versuchen, Maria. Wenn du dieses ... Ding ausziehst, hast du sicher Chancen.«

Wie automatisch verschränkte Maria die Arme vor der Brust. Zwar wusste sie, dass ihre Schwestern keine Ahnung von der Art von Mode hatten, mit der sie ihr Geld verdiente, aber ihre Worte verletzten sie doch jedes Mal. »Das ist Businesskleidung. Sie ist nicht dazu konzipiert, Männer zu verführen.«

»Dafür hast du dich ja noch nie wirklich interessiert. Sobald es nur entfernt um Männer oder Sex ging, hast du Panik bekommen – in Moms erstem Aufklärungsgespräch bist du sogar weggelaufen«, erinnerte Estelle sie mit einem provozierenden Lächeln auf den Lippen.

Nun ballte Maria auch die andere Hand zur Faust. Gott, es hatte sich wirklich nichts geändert. In den Augen ihrer Schwestern war sie so klein, dass es ihr schwerfiel, das nicht selbst manchmal zu glauben. Sie hatten sie schon damals aufgezogen, als sie ihre ersten Entwürfe angefertigt hatte. Als sie mit vierzehn noch nicht auf dem Schulhof herumgeknutscht, sondern an ihrem Zeichenbrett gesessen hatte. Immer und immer wieder.

»Ach, lass sie doch. So prüde, wie sie ist, wundert es mich, dass sie sich überhaupt selbst nackt im Spiegel anschauen kann.«

Prüde.

Maria kniff die Lippen zusammen. »Das ist schon ewig her. Natürlich kann ich mich im Spiegel anschauen.« Gott, wieso verteidigte sie sich überhaupt?

Sie hasste dieses Wort. Sie verabscheute es, denn es trug viele schlechte Erinnerungen mit sich. Dieses Wort war das Symbol für alles, was zwischen ihr und ihren Schwestern stand. Sie hasste es so sehr wie den winzigen Teil in ihr, der immer noch dazugehören wollte. Obwohl sie wusste, dass das niemals passieren würde.

Sie straffte den Rücken und reckte das Kinn. »Ob ihr es glaubt oder nicht, ich habe sogar ein aktives Sexualleben.« Bei dem letzten Wort wackelte ihre Stimme ein wenig.

»Oh. Mein. Gott. Hat die kleine, prüde Maria gerade das böse S-Wort gesagt?« Estelle lachte auf und sorgte so dafür, dass eine weitere Welle von Wut in Maria hochpeitschte. Wieso ließen sie es nicht gut sein?

Serafina hob abwehrend die Hände. »Vorsicht, vielleicht geht gleich ein Blitz auf sie nieder.«

Maria wünschte sich nichts sehnlicher, als dass den beiden das Lachen im Hals stecken bleiben würde.

»Wenn der Herr da oben das deinem Vater weitergibt …« Estelle stemmte die Hände in ihre beneidenswert schlanke Taille und lehnte sich immer noch lachend zurück.

Nein. Nicht ihr Vater. Damit überschritten sie eine Grenze.

»Verdammt, es reicht mir!«, hörte Maria sich selbst brüllen. Die Wut sammelte sich zu einer unangenehmen dunklen Masse in ihrer Brust zusammen. »Hört auf! Ich bin nicht prüde!« Sie warf den beiden einen letzten bösen Blick zu, machte dann auf dem Absatz kehrt und stürmte aus dem Büro.

»Aber Maria«, rief ihr Serafina hinterher. »Du sollst doch nicht lügen. Das ist eine Todsünde!«

Maria drehte sich nicht mehr um. Wutentbrannt stapfte sie den Weg vom Büro bis zum Empfangstresen. *Prüde!*

Es reichte ihr endgültig. Seit sie angekommen war, hatten ihre Schwestern auf ihr rumgehackt, hatten sich über ihre Kleidung lustig gemacht, obwohl sie ganz genau wussten, dass die Teile ihrer eigenen Kollektion entstammten. Wahrscheinlich hatte es sie nur noch mehr angestachelt.

Maria wusste ganz genau, dass der Grund dafür Neid war – und Neid war zumindest wirklich eine Todsünde. Sie beneideten sie dafür, dass sie es zu etwas gebracht hatte. Serafina hatte die Stadt, in der sie geboren und aufgewachsen waren, niemals verlassen und Estelle … zugegeben, sie war ein erfolgreiches Model, aber Maria wusste genau, was für ein undankbarer Job das war und wie viel sie dafür hatte aufgeben müssen.

Ihre Schwestern beneideten sie und sahen deshalb keinen anderen Ausweg, als sich über sie lustig zu machen. Natürlich lebte sie ihr Liebesleben nicht so freizügig aus wie die beiden, aber das war teilweise einfach krankhaft. Sie hatte bisher zwei Partner gehabt; zuerst eine zweijährige Beziehung mit Bill, mit dem sie zum Abschlussball ihres Colleges gegangen war, und dann eine halbherzige Affäre mit einem aufstrebenden Mode-

64

fotografen. Natürlich hatte sie mit beiden auch Sex gehabt, obwohl sie vor ihrem strengen Vater immer wieder behauptete, bis zur Ehe warten zu wollen.

Beide Männer hatten jedenfalls nicht viel von ihrem Job verstanden – nicht dass sie groß Möglichkeiten zum Vergleichen hätte. Bei ihrem ersten Freund konnte man es noch entschuldigen, schließlich war er so unerfahren gewesen, wie man mit 17 Jahren eben war. Der Fotograf hingegen war ein eingebildeter Sack gewesen, der von seinen Bildern und seiner Karriere geschwärmt hatte, als er in ihr dringesteckt hatte. Dass er keinen Spiegel neben dem Bett aufgehängt hatte, um sich beim Sex selbst zu begaffen, war das einzig Positive, das man über ihn sagen konnte.

Sex war für Maria jedenfalls nichts Besonderes. Nichts, wonach es sich zu streben lohnte. Sie verstand den Trubel nicht, der immer darum gemacht wurde. Es waren nicht mehr als ein paar mehr oder minder anstrengende Minuten, in denen man darauf wartete, dass der andere zum Ende kam – und in denen man so viel Sinnvolleres machen könnte.

Aber wenn sich die ganze Welt nach Sex verzehren wollte, sollte sie es doch tun. Sie für ihren Teil würde einen kühlen Kopf bewahren.

Mit schweren Schritten kam sie an der Rezeption an und schaute sich nach einer Ablenkung um. Die Dienstpläne für die Zimmermädchen lächelten sie an, doch sie ignorierte sie gekonnt. Bei ihrer momentanen Laune würde sie einem unschuldigen Mädchen aus Frust wahrscheinlich nur die schlimmsten Schichten aufdrücken.

Fahrig sortierte sie ein paar herumliegende Papiere, als sie auf das hellblaue Formular stieß, das Diego

Como vorhin ausgefüllt hatte. Sie nahm es in die Hand und drehte es herum, um seine Eintragungen zu lesen. Herrje, dieser Kerl hatte wirklich eine schreckliche Schrift …

Sie stutzte. Das konnte doch nicht sein verdammter Ernst sein!

Name: Diego Como
Wohnhaft in: deinem scheiß Hotel
Geburtstag: noch in diesem Jahr
Grund des Besuchs: Drogen und Nutten
Anmerkungen: Man sieht deine Nippel durch die Bluse.

Dieser. Verdammte. Arsch. Dieser eingebildete, arrogante, sexistische, herablassende …

Maria zerknüllte das Blatt Papier in der Hand und warf es wutentbrannt auf den Boden. Das hatte ihr geradegefehlt! Erst ihre Schwestern bei der Testamentsverlesung, dann dieser Scheißkerl, dann wieder ihre Schwestern und jetzt schlug Diego Como ein weiteres Mal …

Forschend warf sie einen Blick auf ihre Bluse. Verdammt, vielleicht hatte er recht und der Stoff war nicht ganz so blickdicht, wie es vor dem Spiegel ausgesehen hatte … Oder sie hätte sich doch für den Schalen-BH entscheiden sollen.

Nein! Das würde sie sich nicht gefallen lassen. Wenn sie den Streit mit ihren Schwestern schon herunterschlucken musste, um den Frieden mit Gedanken an die folgenden sechs Monate so lang wie möglich zu bewahren – diesem Möchtegern-Gangster würde sie das nicht durchgehen lassen.

66

Sie bückte sich, hob das Blatt Papier auf und strich es behelfsmäßig glatt. Welches Zimmer hatte er noch einmal gehabt? Mit einem Blick auf die verbliebenen Schlüssel vergewisserte sie sich, dass es die Nummer 304 war, und machte sich auf den Weg zur Treppe.

Der dicke Teppich verschluckte ihre wütenden Schritte, was sie sehr schade fand, denn das Klacken der Plateauschuhe würde den filmreifen Auftritt unterstreichen, den sie vorhatte, hinzulegen.

Vor Comos Zimmer atmete sie tief durch, strich den Rock glatt und zog ihren Pferdeschwanz fest. Dann hob sie die Faust und klopfte an die Tür.

Keine Reaktion. Ungeduldig wiegte sie sich vom einen Fuß auf den anderen. Nach einer halben Minute klopfte sie ein zweites Mal.

Nichts.

Und was nun? Sie könnte umdrehen und die Sache doch herunterschlucken – genau das, was sie nicht hatte machen wollen. Sie könnte Como auch später konfrontieren, doch sie hatte die Befürchtung, dass ihr dann der Mut fehlen würde, den die Wut ihr im Moment verlieh. Also legte sie die Hand auf die Klinke und drückte sie nach unten. Die Tür war unverschlossen.

Vorsichtig schob sie sie auf und rief ein schüchternes »Hallo?« in den Raum.

Maria!, ermahnte sie sich selbst.

»Hallo?«, rief sie etwas lauter und selbstbewusster. »Mister Como, sind Sie hier?«

Keine Antwort. Sie schob die Tür weiter auf und ließ ihren Blick durch die Suite wandern. Sie war leer.

Stirnrunzelnd fragte sie sich, wieso er die Tür offen gelassen hatte, wenn er gar nicht da war, als sie das gleichmäßige Rauschen von Wasser aus dem Badezimmer hörte.

Hörbar atmete sie aus. Kein Wunder, dass er ihr Klopfen und ihre Rufe nicht gehört hatte. Zögernd sah sie sich genauer im Zimmer um und fragte sich, was sie nun machen sollte. Sie konnte sich schlecht auf sein Bett setzen und darauf warten, dass er aus der Dusche kam. Am Ende war er noch nackt und das wäre … katastrophal!

Obwohl … Wenn sie an seine sehnigen Unterarme dachte und an die Muskeln, die sich unter seinem Shirt angedeutet hatten, war sie doch schon ein wenig neugierig auf das Gesamtpaket …

Plötzlich fiel ihr Blick auf eine längliche schwarze Holzkiste, die unter dem Fenster stand. Ein metallener Riegel verschloss sie.

Oh Gott. Maria kannte diese Art von Kisten. In genau solchen Kisten bewahrte man Waffen auf! Leider war die Vorstellung, dass dieser Mann in aller Öffentlichkeit und am helllichten Tage eine Waffenkiste in sein Hotelzimmer schleppte, gar nicht so abwegig. Es war wirklich an der Zeit zu gehen.

Gerade wollte sie sich umwenden, als sie ein merkwürdiges Geräusch aus dem Badezimmer hörte. Sie hielt inne, drückte die Zimmertür ins Schloss und trat näher heran.

Da, wieder dieses Geräusch. Es klang wie ein … Stöhnen. Als hätte er Schmerzen.

Marias Gedanken überschlugen sich. Sie kannte die Bäder in diesem Hotel. Wenn man nicht aufpasste, konnte man auf diesen Fliesen schnell ausrutschen. Was, wenn Como genau das passiert war und er nun verletzt und hilflos auf dem Boden lag? Unfähig, Hilfe zu holen, während das Wasser unbarmherzig auf ihn niederprasselte?

»Verdammt«, murmelte sie und trat an die Badezimmertür heran. Sie lauschte noch einmal, legte dann die Hand auf das Blatt und schob sie auf.

»Entschuldigen Sie, ist bei Ihnen alles in …« Maria erstarrte im Türrahmen.

Diego Como ging es gut. Ihm ging es sogar ziemlich gut. Er lag nicht verletzt am Boden, sondern stand aufrecht unter der prasselnden Regendusche und massierte mit einer Hand seinen Penis. Seinen wirklich eindrucksvollen Penis.

Maria riss sich von dem Anblick los und glitt mit ihrem Blick an seinem Körper entlang. Über den muskulösen Bauch und die leicht behaarte Brust bis hin zu seinen breiten Schultern, an denen das Wasser in dünnen Rinnsalen hinablief.

Ihr Mund wurde trocken und ihr Unterleib zog sich zusammen.

Die halblangen Haare hingen ihm in nassen Strähnen in die Stirn und Maria wünschte sich nichts mehr, als ihre Hände darin zu vergraben. Alle Waffenkisten und Geldtaschen waren vergessen. Sie wollte sich von diesem Mann gegen die von Dampf beschlagene Scheibe der Duschwand pressen lassen.

Como schien von ihrer Anwesenheit allerdings nicht sonderlich begeistert zu sein, denn er starrte sie mit fassungslos geweiteten Augen an. »Was zum Teufel tust du da?«

»Ich dachte … ich dachte, Sie bräuchten Hilfe.« Als sie sich der Doppeldeutigkeit dieser Worte bewusst wurde, schoss ihr so viel Blut in den Kopf, dass sie Angst hatte, er würde explodieren. Das war jedoch nicht der einzige Ort in ihrem Körper, wo sich das Blut sammelte.

Como zog eine Augenbraue hoch und wusste augenscheinlich nicht, was er sagen sollte. Dass sie das erleben durfte.

Nach wenigen Sekunden hob er jedoch einen Mundwinkel, während er mit der Hand noch immer langsam seine Härte auf und ab glitt. Es schien ihn in keiner Weise zu stören, dass sie ihm dabei zusah. Seinen leicht verengten Augen und dem Lächeln auf seinen Lippen zufolge, schien es ihm eher zu gefallen. Wie gebannt folgte sie den Bewegungen seiner Finger und ein wohliger Schauer lief ihr den Rücken hinab. Ihr Atem beschleunigte sich.

»Ich gebe dir eine Minute und zwei Möglichkeiten.« Comos Stimme war noch dunkler als sein Blick. »Entweder du gehst jetzt, oder du kommst zu mir unters Wasser und gibst mir die Hilfe, die du mir gerade so großzügig angeboten hast.«

Es dauerte kurz, bis ihr die Bedeutung seiner Worte klar wurde. Diese Dreistigkeit.

Doch sie drehte sich nicht um, sondern blieb genau dort stehen, wo sie war. Unfähig, den Blick von diesem göttlichen Körper vor ihr zu nehmen. Von diesen Augen, die sie verlangend musterten. Und von seiner harten Männlichkeit, die er immer noch langsam streichelte.

Was würden ihre Schwestern sagen, wenn sie sie hier sehen würden? Maria schluckte und versuchte, dieses fremde Verlangen in ihr zu unterdrücken, das heftige Ziehen in ihrem Unterleib zu ignorieren. Und was würden sie erst sagen, wenn sie wirklich zu diesem Kerl unter die Dusche stieg?

Du bist prüde, Maria.

Nein, verdammt. Sie war ganz und gar nicht prüde!

Mit einem Knall warf sie die Badezimmertür hinter sich ins Schloss und ging wie mechanisch auf die Dusche zu. Como wich das Lächeln aus dem Gesicht, als sie ohne zu zögern zu ihm in die Kabine trat. Wasser rann ihr über das Gesicht und durchnässte ihre Kleidung. Kurz vor ihm blieb sie unter dem Strahl stehen.

Sie legte den Kopf in den Nacken. Heiße Tropfen prasselten auf ihre geschlossenen Augen. Es war angenehm warm und sie seufzte wohlig auf. Ihr Herz schlug ihr noch immer bis zum Hals, aber eine seltsame Ruhe ergriff von ihr Besitz.

Sie öffnete die Augen und sah an sich hinab. Die weiße Bluse klebte nass an ihrer Haut. Nun sah man ihre Nippel wirklich. Und sie waren hart.

Zögernd hob sie den Blick in Comos Gesicht.

»Was wird das?«, fragte er leise, die Augen zu Schlitzen verengt. Seine Hand hatte an seiner Erektion innegehalten. Quälend langsam glitt sein Blick an ihrem Körper hinab und verharrte auf ihren Brüsten. Er öffnete die Lippen. Seine Hand zuckte kurz nach vorn, doch er berührte sie nicht.

Maria leckte sich nervös das warme Wasser von den sonst trockenen Lippen. Sie hörte, wie sich Comos Atem beschleunigte.

Abwartend sah er sie an. Sie musste etwas sagen.

»Ich nehme die zweite Möglichkeit«, hauchte sie.

»Das ist nicht die richtige Wahl für ein Mädchen wie dich«, antwortete er ebenso leise. Seine Augen glitzerten dunkel. Vor Verlangen oder vor Wut?

Nun verengte Maria ihrerseits die Augen. Auch er sah in ihr nur die prüde Pfarrerstochter. Er erwartete, dass sie einen Rückzieher machte.

Nein, es reichte! Sie würde ihm zeigen, dass er falsch lag.

Bevor sie es sich anders überlegen konnte, trat sie einen Schritt vor. Ihre Schulter stieß gegen ihn.

Sie hob die Hand und berührte vorsichtig seine Brust, glitt mit den Fingern sanft hinab bis zu seinen stahlharten Bauchmuskeln. Sie schluckte, aber traute sich nicht, ihm ins Gesicht zu blicken.

Como wollte ihre Hand mit seiner umfassen, aber sie entzog sie ihm und wanderte weiter hinab.

Sie schluckte erneut, tastete sich weiter vor, bis ihre rechte Hand seine Männlichkeit umfasste. Como sog zischend Luft ein und machte Anstalten, sie am Arm zu packen … doch da begann sie, ihre Hand sanft auf und ab zu schieben. Gott, war er hart.

Augenblicklich hielt Como inne, bevor er gepresst aufstöhnte. Der Laut jagte ihr einen Schauer über den Rücken und Verlangen ballte sich heiß in ihrem Unterleib zusammen.

Sie erhöhte den Druck und wurde schneller, drehte die Hand und bewegte sie in kreisenden Bewegungen an seinem Penis auf und ab. Dann biss sie sich auf die Lippen, nahm all ihren Mut zusammen und schaute in Comos Gesicht.

In seinen dunklen Augen pulsierte die Lust. Gierig glitt sein Blick ihren Körper hinab.

»Und was für ein Mädchen bin ich?«, wisperte sie und verhakte ihren Blick mit seinem.

Como packte sie im Nacken und zog sie näher an sich heran. Brach den Blickkontakt nicht ab. Er schob die Hüfte vor und stieß seine Erektion in ihre Hand. Immer wieder.

Maria verstärkte ihren Griffweiter und bewegte sich seinen Stößen entgegen.

Comos stöhnte wieder und schloss die Augen. Sein Brustkorb hob und senkte sich schwer.

»Scheiße«, murmelte er mit rauer Stimme. Er beugte sich vor, sodass ihre Gesichter nur noch einen Hauch voneinander entfernt waren. Sein Blick ruhte gierig auf ihren Lippen. »Was soll's. Jetzt bist du eh schon nass.«

Hart presste er seinen Mund auf ihren und teilte ihre Lippen mit seiner Zunge. Maria entwich ein leises Stöhnen und sie schloss die Augen, als er sie an seine Brust zog. Unsicher ließ sie seinen Penis los und hob die Hände. Sie strich über Comos Schultern und legte sie in seinen Nacken, krallte sich in seinen Haaren fest.

Seine freie Hand wanderte zu ihrem Po und er drückte sie an sich, sodass sie seine Erektion an ihrem Bauch spürte. Ihr Herz wummerte, als Comos Zunge ihre umspielte. Fordernd. Gierig. Als wäre sie alles, was er brauchte. Und Maria gab ihm gern, was er wollte. Er roch nach purer Männlichkeit. Nach Leder, Holz und einem Hauch Motoröl.

Er packte sie an der Hüfte und drückte sie noch näher an sich, drängte einen harten Oberschenkel zwischen ihre, sodass ihr Rock ein Stück hochrutschte. Maria keuchte, rieb sich an ihm und wanderte mit den Fingern seinen Rücken hinab.

Schwer atmend löste er sich von ihr und sie öffnete die Augen.

Sein Blick brachte sie innerlich zum Erbeben. Er wollte sie. Sie sah es an dem dunklen Verlangen in seinen Augen und an der Art, wie er jeden Zentimeter ihrer Haut musterte, der unter dem durchnässten Stoff zu erahnen war.

Er ließ sie los und griff nach dem obersten Knopf der Bluse. Konzentriert verengte er die Augen und friemelte daran herum.

Das ist ein Druckknopf, du Idiot.

Gerade wollte sie ihm zur Hand gehen, da entdeckte er es und riss die gesamte Knopfleiste mit einem Ruck auseinander. Gierig strich sein Blick über Marias Brüste in dem schlichten, schwarzen BH, unter dem sich ihm ihre Nippel deutlich entgegenreckten.

»Hübsch«, murmelte er und ehe sie sich versah, hatte er ihren Pferdeschwanz gepackt und ihren Kopf in den Nacken gerissen. Seine Lippen strichen über ihren Hals und er leckte über ihren heftig schlagenden Puls, während seine Finger über die schwere Unterseite ihrer Brüste strichen. Sie stöhnte auf und biss sich auf die Unterlippe. Gott, dieser Mann wusste ganz genau, was er tat.

Sein Mund wanderte ihr Brustbein hinab, kostete jeden Zentimeter ihrer Haut. Seine Bartstoppeln kratzten über sie. Am Ansatz ihrer Brüste hielt er inne und leckte das Wasser auf. Sie erschauderte unter dieser Berührung. Ihr Verlangen wurde so groß, dass sie dem Drang widerstehen musste, sich selbst zwischen den Beinen zu berühren.

Comos Lippen erklommen ihre Brust und hielten vor ihrer Brustwarze inne. Mit der Zungenspitze berührte er sie durch den Stoff hindurch, was eine Welle der Lust durch Marias Körper schickte. Seine Hände wanderten unter der Bluse ihren Rücken hinauf.

Aber das reichte Maria nicht. Sie wollte mehr.

Bestimmt richtete sie sich auf, krallte die Finger in Comos Haare und zog seinen Kopf zu ihr herunter, schmeckte das Wasser auf seinen Lippen. Gierig umfing sie seine Unterlippe und sog daran.

Ein leises Keuchen entfuhr ihm. Er packte sie, wirbelte sie herum und drückte sie gegen die Wand. Die Fliesen waren eiskalt, doch das kümmerte sie nicht. Gänsehaut überzog ihren gesamten Körper.

Die Wassertropfen glänzten auf seiner gebräunten Haut, als er seinen Unterleib fordernd gegen sie presste und seine Erektion an ihrer empfindlichsten Stelle rieb. Gierig atmete sie seinen männlichen Duft ein, strich mit den Händen über seine Brust.

Er hob einen Mundwinkel. Langsam strich er über ihre Hüfte hinab bis zu ihrem Oberschenkel. Über den Saum ihres Rocks und dann darunter. Verdammt, wieso hatte sie heute nur eine Strumpfhose angezogen? Das verkomplizierte die Sache enorm.

Doch für Diego Como war das kein Hindernis. Zielstrebig fuhr er mit seiner Hand zwischen ihre Beine. Sanft strich er an der Innenseite ihrer Schenkel entlang und entlockte ihr ein Keuchen. Sie lehnte den Kopf gegen die kalte Wand und schloss die Augen.

Er wanderte weiter und legte zwei Finger auf ihre Schamlippen, fuhr langsam auf und ab, bis er an ihrer Lustperle verharrte. Als er nicht weitermachte, öffnete Maria die Augen und sah ihn fragend an. Ein böses Lächeln umspielte seine Lippen. Er wartete einige quälende Sekunden, dann begann er, ihre Perle mit festen, kreisenden Bewegungen zu massieren.

Maria stöhnte auf. Mit jeder seiner Berührungen rollte Lust durch ihren Körper, ballte sich in ihrem Unterleib zusammen. Ihr Brustkorb hob und senkte sich unnatürlich schnell und sie spürte das Wasser, das auf ihre empfindlichen Nippel prasselte. Ihr Stöhnen hallte von den Wänden wider, bis Como plötzlich von ihr abließ.

»Schlafzimmer«, presste er heiser hervor. Bevor sie wusste, wie ihr geschah, ging er in die Knie und hob sie auf den Arm.

Überrascht schrie Maria auf und schlang die Arme um Comos Hals. Mit wenigen Schritten durchquerte er das Badezimmer, öffnete im zweiten Anlauf die Tür und stieß sie auf.

Vorsichtig ließ er Maria auf dem Bett nieder. Mit einer Hand fixierte er ihre Unterarme über ihrem Kopf, mit der anderen strich er über die weiche Haut an ihrem Hals, während er sich über sie beugte. Maria versuchte erfolglos, sich aus seinem Griff zu befreien, was ihm nur ein müdes Lächeln entlockte. Genüsslich fuhr sein Blick über ihren Körper, über den nackten Bauch bis hin zu den Brüsten. Ganz langsam beugte er sich vor, umschloss ihre linke Brustwarze durch den Stoff des BHs mit seinen Lippen und saugte daran.

Sie stöhnte auf und wand sich in Comos eisernem Griff. Sie wollte sich ihm entziehen, doch er war zu stark. Ein spitzer Schrei entfuhr ihr, als er ohne Vorwarnung leicht in ihren Nippel biss.

»Bist du immer noch sicher, dass es die richtige Entscheidung war?«, raunte er. Maria sah in seinem Blick, wie sehr er es genoss, sie so hilflos vor sich liegen zu sehen.

»Es liegt an dir, dafür zu sorgen, dass ich sie nicht bereue«, entgegnete sie herausfordernd. Er lockerte seinen Griff und sie entwand sich ihm.

Schnell rückte sie nach hinten. Aber da packte Como sie, zog sie in eine sitzende Position und schälte den nassen Stoff der Bluse von ihrem Körper. Seine Finger wanderten zu ihrem Rücken und lösten geschickt den Verschluss des BHs.

Verlangend betrachtete Maria sein Gesicht, als Como ihren BH achtlos zur Seite warf. Mit einem Knurren drückte er sie zurück in die Kissen und presste seine Lippen auf ihre. Sie fühlte seine kräftigen Hände an ihren Brüsten und erschauerte, als er langsam über sie glitt. Seine Finger zeichneten kleine Kreise auf ihrer weichen Haut. Das Verlangen in ihr wuchs von Sekunde zu Sekunde. Sie hatte keine Lust mehr auf Spielchen. Sie wollte ihn nicht nur auf sich, sondern in sich spüren.

Als hätte er ihre Gedanken gelesen, wanderten seine Hände ihre Taille über die Hüfte hinab und zerrten am Verschluss ihres Rockes. Diesmal ging es schneller als vorhin. Schwer atmend löste er sich von ihr, erhob sich und streifte den Rock von ihren Beinen, gleich gefolgt von der Strumpfhose und dem Slip. Dieser Mann war gründlich.

Sein Mundwinkel hob sich und er musterte sie wie das Tier seine Beute. Gierig.

Mit seinem Knie drückte er ihre Schenkel auseinander und drängte sich zwischen sie. Schwer atmend beugte er sich über Maria und stützte sich mit den Händen neben ihrem Kopf ab.

Maria spürte, wie seine Spitze gegen ihre Schamlippen stieß. Sie stöhnte auf. Er verteilte die Nässe zwischen ihren Beinen und ihr Verlangen, Como in sich zu spüren, wuchs ins Unermessliche. Sie wollte, dass er in sie stieß, hart und tief und dreckig …

Plötzlich drängte sich ein anderer Gedanke durch den Schleier aus Lust.

»Verdammt«, murmelte Maria und schob ihn ein Stück von sich weg. »Hast du überhaupt ein Kondom?«

Langsam hob Como eine Augenbraue und schaute wieder in ihr Gesicht. »Was?«

»Ein Kondom.«

»Wozu?«

Marias Augen weiteten sich und abrupt wand sie sich unter Comos Körper hervor. Unter Aufwendung all ihrer Kräfte schob sie ihn zur Seite, schwang die Beine über den Rand des Bettes und stand auf. Was zum Teufel tat sie hier? Sie war nicht prüde, aber sie war auch nicht dumm!

»Wirklich?«, fragte er trocken, aber Maria drehte sich nicht mehr um. Mit hochrotem Kopf sammelte sie ihre nassen Klamotten ein, streifte sie über und lief zur Tür.

»Ist das dein beschissener Ernst?«, wiederholte Como, aber Maria ignorierte ihn.

Sie räusperte sich nervös. »Einen schönen Tag noch.«

Dann riss sie die Tür auf und ging.

KAPITEL 6

What. The. Fuck.

Ungläubig starrte Diego auf die Tür, die Maria hinter sich zugeschmissen hatte. Was zur Hölle war gerade passiert?

Er lag auf dem Bett, hart und geil wie sonst was … und war plötzlich allein? Wenn Maria etwas so Heißes anfing, hätte sie es verdammt noch mal auch zu Ende bringen sollen. Diego war sehr glücklich damit gewesen, es sich selbst zu besorgen – aber jetzt, da er wusste, was für andere Optionen er hatte?

Gott, er hatte sie unterschätzt. Da war nichts Sanftes, nichts Zögerliches mehr gewesen. Auch wenn es so angefangen haben mochte … die Jungfrau bevorzugte Sex wie eine Stripperin. Und scheiße, wenn ihn das nicht noch mehr anmachte. Sie war ein einziger Gegensatz. Zugeknöpft bis zum Hals, aber im Bett … Shit, er hatte einen Witz gemacht!

Nie und nimmer hätte er damit gerechnet, dass sie wirklich zu ihm unter die Dusche kommen würde. Und was hatte er davon, dass er sie unterschätzt hatte? Eine schmerzhaft pochende Erektion und nur seine eigene Hand, um Abhilfe zu schaffen. Fluchend legte er die Finger um seinen harten Schaft und glitt damit auf und ab ... doch nach wenigen Sekunden wusste er, dass es nichts nützen würde.

»Fuck«, murmelte er und sprang vom Bett auf. Alle Müdigkeit war vergessen. Jetzt war er in der genau richtigen Stimmung, dem Freund seiner Schwester einen Besuch abzustatten. Und Maria sollte ihm besser aus dem Weg gehen. Wenn sie sich nämlich das nächste Mal so anbot ... würde er sich verdammt noch mal nehmen, was er wollte.

Er lief zurück in die Dusche, denn zumindest das konnte er allein zu Ende bringen, bevor er Jeans und T-Shirt überzog. Dann packte er seine Jacke und die Waffe und war keine zwei Minuten später aus der Tür.

Viele Menschen behaupteten, dass frische Luft und ein entspannter Spaziergang sie beruhigten. Diego würde diesen Menschen gern einen Kopfschuss geben, damit sie keine Lügen mehr verbreiteten. Er war seit langer Zeit nicht mehr so ... unbefriedigt gewesen. Und das wollte was heißen, denn er tingelte seit Monaten ohne direktes Ziel vor Augen von einem Ort zum anderen.

Sein ganzes Leben lang hatte er immer gewusst, welchen nächsten Schritt er tun musste. Wen er bestehlen musste, um seiner Mutter und Schwester etwas zu essen auf den Tisch zu bringen. Wen er einschüchtern musste, damit Adriana in Ruhe gelassen wurde. Was er dem Jugendamt erzählen musste, damit sie seiner Mutter nicht länger auf den Sack gingen. Mit welchen Menschen er sich einlassen musste, um endlich das Geld zu verdienen, das ihn freikaufen würde. Das ihm und seiner Familie das Leben ermöglichen konnte, das sie verdammt noch mal verdient hatten. Seine Mutter war gestorben, bevor sie davon hatte profitieren können. Doch Adriana lebte noch und jetzt, da er seinen Job hingeschmissen hatte, konnte er ihr endlich geben, was er ihr als kleines Mädchen immer versprochen hatte. Einen sicheren Ort ohne Sorgen. Ohne Arschlöcher, die ihnen das Leben schwermachten. Ohne einen drogenabhängigen Vater, der alle paar Wochen nach Hause kam, um seiner Frau das Geld aus der Tasche zu stehlen. Ohne all den Scheiß, der seine Kindheit zur Hölle gemacht hatte.

Die Sonne war bereits untergegangen und als Diego nach oben sah, um die pinke Leuchtreklame zu betrachten, hob sich der Schriftzug deutlich von der Dunkelheit ab. *Pussys 4 ever.* Wie stilvoll. Der Marketingbeauftragte des Ladens war wohl jeden verdammten Penny wert. Wer liebte Pussys nicht?

Gott, was für ein Scheiß. Welche armseligen Männer kamen hierher?

Er würde sich selbst nicht als sonderlich moralischen Menschen bezeichnen. Wenn man für die mexikanische Mafia arbeitete, konnte man sich diese Eigenschaft einfach nicht leisten. Dennoch hasste er solche Clubs. Obwohl er im Zuge seiner Arbeit dazu gezwungen gewesen war, sehr viel Zeit an diesen Orten zu verbringen. Ach, scheiße, vielleicht gerade deswegen.

Es war stickig und laut und jedes Mal, wenn man wieder rauskam, hatte man Glitter am Körper hängen, der tagelang nicht wegging. Außerdem gefiel ihm nicht, wie schlecht die halbnackt tanzenden Frauen behandelt wurden. Man durfte ihn nicht falsch verstehen: Er hatte kein Problem damit, Frauen grob zu behandeln. Aber nur, wenn sie in seinem Bett lagen und es von ihm verlangten.

In dieser Art von schäbigem Stripclub jedoch waren Frauen Fleisch, das jeder Mann nach Lust und Laune betatschen durfte. Und die Tänzerinnen genossen es nicht. Sie taten es fürs Geld. Um ihren Kindern eine Ausbildung zu ermöglichen. Um Essen zu kaufen.

Er persönlich zog es vor, Frauen anzufassen, die selbst eifrig die Hände an seinem Körper anlegten. So wie Maria. Aber vielleicht war er in dem Bereich einfach altmodisch.

Diego überprüfte, ob seine Waffe noch fest in seinem Hosenbund saß – nur für den Fall, dass er sie brauchte –, bevor er den dunklen Gang hinabging, der vom Eingang aus ins Innere des Gebäudes führte. Seine Lust, den Laden zu betreten, hielt sich in Grenzen, aber in seinem Leben war es noch nie darum gegangen, was er wirklich wollte.

Laute Bassmusik schallte ihm durch eine Tür entgegen, während er bei einem gelangweilt aussehenden Mädchen fünfzig Dollar dafür hinblätterte, den Club betreten zu dürfen.

»Fünfzig Mäuse für ein paar nackte Frauen?«, fragte er abfällig.

Das Mädchen hob die Schulter. »Wir sind anders als andere Clubs. Bei uns ... darf man mehr.«

Er nickte und ließ sich einen Stempel auf die Hand drücken. Natürlich. Er nahm die Tür zu seiner Rechten, hatte schon genau vor Augen, was er dahinter finden würde, und wurde nicht enttäuscht.

Stripclubs hatten allesamt drei Dinge gemein. Sie waren abgedunkelt, damit man die angetörnten Gesichter der anderen Männer nicht allzu genau sah. Die Musik war so laut, dass man das angestrengte Keuchen oder angeekelte Seufzen der Frauen nicht hörte. Und es gab genug Alkohol, um sechzig Elefanten betrunken zu machen. Damit die Männer vergaßen, dass sie sich eigentlich dafür schämen sollten, was sie hier taten.

Es war ein gutes Konzept, das musste Como zugeben, und äußerst lukrativ. Was der Grund dafür war, warum seine ehemaligen Arbeitgeber in Hunderte dieser Etablissements investiert hatten. Sie eigneten sich perfekt, um Geld zu waschen. Es würde ihn nicht wundern, wenn sie selbst hier ihre Finger im Spiel hatten. Das würde zumindest Ramirez' übereilten Anruf erklären.

Diego sah sich um. Zu seiner Rechten stand das versprochene kostenlose Buffet, das aus kalter Pizza und Zimtschnecken bestand. Zu seiner Linken befand sich eine längliche Bar aus dunklem Holz, die das Licht der Discokugel reflektierte. In die Mitte des Raumes ragte ein langer Holzsteg mit einer silbernen Stripteasestange am Ende, während im Raum verteilt einzelne runde Inseln mit weiteren Stangen zu erkennen waren.

Es war Mittwoch und noch nicht einmal neun, deswegen wunderte Diego sich nicht darüber, dass das Lokal nur spärlich besucht war. Einige betrunkene Anzugträger hingen mit den Blicken am String der Haupttänzerin, die sich um die mittlere Stange drehte. D-Körbchen, das sah Diego aus zehn Metern Entfernung. Auf ihrem String war irgendein Leopardenmuster oder ähnliches. Er würde es vorziehen, keine Wildkatze zwischen seinen Arschbacken klemmen zu haben, aber er war ja wie gesagt eher der traditionelle Typ. In manchen

Bereichen zumindest. Auf der zweiten Insel räkelte sich ein blondes Mädchen, das kaum älter als siebzehn sein konnte, die dritte beherbergte ... *Fuck, nein!*

Eine dunkelhaarige Latina mit rotem Negligé. Und dem Gesicht seiner Schwester.

Das konnte nicht ... das war ...

Blitzartig schlug er sich die Hand vor die Augen. Sie war erst achtundzwanzig, sie sollte ... mit verdammten Barbiepuppen spielen! Oder was Frauen in dem Alter sonst noch so taten.

Shit! Warum?

Das war die Frage, die sich in sein Gehirn brannte. Brauchte sie Geld? Warum hatte sie dann nichts gesagt? Oder war es ihr schmieriger Freund? Steve, die bald tote Ratte, die hier im Club arbeitete, musste sie dazu überredet haben.

Wut sammelte sich heiß in Diegos Magen und auf einmal war er froh, seine Knarre mitgenommen zu haben. Wenn der Wichser Adriana zu irgendetwas gezwungen hatte, würde er ihn umbringen. Und er wusste, wie er damit davonkam. Es wäre nicht das erste Mal.

Ruckartig zog er die Hand wieder vom Gesicht, nur um zu bemerken, dass die dritte Stripinsel leer war. Adriana war verschwunden. Sein Kopf fuhr herum und im letzten Moment sah er, wie eine weiße Tür mit der Aufschrift *Privat* zu seiner Linken zufiel.

Hatte sie ihn gesehen und war abgehauen?

Als ob ihm das nicht scheißegal war! Er wollte eine Erklärung dafür haben. Sie hatte ihm erzählt, sie würde kellnern, verdammt, nicht sich für Geld auszuziehen! Und wie hatte die Kassiererin es noch so schön ausgedrückt? Hier durften die Kunden *mehr!* Gott, wenn er nur daran dachte, dass sie ...

Bevor er den Gedanken zu Ende führen konnte, hatte er bereits den Raum durchquert und mit der flachen Hand die Tür aufgedrückt. Das Holz schlug krachend gegen die dahinterliegende Wand. Karge, kalte Wände begrüßten ihn in einem langen, schmalen Gang. Offenbar vom Lärm aufgeschreckt, kam ein dunkelhaariger Jüngling aus der gegenüberliegenden Tür gestolpert. Als er Diego entdeckte, der ihn zornig anstarrte, sank er sofort in sich zusammen.

»Sie … Sie dürfen hier nicht rein«, sagte er mit zitternder Stimme.

»Dann versuch doch, mich aufzuhalten«, knurrte Diego, schubste ihn aus dem Weg und wandte sich nach rechts. Jede Tür, an der er vorbeilief, stieß er auf.

Eine leere Garderobe, ein Raum voller Überwachungskameras, ein überfüllter, begehbarer Kleiderschrank, nichts, was ihn interessierte. Keine Adriana. Er bog um die nächste Ecke … und stieß mit voller Wucht in eine ihm entgegenkommende Person. Mehr um sich selbst vom Umfallen abzuhalten als sein Gegenüber, griff er nach den Schultern des anderen.

Es waren schmale Schultern. Ein kleiner Mensch.

»Autsch!«, rief sie und strich sich fahrig die dunklen Haare aus dem Gesicht.

Genervt ließ er sie los. »Pass verdammt noch mal auf, ich …« Er verstummte. Sein Blick war zu dem Gesicht seines Hindernisses gewandert und … »Was zur Hölle?«

Erst seine Schwester an einer Stripstange und jetzt das schüchterne Schulmädchen, das ihn besprungen hatte, in diesem Club? Maria passte hier in etwa so gut her wie eine schmalzige Rose in seine Hand. Was taten sie den Leuten in San Colina ins Wasser?

Marias Augen wurden groß und hastig stolperte sie einen Schritt zurück. »Du? In einem Stripclub? Wieso wundert mich das nicht?«

Er verengte die Augen und ließ den Blick über ihre Erscheinung wandern. Sie trug eine ähnlich prüde Aufmachung wie noch vor einer halben Stunde. Hm. Nackt hatte sie ihm besser gefallen. »Ich kann dasselbe nicht von dir behaupten«, erwiderte er leise. Denn … was zum Teufel tat sie hier?

Sie räusperte sich und reckte das Kinn. »Ich muss etwas für die Arbeit erledigen.«

Plötzlich ergab alles einen Sinn. Sie war Stripperin! Natürlich. Deswegen das Schuldmädchen-Outfit. Weil es so viele niedere Kerle — so wie ihn — anmachte. Er hätte sich denken können, dass sie mit dem Loch von einem Hotel nicht genug Geld verdiente. »Du arbeitest hier? Scheiße, das erklärt einiges.« Er lachte freudlos auf. »Jetzt bin ich froh, dich nicht ohne Gummi gefickt zu haben.«

Ihre Augen wurden riesig und Röte schoss in ihre Wangen. Als wäre sie die Heilige Jungfrau selbst, der er gerade vorgeworfen hatte, es wild mit Josef getrieben zu haben. Hastig schüttelte sie den Kopf. »Ich … was? Nein! Ich …« Sie blinzelte verwirrt. »Aber was soll das denn heißen? Es ist wahnsinnig fahrlässig, kein Kondom zu benutzen! Denk nur an all die sexuell übertragbaren Krankheiten.«

Er schnaubte. Wurde es nicht langsam Zeit, ihre Maske fallen zu lassen? Der Zug war abgefahren, als sie zu ihm unter die Dusche gestiegen war. »Wenn das deine Einstellung ist, hättest du dir wirklich einen anderen Job suchen sollen, Süße.«

Das Rot in ihren Wangen vertiefte sich noch. »Das ist nicht mein Job!«, entgegnete sie beinahe panisch. »Ich bin Modedesignerin!«

Hmh. Was sagte man dazu? Sie schien aufrichtig. Andererseits … Gemächlich ließ er seinen Blick ihren Körper hinabgleiten. Über die hochgeschlossene Bluse zu dem viel zu langen Rock. »Aber keine besonders Gute, oder?«, stellte er fest.

Sie verschränkte die Arme unter ihrem hübschen C-Körbchen. »Als ob sich einer wie du mit Damenmode auskennt.«

Langsam beugte er sich zu ihr vor. »Ich weiß zumindest, dass du sehr viel besser darin bist, dich auszuziehen, als dich anzukleiden«, raunte er. »Oder machst du Mode für den Nonnenkatalog?«

»Nein, mache ich nicht«, sagte sie gereizt. »Ich designe anspruchsvolle Outfits für Businessfrauen mit Niveau. Wenn du denn weißt, was Niveau bedeutet.«

Er hob spöttisch die Augenbrauen. »Vielleicht für Businessfrauen, die niemals flachgelegt werden und für immer Jungfrau bleiben wollen.«

Das Rot fraß ihr Gesicht regelrecht und sie räusperte sich. »Und wenn es so wäre?«, fragte sie aufmüpfig. »Es dreht sich nicht die ganze Welt um …« Sie wedelte mit der Hand vor seinem Gesicht hin und her. »Bienchen und Blümchen. Es ist keine Sünde, Jungfrau zu sein. Ganz im Gegenteil.«

Ungläubig öffnete er den Mund. Hatte er richtig gehört? »*Bienchen und Blümchen?!* Meine Güte, vor einer Stunde hattest du noch deine verdammte Hand um meinen Schwanz und ich meine Finger in deiner Muschi und jetzt willst du mir Unterricht in Sexualkunde geben?«

Er sah sie schlucken, betrachtete sie dabei, wie sie fahrig die Haare hinter die Ohren schob, sie wieder nach vorne fallen ließ … Er verstand es nicht! Sie wirkte beinahe schüchtern. Als sei ihr das Gespräch unangenehm. Als würde sie das Wort *Muschi* heute zum ersten Mal hören. Sie war ihm ein verdammtes Rätsel. Wie konnte jemand so unschuldig sein und sich anziehen, als hätte sie in ihrem Leben keinen Mann in ihr Höschen gelassen, aber gleichzeitig zu einem Fremden unter die Dusche springen?

Es war verwirrend, nervig und gleichzeitig … gleichzeitig so verdammt anziehend und heiß, dass er halb hart wurde, als sie sich nervös über die Lippen leckte und mit großen Augen zu ihm aufsah. Jetzt zuckte auch noch ein Mundwinkel, so als fände sie diese ganze Situation absurd und gleichzeitig amüsant.

Gott, wie er ihr das unschuldige Lächeln vom Gesicht wischen wollte. Es passte nicht zu dem neuen Bild, das er sich innerhalb der letzten Stunde von ihr gemacht hatte. Er wollte keine Überraschungen. Er wollte sich tief in ihr vergraben, das Verlangen in ihren Augen sehen und ihr Stöhnen hören, während sie ihn darum anbettelte, endlich kommen zu dürfen. Denn das verstand er, damit konnte er umgehen … Aber die Röte in ihren Wangen und das unschuldige Lächeln?

»Technisch gesehen hattest du deine Finger nur *an* meiner …« Sie brach ab, wandte den Blick ab und atmete tief durch. »Wie auch immer. Wir sollten das Thema wechseln.«

Oh nein. Er hatte gerade erst damit angefangen.

Er trat einen Schritt vor und erschrocken machte Maria einen zur Seite, doch bevor sie sich an ihm vorbeidrängen konnte, stützte er einen Arm gegen die Wand, um sie aufzuhalten.

»Thema wechseln?«, fragte er leise und schob sie langsam gegen die Wand zurück, um auch die andere Hand neben ihrem Kopf zu positionieren. Sein Gesicht nur noch eine Handbreit von ihrem entfernt, sodass er ihr Shampoo oder Parfüm riechen konnte. Blumen. Sie duftete nach verdammten Blumen.

Er musterte ihr Gesicht, ihre vollen, roten Lippen, ihre dunklen Augen, die von ihren Pupillen verschluckt wurden. Ja, so gefiel ihm das schon besser. Sollte sie doch ruhig daran denken, wo seine Hände unter der Dusche überall gewesen waren. »Warum sollte ich das Thema wechseln wollen, wenn es gerade interessant wird?«, fragte er leise.

»Weil … weil es sich nicht gehört, weil …«

»Was zierst du dich denn auf einmal? Bist du etwa Gott versprochen?«

Ihre Brust hob und senkte sich schwer, während ihr Blick zu seinen Lippen und zurück huschte. »Nein, ich … nun, mein Vater ist Pfarrer, aber was tut das jetzt zur Sache?«

Er lachte leise. Natürlich war sie Pfarrerstochter. Er beugte sich weiter zu ihr vor, sodass seine Lippen über ihre Ohrmuschel streiften, bevor er flüsterte: »Das wird ja immer besser. Also dafür, dass du so fromm bist, nimmst du das mit der Nächstenliebe aber wirklich nicht ernst genug. Hat dir dein Daddy nie erklärt, dass es unhöflich ist, einen Mann erst heiß zu machen und ihn dann hängen zu lassen?«

Er hörte sie schlucken und als er den Kopf zurückzog, wich sie seinem Blick aus. »Du hattest kein Kondom und du siehst aus wie jemand, der sich regelmäßig mit vielen Frauen vergnügt. Ich bin da lieber vorsichtig.«

»Und wenn ich jetzt ein Kondom hätte?«, fragte er interessiert. »Dann würdest du es mit mir noch gegen diese Wand treiben, ja?«

Wenn sie noch röter wurde, platzte gleich ihr Kopf. »Nein. Ich bin froh, dass wir es unterbrochen haben«, sagte sie mit versucht fester Stimme. »Das war nur ein kleiner Ausrutscher. Es wird nicht wieder passieren.«

»An dem Ausrutscher war nichts Kleines dabei und wenn ich das bemerken darf: Du warst es, die zu mir unter die Dusche gestiegen ist. Nicht andersherum.«

»Aber du hast mich dazu aufgefordert!«, erwiderte sie ungläubig.

Belustigt hob er einen Mundwinkel. »Du tust also alles, was ein nackter Mann dir sagt? Gut zu wissen.«

Sichtlich verärgert legte sie ihm die Hände auf die Brust und wollte ihn von sich schieben. Doch Diego war noch nicht bereit, sie gehen zu lassen. »Ich war verwirrt.«

»Mein Schwanz war auch verwirrt, aber genauso wie dir hat es ihm gefallen.«

Sie schüttelte sofort den Kopf. »Das musst du dir eingebildet haben. Es hat mir ganz und gar nicht gefallen.«

Sie war die schlechteste Lügnerin der Weltgeschichte. Er grinste. »Stöhnst du immer so, wenn es dir nicht gefällt?«

»Das ist eine rein körperliche Reaktion und hat gar nichts zu sagen!«

»Da hat jemand in Biologie nicht gut aufgepasst. Bei Sex geht es *nur* um körperliche Reaktionen.«

Ein störrischer Ausdruck trat auf ihr Gesicht und herausfordernd hob sie eine Augenbraue. »In deiner kleinen Gangster-Welt vielleicht. Aber jeder weiß doch, dass es nur mit Liebe wirklich Spaß macht.«

»Jetzt weiß ich mit Sicherheit, dass du noch Jungfrau bist«, bemerkte er verächtlich. »*Liebe*. Bitte. Du könntest so viel Spaß mit mir haben, dass du vergisst, wie dieses beschissene Wort geschrieben wird. Wenn ich dich das erste Mal mit meinen Fingern zum Kommen gebracht habe, vergisst du alles, was dein Daddy dir je erzählt hat. Wenn ich dich das zweite Mal mit meinem Mund zum Kommen gebracht habe, wärst du bereit, in die Hölle zu gehen, nur damit ich nicht aufhöre. Und wenn ich dann in dich ramme und dich mit meinem Schwanz zum Kommen bringe, verlierst du deinen Glauben an Gott.«

Maria starrte ihn wortlos an, den Mund leicht geöffnet. Sie schluckte, leckte sich über die Lippen, sah auf ihre Hände, die noch immer auf seiner Brust lagen …

»Jaja, du bist nicht interessiert, was?«, stellte er selbstzufrieden fest, bevor er seinen Daumen über den heftig schlagenden Puls an ihrem Hals gleiten ließ. »Du willst mich, *Wild Girl*«, raunte er. »Du schämst dich dafür, dass du mich willst, aber du tust es.«

Plötzlicher Ärger blitzte in ihren Augen auf – wahrscheinlich, weil er recht hatte – und im nächsten Moment stieß sie ihn mit aller Kraft von sich. Ihre Oberarmmuskeln waren erbärmlich, aber Diego tat ihr den Gefallen und trat nach hinten. Offensichtlich verblüfft darüber, dass er sie losließ, stolperte sie nach vorne und hielt sich am hinteren Ende seiner Jacke fest. Genau an der Stelle, unter der …

»Was zur Hölle ist das?«, bemerkte sie überrascht und zog ihre Hand abrupt weg. Verwirrt sah sie zu ihm auf und die Röte auf ihrem Gesicht wurde so schnell durch Blässe ersetzt, dass ihr sicherlich schwindelig wurde. »Ist das ... ist das eine Waffe? Hast du eine Waffe dabei?«

Diego sah sie unentwegt an, bevor er lächelte. »Nein«, sagte er schlicht und lief an ihr vorbei. Er spürte, wie sich Marias Blick in seinen Rücken brannte, doch es war ihm egal.

Es wurde Zeit, seine Schwester zu finden.

Er nahm die nächste Tür, die sich ihm anbot – und diesmal hatte er Glück.

Adriana zuckte nicht einmal zusammen, als er in den Raum stürzte. Das trainierte man sich ab, wenn man in dem schlechten Viertel gelebt hatte, in dem sie ihre Kindheit verbracht hatten. Schüsse, zerberstendes Geschirr, Polizeisirenen ... Wenn man sich wegen all dem Zeug erschreckte, fand man ja überhaupt keinen Schlaf.

»Du hättest anklopfen können«, sagte sie augenverdrehend und zog den Bademantel, den sie dankenswerterweise trug, enger um ihre Schultern.

»Und du hättest mir erklären können, dass du dich nackt ausziehst und dafür Geld nimmst!«, fuhr er sie an und warf die Tür hinter sich zu.

Sie presste die Lippen aufeinander und verschränkte die Arme vor der Brust. »Was machst du überhaupt hier? Verfolgst du mich jetzt schon, weil du mir nicht vertraust?«

»Es ist scheißegal, was ich hier tue«, knurrte er. »Könnten wir noch einmal zu dem nackten Tanzen und dazu zurückkommen, dass du dein Leben wegwirfst?«

»Diego, halt die Klappe.« Wütend funkelte Adri ihn an. »Du reagierst komplett über! So wie immer ... bei allem! Ich arbeite hier nicht. Ich springe nur ab und zu ein, wenn eines der Mädchen ausfällt, das ist alles. Steve hat mich um einen Gefallen gebeten. So läuft das in einer Beziehung.«

Woher zur Hölle sollte er wissen, ob das stimmte? Er hatte keine Ahnung von Beziehungen! Alles, was in seinem Kopf herumsprang, war der Gedanke, dass er lieber sein Leben lang auf Sex verzichten würde, als seine Schwester wieder auf dieser Bühne zu sehen. »Klasse, Adriana«, sagte er leise und verengte die Augen. »Ich bin froh, dass du gute Entscheidungen triffst. Jetzt bittet Steve dich noch darum, nackt zu tanzen, morgen will er, dass du mit diesem einen Typen aufs Zimmer gehst, um ihn …«

»Diego!«, zischte sie und im nächsten Moment schlug sie ihm mit der Faust fest gegen den Oberarm. Wie in alten Zeiten. »Ich bin keine beschissene Prostituierte, du Arschloch! Ich bin ganz sicher nicht wie die Stripperinnen, die sich einmal die Woche ein Zimmer im *Bed 'n' Beach* nehmen, um ihre Freier zu bespaßen. Mir macht es Spaß, zu tanzen. Ich bin eine erwachsene Frau, wenn ich meinem Freund aushelfen will, dann kann ich das tun, ohne meinen großen Bruder vorher um Erlaubnis zu fragen.«

»*Bed 'n' Beach*?«, wiederholte er langsam und runzelte die Stirn. Shit. Er hatte doch recht gehabt. Maria war keine Stripperin, aber sie war Geschäftsführerin des Hotels. Das hatte sie selbst gesagt. Sie war Geschäftsführerin eines Hotels, in dem Mädchen für Sex Geld nahmen. Das *Bed 'n' Beach* war ein verdammter Puff! Deswegen war sie geschäftlich hier gewesen.

Diego lachte trocken auf und legte den Kopf in den Nacken. Was für eine beschissene Heuchlerin war sie? Genierte sich dabei, über Sex zu reden, war aber eine verdammte Puffmutter!

93

Gott, eines musste er ihr lassen – sie war äußerst talentiert darin, ihn zu überraschen. Und das mochte er nicht. Denn Leute, die ihn überraschten, endeten normalerweise früher oder später tot in einem Graben. Nicht in seinem Bett. Und wenn er an Maria dachte, hatte er nur letzteres im Kopf. Ach was, wer brauchte schon ein Bett? Eine gut betonierte Wand würde es genauso tun.

»Was ist so witzig?«, fragte Adriana irritiert.

»Nichts. Es ist nur … ich wohne in dem Hotel.«

»Na, das wundert mich nicht. Schäbige Orte haben dich schon immer angezogen. Aber solange du nicht im Erdgeschoss wohnst, wirst du wohl nichts von der Rumhurerei mitbekommen.« Sie seufzte schwer, schloss die Augen und im nächsten Moment zog sie Diego in eine feste Umarmung. »Ich hab dich vermisst«, murmelte sie.

»Ja, ich dich auch«, sagte Diego widerwillig.

»Und du bist wirklich durch mit … deinem Job?«, fragte sie leise. »Ich muss mir keine Sorgen mehr machen, dass die Polizei mich anruft, um mir zu erzählen, dass mein Bruder erstochen, erschossen, erdrosselt, eingebuchtet …«

»Nein«, unterbrach er sie, denn er wusste, wie lang diese Liste werden konnte. »Musst du nicht.«

Das war eine Lüge. Die *Baracudas* würden ihn unglaublich gern tot sehen, das war ihm bewusst. Sie hatten nur Angst davor, zu viele ihrer Leute an ihn zu verlieren, bevor sie es endlich hinbekamen. Sie hatten zwar gute Männer … aber Diego war besser. Das war keine Arroganz, das war eine Tatsache.

»Schön.« Adriana löste sich von ihm und lächelte ihm wacklig zu. »Pass auf, ich bin hier ohnehin fertig. Was

94

hältst du davon, wenn wir zusammen essen gehen und … über alles reden?«

Reden. Er hasste reden. »Wo ist dein Macker?«, fragte er gepresst.

»Er heißt Steve.«

»Und wenn er Rapunzel heißen würde. *Wo* ist er?«

»Nicht hier«, sagte sie hastig. »Er musste irgendwelche geschäftlichen Besorgungen machen.«

»Ich will ihn kennenlernen.« Er würde kein Risiko eingehen. Er mochte in den letzten Jahren zu tief in dreckigen Geschäften gesteckt haben, um mehr für Adriana tun zu können als ihr nur Geld zu schicken, aber diese Zeiten waren jetzt vorbei. Er war raus aus dem Business … und er würde die Hölle tun, seiner Schwester dabei zuzusehen, wie sie sich das Leben mit einem Loser verbaute.

»Das wirst du«, versprach sie, doch ihm entging keineswegs, dass sie schwer schluckte. »Wirklich. Morgen. Oder übermorgen. Ich rede mit ihm. Aber jetzt … Essen mit mir? Mexikanisch? Ich weiß doch, wie gern du dich darüber aufregst, dass die Amerikaner unsere Gerichte zerstören.«

Starr sah er sie an, unsicher, was er denken sollte. Adri wirkte nervös, das gefiel ihm nicht. Andererseits könnte das auch die normale Reaktion einer Frau sein, wenn ihr Freund zum ersten Mal ihre Familie kennenlernte. Diego hatte da reichlich wenig Erfahrung. Sie hatten keine Familie mehr. Ihr Vater war schon lange seinen Drogen zum Opfer gefallen, ihre Mutter einem betrunkenen Autofahrer … Adri war alles, was er noch hatte.

»Schön«, sagt er knapp. »Aber zieh dir verdammt noch mal etwas Vernünftiges an!«

Danach würde er sich damit beschäftigen, dass die prüde Frau, von deren Lippen er die letzte Stunde fantasiert hatte, wahrscheinlich einen Prostituiertenring in ihrem Hotel führte.

Wer hätte ahnen sollen, wie verdammt interessant sein Tag werden würde?

KAPITEL 7

Gott, war ihr heiß.

Als Diego Como hinter irgendeiner Tür verschwand, öffnete Maria fahrig die obersten zwei Knöpfe ihrer Bluse.

Noch nie in ihrem ganzen Leben war sie einem Mann begegnet, von dem sie sich gleichzeitig so eingeschüchtert und so wahnsinnig angemacht gefühlt hatte. Verdammt, ihre Wangen brannten bei dem Gedanken daran, wie sie zu ihm unter die Dusche gestiegen war. Bei dem Gedanken an seine Hände, seine Lippen und seine Finger. Ja, vor allem an seine Finger.

Sie schämte sich für ihre Gedanken, doch sie bekam sie nicht aus dem Kopf. Obwohl sie ihn kaum kannte, obwohl ihr mehr als nur ein paar Details seiner Erscheinung Angst einjagten. Er trug eine Waffe, verdammt! Und er war mit eben dieser Waffe in einen Stripclub marschiert!

Trotzdem wollte sie ihn. Ihr Unterleib zog sich bei dem Gedanken an seinen muskulösen Oberkörper schmerzhaft zusammen. Sie wollte ihn so sehr, dass sie ihm am liebsten jetzt gleich hinterhergerannt wäre und von ihm verlangt hätte, sie auf der Stelle zu nehmen. Wer war hier bitte prüde?

Maria lehnte den Hinterkopf zurück an die Wand und seufzte langgezogen. Aus dem Augenwinkel schielte sie zur Tür, um nicht in dieser Position von Como erwischt zu werden. Sie brauchte nur ein paar Sekunden und ein paar tiefe Atemzüge, um sich wieder zu fangen. Sie war eine erwachsene Frau mit erwachsenen Bedürfnissen – mit einem erwachsenen Gehirn. Sie war aus einem bestimmten Grund in dieses wenig geschmackvolle Loch herabgestiegen und dieser war definitiv nicht, Diego Comos knackigem Arsch hinterherzuschauen. Liebe Güte, wann war sie ein solches Opfer ihrer Gelüste geworden? Sie war doch kein Mann!

Maria wischte sich eine Haarsträhne aus dem Gesicht und richtete sich auf. Streckte den Rücken durch, drückte ihre Brust raus und stolzierte den Gang hinab.

Die stark geschminkte Frau, die sie eben nach dem Betreiber dieses, nun, Wichsdomizils – man entschuldige ihr dieses Wort – gefragt hatte, hatte ihr den Weg zum hintersten Raum beschrieben.

Dort angekommen, hob Maria die Hand und klopfte zweimal fest gegen die Tür. Schnell fuhr sie mit den Händen noch einmal durch ihre Haare und wartete.

Nichts.

Wenn sie umsonst gekommen war, würde sie sehr, sehr ungehalten werden! Vorsichtig beugte sich Maria an die Tür heran. Sie hörte Stimmen. Also war doch jemand da.

Bevor sie es sich anders überlegen konnte, drückte sie die Klinke hinunter und betrat den Raum.

98

Ein schmaler Blechschrank stand in der einen Ecke des kleinen Raumes, ein breiter Schreibtisch in der anderen. Ansonsten war er leer.

Hinter dem Tisch saß ein blonder Mann, der nun die Hand mit dem Telefon sinken ließ, sich erhob und Maria überrascht musterte. Er war untersetzt und seine Kleidung hatte schon bessere Tage gesehen, aber sein Gesicht war durchaus attraktiv. Ein breiter Kiefer und hellblaue Augen.

Bevor er etwas sagen konnte, durchquerte Maria den Raum und hielt ihm ihre ausgestreckte Hand hin. »Mein Name ist Maria Stone. Es freut mich, Sie kennenzulernen.«

Ihr Gegenüber zögerte und ergriff dann ihre Hand. Sein Händedruck war lasch. »Steve«, sagte er nur.

Oh Gott, er hatte einen Goldzahn. Nur Rapper, die sich über nackte Frauen und schnelle Autos definierten, durften die tragen – und selbst darüber ließ sich streiten. Es gab doch gute Zahnärzte, es gab Brücken und Zahnimplantate. Steve konnte sich also nicht dafür rechtfertigen, sein Gesicht mit etwas zu verschandeln, das vielleicht vor fünfhundert Jahren einmal ein Symbol für Reichtum gewesen war.

»Was willst du hier?«, fragte Steve, als Maria ihn nach einigen Sekunden immer noch bloß anstarrte.

»Ich …« Sie räusperte sich. »Ich komme vom *Bed 'n' Beach*.«

Steves Gesicht hellte sich auf. »Ach, dann bist du eine von Lilys Töchtern?«

»So ist es. Und Sie sind der Geschäftsführer dieses Ladens?«

»Nicht direkt.« Steve hob eine Hand und kratzte sich dümmlich am Kopf. Maria fragte sich, wie sie ihn auch nur eine Sekunde hatte attraktiv finden können. Er wirkte, als habe er zu viel von diesem schrecklichen Marihuana geraucht. »Ich regle hier ab und zu die Geschäfte.«

»Nun gut.« Maria runzelte die Stirn, da sie mit Steves Aussage nicht wirklich etwas anfangen konnte. Trotzdem hatte sie keine Lust, zum nächsten Zuständigen weitergeleitet zu werden. Vielleicht konnte Steve ihr ja genauso Auskunft geben. »Meine Schwestern und ich übernehmen das Hotel und ich habe mich heute Morgen mit den Buchungen unserer Stammkunden vertraut gemacht.«

Steve ließ sich mit einem unüberhörbaren Seufzen in den verschlissenen Bürostuhl fallen und rückte an den Tisch heran. »Ja, und?«

»Mir ist da etwas aufgefallen.« Maria schluckte und suchte nach den richtigen Worten, um an die Informationen zu gelangen, die sie haben wollte. »In den Berichten der letzten Jahre war vermerkt, dass Ihr … Etablissement dauerhaft unsere drei Zimmer im Erdgeschoss gemietet hat.«

Steve griff nach einem Kugelschreiber und drehte ihn in den Fingern, ohne Maria anzusehen. Unter seinen Nägeln befand sich so viel Dreck wie in einem Sandkasten. Als hätte er vor Kurzem eigenhändig einen Garten umgegraben. »Ja, und?« Er hob eine Augenbraue. »Steigen die Preise?«

»Wieso?«, platzte es aus Maria hervor. Dann räusperte sie sich und strafften den Rücken. »Wieso mieten Sie diese Zimmer?«

Steve hob den Blick und musterte sie nachdenklich. »Ist die Frage ernst gemeint?«

»Natürlich ist sie das!«

Nun zeigte sich zum ersten Mal eine andere Regung als Desinteresse auf dem Gesicht ihres Gegenübers – Belustigung. »Was glaubst du, wieso ein Stripclub wie unserer drei Zimmer in der Baracke mietet, die du Hotel nennst?«

Baracke?! Hatte er mal an seine Decke gesehen? Es sah aus, als würde ihnen jeden Moment ein Haufen Kabel auf den Kopf fallen! Maria presste die Lippen aufeinander, bevor sie erneut sprach. »Sagen Sie es mir.«

»Wir hatten einen Deal mit deiner Mutter«, sagte Steve gelangweilt und lehnte sich über den Tisch. »Sie stellt die Zimmer für unsere Mädchen und unsere Gäste mit … besonderen Wünschen zur Verfügung und kriegt dafür einen Teil der Einnahmen.«

Maria starrte ihn regungslos an. Sie mochte oft schwer von Begriff sein, aber das hatte selbst sie verstanden. »Ihr schickt eure Prostituierten in unser Hotel?«, fragte sie schockiert.

»Ja, Mädchen«, antwortete Steve und schlug mit der flachen Hand auf den Tisch. »Unsere Nutten bumsen in eurem Schuppen. Problem damit?«

Ja! »Nein«, sagte sie und schüttelte den Kopf. Die Gedanken ratterten darin. Damit hatte sie nicht gerechnet. Auch wenn sie nie das Allerbeste von ihrer Mutter gehalten hatte, so hätte sie im Leben nicht damit gerechnet, dass sie ein … eine Art Bordell betrieb! Nein. Das ging zu weit. Das konnte sie mit ihrer Moral nicht vereinbaren, egal wie sie es drehte und wendete.

Sie öffnete den Mund, um Steve mit ihren Gedanken zu konfrontieren, schloss ihn jedoch gleich wieder. Sie war eine der Geschäftsführerinnen des Hotels. Sie musste nicht bei Steve um Erlaubnis bitten, denn in ihrem Hotel schliefen und vergnügten sich nur die Menschen, von denen sie das wollte. Die anderen konnte sie einfach rausschmeißen.

»Danke für die Information«, sagte sie, reckte das Kinn und stolzierte aus dem Raum. Aus dem Augenwinkel sah sie, wie Steve auf seinem Handy herumtippte und es sich kurz danach wieder ans Ohr hielt.

Bevor sie das *Pussys 4 ever* aus ihrem Gästekatalog schmiss, würde sie noch ihren Schwestern davon erzählen. Sicherlich würden sie ebenso entsetzt sein wie sie.

Sobald sie wieder draußen war, sog Maria die nach Abgasen stinkende, sogenannte Frischluft ein. Viel besser als der stark parfümierte Dunst aus dem Club.

Nutten in ihrem Hotel? Das konnte und wollte sie nicht billigen. Wenn das an die übrigen Gäste herangetragen würde … nicht auszumalen, was das für ihr Geschäft bedeuten könnte! Sie jedenfalls würde sich nicht in einem Hotel wohlfühlen, in dem leicht bekleidete Frauen mit zweifelhafter Profession ein- und ausgingen.

Unwillkürlich fragte sie sich, wie lange dieser Deal schon bestand. Seitdem sie hier gewohnt oder als Kind ihre Ferien verbracht hatte? Sie musste dringend Serafina darauf ansprechen, wenn jemand mehr darüber wusste, dann sie. Dieser Tag wurde immer schrecklicher.

Mit einem Seufzen zog Maria ihr Smartphone aus der Tasche und checkte ihre Mails.

Ihr Posteingang quoll über von Berichten und Beschwerden ihrer Assistentin, die sich über die neue Situation echauffierte und wieder und wieder klarstellte, dass sie nicht glaubte, dass die Firma sechs Monate lang ohne Maria laufen würde.

Doch sie selbst wusste es besser. Entwürfe zeichnen konnte sie auch hier – jedenfalls, wenn sie sich von Zeit zu Zeit an den großen Schreibtisch in Moms Appartement unter dem Dach zurückziehen konnte. Ihr Team war so gut eingespielt, dass es den Laden das nächste halbe Jahr ohne sie über Wasser halten konnte. Für ein paar Modemessen konnte sie sicherlich ein oder zwei Tage nach New York fliegen.

Lustlos scrollte sie durch ihr Postfach und überflog die Betreffzeilen, als ihr ein kleiner Umschlag in der Ecke ihres Displays ins Auge sprang. Ihr Herz setzte einen Schlag aus. Es gab nur eine Person, die ihr noch SMS schrieb: Ihr Vater. Und er verlangte, dass sie ihn so schnell wie möglich anrief.

Maria wählte sofort seine Nummer. Sie hatte ihm nur eine kurze Nachricht geschickt, dass ihre Mutter gestorben war und sie zur Testamentsverlesung nach San Colina fahren musste, und versprochen, sich anschließend zu melden. Doch den ganzen Tag über waren so verrückte Dinge passiert, dass sie das glatt vergessen hatte.

Sie schluckte und hielt sich das Telefon ans Ohr. Es tutete zweimal, dann hob ihr Vater ab.

»Maria«, sagte er nur. Seine Stimme ein tiefer Bass. Diese Art von Stimme, die für sich genommen schon Autorität ausstrahlte. Unter der man sich hinwegducken wollte, damit sie einen nicht zu hart traf.

»Es tut mir leid, dass ich mich jetzt erst melde«, sagte sie ohne Begrüßung. Ihr Vater glaubte an vieles, aber nicht an Smalltalk. »Es gab viel zu tun. Und es gibt viel zu erzählen.«

»Also ist es wahr? Lily ist tot?«

»Daran bestand doch nie ein Zweifel«, entgegnete Maria. »Warum hätte Serafina lügen sollen?«

Ihr Vater schnaubte am anderen Ende der Leitung. Er hielt nicht viel von ihren Schwestern. Das machte es umso schwerer, ihm gleich beizubringen, wo sie das nächste halbe Jahr verbringen würde.

»Wie auch immer«, fuhr er fort. »Steht schon fest, wann das Begräbnis sein wird? Wenn ich es einrichten kann, würde ich gern vorbeikommen.« Seine Worte klangen nicht wie eine Frage, eher wie ein Befehl. Als hätte es der Beerdigungstermin gefälligst einzurichten, dass ihr Vater an ihm Zeit hatte.

»Die Beisetzung war schon vor ein paar Tagen.«

»Und du warst nicht da?«

Maria seufzte innerlich und suchte nach den richtigen Worten. Als Mann Gottes war eine ordentlich abgehaltene Beerdigungsfeier für ihren Vater das Wichtigste — und das Einzige —, um das man sich bei dem Todesfall eines Angehörigen Gedanken machen musste.

»Serafina hat uns nicht Bescheid gesagt. Es war eine kleine Feier.«

»Das geht nicht«, antwortete ihr Vater schlicht. »Sie ist deine Mutter. Es ist deine Pflicht, bei ihrer Beerdigung anwesend zu sein.«

Maria stöhnte und massierte sich mit der freien Hand die Schläfe. »Es ist aber nun mal zu spät. Der Zug ist abgefahren. Wir können sie nicht wieder ausgraben, nur damit ich dabei zusehen kann, wie sie wieder eingegraben wird!«

Wieder schnaubte ihr Vater. Gott, sie hasste dieses Schnauben. Es triefte vor Missbilligung und Enttäuschung und erinnerte sie jedes Mal daran, wie er sie angeblickt hatte, wenn ihr Notendurchschnitt nicht seinen überzogenen Ansprüchen entsprochen hatte. Sie war damals zu ihrem Vater gezogen, um frei zu sein, um der Vorherrschaft ihrer Schwestern zu entfliehen und sich selbst entfalten zu können. In Wahrheit hatte sich dadurch nichts geändert, außer der Person, die es sich herausnahm, ihr Vorschriften zu machen.

Scheinbar hatte ihr Vater einen guten Tag, denn er entschied sich dazu, das Thema fallen zu lassen. Was in Anbetracht seiner grauenhaften Selbstbeherrschung schon eine Meisterleistung war.

»Wann fliegst du zurück nach New York?«, fragte er betont beiläufig. »Und steht unser Treffen nächste Woche?«

»Nein ... Es ist da etwas dazwischengekommen. Bei Moms Testamenteröffnung.«

»Dazwischengekommen?«

»Es ist keine große Sache, ich ...« Sie brach ab und kniff die Augen zusammen. Verdammt, sie war achtundzwanzig Jahre alt und sollte sich nicht mehr so von ihm einschüchtern lassen! Also reckte sie erneut das Kinn und erklärte ihm in knappen Worten die Geschehnisse des heutigen Tages. »Das heißt, ich werde die nächsten sechs Monate wohl oder übel in San Colina verbringen«, schloss sie.

Ihr Vater schwieg. Und es war nie – nie! – ein gutes Zeichen, wenn David Stone schwieg.

Kalt und zäh dehnte sich die Stille aus und erst nach einer halben Minute hörte Maria, wie ihr Vater tief Luft holte und sie kontrolliert wieder ausstieß. Das Mikrofon knisterte. »Du willst sechs Monate dort verbringen. In dieser ... in dieser *frevelhaften* Stadt?«

Maria wollte ihm antworten, doch er dachte nicht daran, sie etwas erwidern zu lassen.

»Dieser Ort hat dich schon viel zu sehr verdorben. Die ersten vierzehn Jahre deines Lebens und die zahlreichen Ferien haben gereicht, dass du dir das aufmüpfige und frivole Verhalten deiner Schwestern abgeguckt hast.

Bei Gott, ich dachte nach dem Streit mit deiner Mutter sei dieses elendige Kapitel endgültig abgeschlossen! Und nun willst du ein halbes Jahr dort verbringen und diesen Schuppen leiten, den deine Mutter auf Erden zurückgelassen hat? Ich dachte, ich hätte dir beigebracht, dass der Wert von Geld nicht alles ist, was man im Leben anstreben sollte. Meine ganze Erziehung …«

»Ich bin achtundzwanzig Jahre alt! Es ist nicht mehr deine Aufgabe, mich zu erziehen«, erwiderte Maria scharf. »Ich treffe meine eigenen Entscheidungen.«

»Maria, ich verbiete mir solch unbedachte Worte! Du weißt genau, was du mir zu verdanken hast!«, polterte er los.

Nicht schon wieder diese Leier.

Maria verdrehte die Augen. »Ich weiß, Dad. Ohne dich wäre ich nichts und ohne dich hätte ich nie die Mittel besessen, meine eigene Firma zu gründen.« Sie biss die Zähne zusammen. Alles in ihr sträubt sich dagegen, wieder kleinbeizugeben. Aber mit ihrem Vater konnte man nicht gut streiten und außerdem hatte er recht – sie hatte ihm viel zu verdanken. Und schuldete ihm außerdem einen Haufen Geld, den sie mit dem Erbe auf einen Schlag bezahlen könnte. »Es tut mir leid, dich so angefahren zu haben. Ich hatte mich gerade nicht ganz im Griff.«

»Dann hoffe ich, dass du dich die nächsten sechs Monate im Griff haben wirst, Maria. Der …«

»… liebe Gott sieht alles«, vervollständigte Maria murmelnd. Sie hasste diesen Spruch so sehr. Seit ihrer Kindheit hatte ihr Vater dieses Mantra verlangt, doch sie hatte es satt.

Wenn der liebe Gott wirklich die sündigen Menschen auf der Erde bestrafte, hätte sie spätestens der Blitz treffen müssen, als sie zu Diego Como unter die Dusche gestiegen war. Oder aber er hatte gar nichts dagegen, dass Menschen Spaß miteinander hatten.

»Wir sprechen uns. Du rufst mich an, verstanden?«

»Verstanden«, antwortete Maria gepresst und versuchte, die Vorstellung von Comos gestähltem Oberkörper, seinen starken Händen und – vor allem – seinem harten Penis aus ihren Gedanken zu vertreiben.

Dann erklang das erlösende Freizeichen und sie ließ die Hand mit dem Smartphone sinken. Was für ein überaus aufbauendes Gespräch. Wie immer, wenn sie sich mit ihrem Vater unterhielt.

Aber da musste sie durch. Ihr Vater hatte sie die letzten Monate einige Male unterstützt, wann immer sie ein paar finanzielle Engpässe mit der Firma gehabt hatte. Sie hatte nie daran gedacht, ihre Mutter zu fragen – denn bis vor Kurzem hatte sie noch geglaubt, dass sie keinerlei Geld besaß.

Ihre Eltern waren nicht lange zusammen gewesen. Sie hatten nicht viel mehr als eine kurze Beziehung oder auch eine lange Affäre gehabt – wenn auch mit überraschendem Ausgang: der Schwangerschaft ihrer Mutter. Ihre Kindheit und die ersten Jahre ihrer Jugend hatte Maria in San Colina verbracht, gemeinsam mit ihren großen Schwestern. Ihren Vater hatte sie in dieser Zeit selten gesehen. Er hatte darauf bestanden, dass sie seinen Nachnamen trug, er hatte sie angerufen und Geld geschickt, doch sich niemals so wirklich für sie erweichen können. Maria hatte die Theorie, dass er sie für die Personifikation seiner eigenen Sünde hielt. Dass ihre Existenz ihm vor Augen führte, was er getan hatte.

Sie schmunzelte. Ganz so schlimm war es vielleicht nicht gewesen. Jedenfalls hatte er nicht gezögert, sie aufzunehmen, als sie mit vierzehn Jahren und gepacktem Koffer vor seiner Haustür gestanden hatte.

Mit einem Seufzen ließ Maria das Handy zurück in ihre Manteltasche gleiten. Im Hotel wartete noch ein Haufen Arbeit auf sie und danach musste sie sich mit den Mails beschäftigen, die Alessia ihr geschickt hatte … bis sie die Ehre hatte, noch einmal mit Estelle und Serafina über die Aufgabenteilung und den Club zu reden. Sie legte den Kopf in den Nacken und zog eine Grimasse. Aber vorher brauchte sie etwas für die Nerven. Sie erinnerte sich daran, dass sich früher zwei Straßen weiter eine Eisdiele befunden hatte. Sie betete, dass sie noch existierte – und dass das Fruchteis so gut schmeckte wie jeher.

KAPITEL 8

Diego hatte beschissen geschlafen.

Das letzte Mal hatte er sich so herumgewälzt, als er entschieden hatte, aus der Mafia auszutreten. Und da waren die Glock unter seinem Kopfkissen und das Jagdmesser an seinem Oberschenkel eben verdammt ungemütlich gewesen. Wenn jemand es schaffte, ihn umzubringen, dann im Schlaf. Aber Diego schlief bereits seit er zwölf war nur sehr leicht, aus Angst, dass er nicht hörte, wenn seine Mutter wieder nach Hause kam und Hilfe brauchte, weil sie zu betrunken war, um sich aufrechtzuhalten. Ah, ja. Gute Zeiten.

Als er zum Frühstück in den zum Meer hin ausgerichteten Speisesaal mit der großen Terrasse ging, wunderte es ihn überhaupt nicht, dass er als Erstes den Arsch der überhaupt nicht heiligen Maria sah. Sie war einfach überall. In dem Stripclub, in den sie nicht gehörte. In diesem schäbigen Hotel, an dem sie fehl am Platz war. Und in seinen verfickten feuchten Träumen, in denen sie erst recht nichts zu suchen hatte!

Die Brünette wuselte zwischen den eng aneinander gedrängten Tischen umher, verteilte Rühreier hier und ein freundliches Lächeln da ... und Diego erwischte sich dabei, wie er ihr einen Teller aus der Hand schlagen, sie gegen die nächstbeste Wand drängen und dazu zwingen wollte, ihm genau zu erklären, wer zur Hölle sie eigentlich war! Puffmutter oder prüde Pfarrerstochter. Beides war unmöglich! Oder war sie eine so verdammt gute Schauspielerin, dass er sich hinters Licht führen ließ?

Mit verengten Augen folgte er ihren fließenden Bewegungen, ihrem scheiß langen Rock, dessen Stoff sich über ihrem Arsch spannte, immer wenn sie sich zu einem Kunden bückte. Und ja, ihre Hinterseite war anziehend ... aber ihre Vorderseite mochte er noch sehr viel lieber. Er würde darauf wetten, dass noch kein Kerl jemals ihre Brüste gefickt hatte und das war eine verdammte Schande!

So wie seine Gedanken. Denn Marias C-Körbchen war das Letzte, um das er sich gerade einen Kopf machen sollte. Ihn hatte es überhaupt nicht zu interessieren, ob sie einen Deal mit dem Stripclub hatte und Nutten in ihrem Hotel ihren sehr illegalen Job erledigen ließ. Dennoch ... wenn sie erst einmal die Prostituierten in ihr Hotel einlud, würde die Mafia nicht weit sein. Und die unschuldige Maria, die sich vor dem Wort *ficken* geniert hatte, in einen Topf mit den *Baracudas* zu packen, gefiel ihm überhaupt nicht. Denn sie hatte womöglich keine Ahnung, auf was für einen Deal mit dem Teufel sie sich da eingelassen hatte.

Genervt von sich selbst setzte er sich an einen Tisch direkt am Fenster, das auf die Terrasse hinausführte, sodass er das Meer im Blick hatte. Der Horizont hatte schon immer eine geheime Anziehung auf Diego ausgeübt. Weil er ein bisschen wie sein Leben war. Ein Traum von Freiheit, den er niemals erreichen würde. Denn mit jedem Schritt kam man der Horizontlinie zwar näher, doch mit jedem Schritt schob man sie auch von sich fort. Die Bezeichnung des Silberstreifs am Horizont war ihm deswegen schon immer mehr als dämlich vorgekommen, denn diesen beschissenen Streifen konnte man doch niemals erreichen! Ob silbern, kackbraun oder pink.

Er zog die Menükarte zu sich heran und gerade als er sie aufschlug, hörte er, wie der Stuhl ihm gegenüber mit einem schabenden Geräusch nach hinten gezogen wurde. Diegos Kopf schnellte in die Höhe, seine Hand bereits auf halbem Weg zu seiner Waffe im hinteren Bund seiner Jeans.

»Was denn, Como? Willst du mich vor all diesen Menschen erschießen?«, fragte der dunkelhaarige Mann im Anzug ihm gegenüber verächtlich.

Ja. Will ich. »Ich bin enttäuscht«, stellte Diego ruhig fest, ließ seine Hand jedoch, wo sie war. »Ich hatte auf einen frischgepressten Orangensaft gehofft und bekomme dich, Ramirez. Du bist weder frisch noch fruchtig. Du bist eher die saure Milch mit pappigen Cornflakes.«

»Frisch und fruchtig. Dass diese Worte überhaupt in deinem Wortschatz vorhanden sind«, bemerkte Ramirez düster.

Er hatte sich innerhalb der letzten fünf Jahre, in denen Diego mit ihm gearbeitet hatte, nicht verändert. Er war Anfang vierzig, sah jedoch aus wie Mitte fünfzig. Die fettigen, dunklen Haare hatte er im Nacken zu einem Pferdeschwanz zusammengefasst und seine grauen Augen lagen in tiefen, dunklen Höhlen. Dann waren da noch die Falten in seinem Gesicht. Die tiefen Falten, die jegliche Integrität aus seinem Gehirn gegraben hatten. Die Arbeit bei der Mafia zehrte an ihm. Hatte ihn hart und kalt gemacht. Diego kannte das Gefühl.

»Die englische Sprache ist fantastisch, Ramirez. Ich will sie zur Gänze ausschöpfen. Ist da etwas Verwerfliches bei?«

»Gott, wie ich dein dummes Geschwafel nicht vermissen werde, wenn du unter der Erde liegst«, feixte Ramirez und sah aus dem Fenster zum Meer.

»Leere Drohungen habe ich noch nie gemocht«, bemerkte Diego seufzend. »Sie verschwenden so viel meiner Zeit, die ich tief in einer warmen Frau verbringen könnte. Also: Sag, weshalb du gekommen bist, und verschwinde wieder. Bevor ich die Geduld verliere.«

Diego hatte keine Angst vor Ramirez, dennoch waren seine Schultern angespannt und seine Hand lag am Knauf seiner Waffe. Er wäre nicht hier, wenn er nicht von ganz oben dazu angewiesen worden wäre.

»Schön. Die Nachricht, die ich dir überbringen soll, ist simpel«, knurrte Ramirez. »Hör auf, dich in unser Business einzumischen.«

Überrascht hob Diego die Augenbrauen. »Was?«

»Du hast mich schon verstanden.«

»Nein. Deswegen ja das: Was? Ich mische mich nicht ein, ich …«

»Der Stripclub, Como«, zischte sein Gegenüber. »Uns hat ein Vögelchen gezwitschert, dass du da warst. Das ist unser Laden — und in dem hast du nichts verloren.«

Diegos Mundwinkel zuckten. Er hatte also recht behalten. Die *Baracudas* wuschen ihr Geld dort. Schockierend. »Ich wollte mich ein wenig amüsieren. Was ist falsch daran?«

»Amüsier dich woanders. Nackte Mädchen kriegst du überall.«

Langsam verengte Diego die Augen. »Was ist an dem Laden so besonders?«, fragte er leise. »Du bist doch nicht nur hier, weil du Angst hast, ich könnte ein paar Nutten verraten.«

»Das geht dich einen Scheiß an, Wichser.«

Diego seufzte schwer und schüttelte den Kopf. »Du solltest wirklich an deiner Sprache arbeiten. All diese Kraftausdrücke verderben den Charakter.«

»Keine Besuche im Club mehr, Como. Und morgen bist du weg. Das ist der Freundschaftsdeal, den wir dir anbieten.«

Belustigt hob Diego eine Augenbraue. »Es ist, als würdest du mich nicht kennen«, sagte er trocken, bevor er den Mund zu einem freundlichen Lächeln verzog. »Ich scheiße auf dich und irgendwelche Deals. Ich werde tun, wofür ich gekommen bin, und wenn ich dich dabei aus Versehen erschieße, soll mir das recht sein.«

»Gott, du hättest Logan einfach umlegen sollen, so wie wir es dir aufgetragen haben«, zischte Ramirez und beugte sich über den Tisch, die Hände zu Fäusten geballt. »Das hätte dein Leben um ein Vielfaches vereinfacht.«

»Ich töte keine Menschen, die ich zu meinen Freunden zähle, Ramirez. Ich weiß, deine Mutter hat dich in dem Bereich schlecht erzogen, aber … sie hat sich ja auch von einem Schwein ficken lassen, anders kann ich mir nicht erklären, wie du zustande gekommen sein sollst. Es wundert mich also nicht.«

Und jetzt war Logan auf der Flucht. Vor der Mafia. Vor der Polizei. Vor seiner Vergangenheit. Ja, sein Leben war derzeit noch beschissener als das von Diego, aber immerhin war er nicht tot. Das war doch auch etwas.

Ramirez verzog das Gesicht zu einer gehässigen Maske, als eine fröhliche Frauenstimme erklang.

»Willkommen und einen wunderschönen Morgen im *Bed 'n' Beach*. Ich bin heute Ihre Kellnerin und ... oh.«

Diegos Kopf fuhr herum und er sah geradewegs in Marias braune, geweitete Augen. Offensichtlich war ihr nicht klar gewesen, wer hier saß. Shit. Sie war die letzte Person, die er jetzt hier haben wollte.

Marias Wangen liefen pink an, doch schließlich reckte sie das Kinn und räusperte sich. »... und nehme gern Ihre Bestellung auf«, vollendete sie ihren Satz, ein wackliges Lächeln auf den Lippen, das niemanden täuschte.

»Ich will frisch gepressten Orangensaft«, sagte er knapp und glitt mit dem Blick zurück zu Ramirez. »Für ihn nichts. Er wollte gerade gehen.«

»Ähm ... nur Orangensaft?«, fragte Maria unsicher und schlug nervös mit dem Bleistift in ihrer Hand gegen den gezückten Notizblock. »Kein Essen? Dabei ist so schönes Wetter. Das lädt doch geradezu dazu ein, frische Eier ...«

»Maria«, sagte er leise und ließ seinen Blick erneut für eine Sekunde von seinem Gegenüber zu ihrem unschuldigen Gesicht schweifen. Ihre Wangen rosig, ihre Lippen sündig rot ... und ihre Augen so klar und warm, dass Diegos Brust sich verengte. Sie sah aus wie ein beschissener Engel, der geradewegs aus seiner persönlichen Hölle gestiegen war, um ihn in den Wahnsinn zu treiben. »Ich schwöre dir, wenn du noch einmal über das Wetter redest, pisse ich in das nächste Getränk, das ich in deiner Hand sehe. Also halt die Klappe und verschwinde.«

Verwirrt zog sie die Augenbrauen zusammen, ihre Lippen öffneten sich leicht … bevor die Schamesröte ihre Wangen verdunkelte und sie hastig von dem Tisch zurücktrat.

Gott, sie konnte *unmöglich* etwas mit dem Puffring zu tun haben. Dann hätte sie Ramirez doch auch kennen müssen?

Diego studierte den Mann vor ihm, dessen Blick interessiert der Brünetten folgte. »Maria Stone, ja?«, murmelte er abwesend.

Diego antwortete nicht. Er kannte ihren Nachnamen nicht. Und dass Ramirez es tat … war nicht gut.

»Mensch, Como. Und dich haben sie bei uns immer den Pussy-Flüsterer genannt. Dafür war das gerade sehr unhöflich. Geile Fotzen solltest du nicht so behandeln, Como. Ich meine: Guck sie dir an. Sie ist das biedere Schuldmädchen, von dem jeder Schwanz träumt.«

»Ich behandle jede Fotze so, wie ich es will«, stellte er kühl klar. »Und du solltest jetzt gehen, Ramirez. Ich bin wegen meiner Schwester hier. Auch wenn es nicht so wirkt: Ich will keinen unnötigen Stress. Ende der Woche bin ich weg.«

Er hoffte sogar darauf, die Stadt schon früher wieder verlassen zu können. Heute Mittag würde er mit Adriana und ihrem Lover essen gehen … und sobald er sicher war, dass Steve keinen Job innerhalb des Prostituiertenringes oder der Mafia hatte – oder sobald er ihn umgelegt hatte, sollte herauskommen, dass er Adri schlecht behandelt hatte – war er hier weg. Bestenfalls zusammen mit seiner Schwester. Aber das würde er erst heute Mittag wissen.

»Jaja«, sagte Ramirez abwesend, den Blick noch immer auf Marias Rücken geheftet. »Hast du zufällig schon

115

ihre Schwestern kennengelernt?«, murmelte er dann kaum hörbar.

Schwestern? Maria hatte Schwestern? Warum war das von Relevanz? »Nein«, sagte Diego. »Warum?«

»Nicht dein Problem. *Unser* Problem. Aber wir kümmern uns drum.« Ramirez stand auf und strich sich imaginäre Flusen von der Anzugjacke, bevor er ihn kalt anlächelte. »*Unser* Problem, in das du nicht einmal deinen kleinen Finger tauchen wirst, alles klar? Schön, dich zu sehen, Wichser.«

Und dann wandte er ihm den Rücken zu und durchquerte das Restaurant. Doch er ging nicht zur Tür. Er ging zu Maria, die gerade an der Durchreiche fürs Essen stand. Fuck.

Maria Stone. Unser Problem.

Ramirez war nicht nur seinetwegen hier. Es ging um etwas völlig anderes. *Jemand* völlig anderen.

Jemanden, der keinen beschissenen Schimmer hatte, in welchem Hornissennest er stocherte.

KAPITEL 9

Hastig räumte Maria die dreckigen Teller eines leeren Tisches übereinander und kratzte die Essensreste zusammen. Es hatte einen Grund, wieso sie in ihrer Jugend und auch während des Studiums einen großen Bogen ums Kellnern gemacht hatte. Sie hatte einfach kein Talent dafür, stapelweise Teller oder Dutzende gefüllte Sektgläser einhändig auf einem Tablett durch den Raum zu tragen und dabei auch noch zu lächeln, als würde es ihr Spaß machen.

Aber wie Serafina schon angekündigt hatte, machte ein aggressiver Grippevirus bei ihren angestellten Kellnerinnen die Runde, sodass die Schwestern gezwungen waren, auszuhelfen. Da das Frühstück aufgrund der Abwesenheit von Suppen das ihrer Meinung nach geringste Gefahrenpotenzial bot, hatte sich Maria für die erste Schicht gemeldet. Wenn sie nun die zahlreichen kleinen Joghurtschüsselchen und Orangensaftgläschen betrachtete, wollte sie dieses Urteil schnell revidieren.

Verdammt, der Orangensaft!

Diego Como, ihre persönliche Büchse der Pandora, hatte ein Glas bei ihr bestellt, aber sie hatte glatt vergessen, es sich zu notieren. Wahrscheinlich, weil sie die ganze Zeit an seinen nackten Körper und das Glitzern in seinen Augen hatte denken müssen, als er kurz davor gewesen war, sich tief in ihr zu versenken …

Sie konnte nicht verhindern, dass ihr Blick wieder zu ihm zuckte. Er war jetzt allein und schaute nachdenklich durch die großen gläsernen Schiebetüren nach draußen. Am Nachbartisch lehnte sich eine Frau zu ihrer Freundin und flüsterte ihr etwas ins Ohr. Dann fiel ihr Blick auf Diego und beide kicherten.

Ein Stich fuhr in Marias Brust und sie wandte sich wieder den Joghurtschüsselchen zu. Ja, es war sie gewesen, die er gestern auf dem Bett hatte nehmen wollen. Aber vielleicht nur, weil sie gerade da gewesen war. Denn wenn sie ehrlich war, wusste sie, dass sie nicht mit solchen Frauen mithalten konnte. Mit wunderschönen, heißen Frauen mit vollen Lippen und laszivem Blick, deren ganze Erscheinung schon »Sex« rief. Neben diesen war sie kaum mehr als eine graue Maus, für die sich Diego wohl kein zweites Mal interessieren würde.

Sie zuckte zusammen, als jemand von hinten an sie herantrat, doch kurz darauf machte ihr Herz einen kleinen Sprung. Es musste Como sein, der sich sicher über den fehlenden Saft beschweren würde. Maria wusste bereits jetzt, dass sie seinen Worten genauso wenig Aufmerksamkeit schenken würde wie eben.

Mit einem Lächeln auf den Lippen drehte sie sich um, das jedoch sofort verflog, als sie sah, wer hinter ihr stand. Es war der schmierige Typ im Anzug, der mit Como am Tisch gesessen hatte und genauso vertrauenswürdig aussah wie die Decke in Steves Büro.

Ein süffisantes Lächeln umspielte seine breiten Lippen, als er sich zu ihr vorbeugte. Maria erstarrte. Er legte eine große Hand auf ihre Hüfte. »Mädchen wie du haben nichts in Stripclubs verloren«, flüsterte er und sein warmer Atem schlug ihr gegen die Wange. »Du solltest deine hübschen Finger in Zukunft lieber aus unseren Angelegenheiten heraushalten, sonst wirst du vielleicht bald keine mehr haben. Wir beobachten dich. Wir wissen, wo du wohnst und vor allem wissen wir ganz genau, wann du allein bist.«

Marias Herz schlug so laut, dass sie Angst hatte, der Mann könne es hören. Doch sie wehrte sich nicht. Sie stand nur da, stumm und unbeweglich, bis er die Hand mit einem leisen Lachen wieder von ihrer Hüfte nahm und aus ihrem Blickfeld verschwand.

Er hatte sie angefasst. Und bedroht. Er hatte gedroht, ihre Finger abzuhacken. Aber … wieso? Was hatte er mit dem Stripclub zu tun? Sie bereute es, gestern nicht mehr mit ihren Schwestern über die ganze Sache geredet zu haben – aber Serafina war am Abend nicht mehr ins Hotel gekommen und sie selbst war früh schlafen gegangen.

Ihre Gedanken überschlugen sich und sie merkte, wie ihr Atem schneller wurde und ihre Augen brannten. Verflucht! Sie hasste es, wenn ihr in den unpassendsten Momenten immer die Tränen kamen.

Mit zitternden Händen, sodass die Schüsseln auf ihrem Tablett klirrten, durchquerte sie den Raum und stellte es auf dem Tresen der Bar ab. Vorsichtig sah sie sich um, aber der schmierige Mann im Anzug war nicht mehr zu sehen. Sie versuchte ihren Atem zu regulieren, doch es wollte ihr nicht so recht gelingen, weshalb sie mit hastigen Schritten auf eine Tür am Ende des Speisesaals zulief. Sie brauchte einen Moment für sich allein. Nur, um sich zu beruhigen. Um sich einzureden, dass das Zusammentreffen mit diesem Typen halb so schlimm gewesen war.

Sie wich einem der Gäste aus und erreichte endlich die rettende Tür. Dahinter befand sich eine kleine Treppe, die nach unten zu den Lagerräumen führte. Die Stufen flogen unter ihren Füßen davon und unten drückte sie die erstbeste Tür auf.

Ein gefliester, kalter Raum begrüßte sie, an dessen hinterer Wand drei Industriewaschmaschinen standen, die vollbeladen wummerten. Sie lief auf sie zu und stützte sich darauf ab.

»Ganz ruhig«, flüsterte sie sich selbst zu. »Ganz ruhig, Maria.«

Doch der Gedanke an die Hand des Fremden auf ihrer Hüfte und seinen übelriechenden Atem in ihrem Gesicht wollte nicht verschwinden.

Plötzlich ertönte ein Knall. Maria zuckte zusammen und wirbelte herum. Die schwere Metalltür des Lagerraumes war ins Schloss gefallen und ihr Puls schoss in die Höhe, als sie eine dunkle Gestalt dort stehen sah.

Aber es war nicht der Mann von vorhin. Es war Diego Como, der sie mit undurchsichtigem Blick musterte, die Hände in den Taschen seiner Lederjacke vergraben.

Schnell wischte sie sich die Tränen aus den Augenwinkeln und verschränkte die Arme vor der Brust. Sie war wahnsinnig erleichtert, ihn und nicht Ramirez dort stehen zu sehen. Trotzdem hatte sie keine Lust auf ein Gespräch mit ihm und noch weniger auf weitere verwirrende Gedanken ihrer verrücktspielenden Libido.

Sie räusperte sich. »Entschuldigung, das hier ist nur für Personal.«

Como verschränkte ebenfalls die Arme und musterte sie forschend. Sein Blick glitt über ihr Gesicht und aus irgendeinem Grund war ihr das gar nicht unangenehm. »Ich warte immer noch auf meinen Orangensaft.«

Zunächst wusste sie nicht, worauf er anspielte, dann lachte sie trocken auf und schüttelte den Kopf. Dafür hatte sie nun wirklich keinen Nerv. »Sehr witzig.« Sie fuchtelte mit der Hand in Richtung Tür. »Lass ihn dir von einer anderen Kellnerin bringen.«

»Die anderen Kellnerinnen haben aber nicht so fantastische Brüste wie du.« Er lächelte nicht.

Dumpf starrte Maria ihn an und es dauerte, bis seine Worte in ihren Kopf vordrangen. Ein Teil von ihr wollte sich über seine Dreistigkeit aufregen, doch der andere, unüberlegte, war schneller. »Das wirkt sich wohl kaum auf die Qualität des Orangensafts aus.«

»Das lass mich mal entscheiden.« Como trat einen Schritt auf sie zu, die Arme immer noch vor der Brust verschränkt. Obwohl er mehr als einen Meter von ihr entfernt war, trieb seine Nähe Maria die Hitze ins Gesicht.

Doch Diego Como schien nicht darauf aus zu sein, ihr schmutzige Gedanken in den Kopf zu zaubern. Auf seinem Gesicht lag eine Ernsthaftigkeit, die Maria überraschte. »Hast du gerade nett Smalltalk gehalten?«

Maria schnaubte und bei dem Gedanken an den Mann von vorhin ballte sich Übelkeit in ihrem Magen zusammen. »Umgibst du dich immer mit so charmanten Menschen?«

»Nein, nicht immer. Aber sehr häufig … Ich scheine die charmanten Menschen magisch anzuziehen.« Er hob die Mundwinkel. Maria hatte ihn noch nicht oft lächeln sehen, aber es gefiel ihr. Sein Lächeln war warm. Als würden Sonnenstrahlen durch seine harte Schale dringen. Bis er den Moment mit den nächsten Worten zerstörte. »Aber niemand war bisher so charmant wie du unter meiner Dusche.«

»Mir ist es gerade nicht nach Scherzen.« Maria wich seinem Blick aus und schaute zu Boden.

»Nicht? Was wollte Ramirez von dir?«

Sie hörte, wie er einen weiteren Schritt auf sie zumachte.

»Ich wüsste nicht, was dich das angeht.« Hastig strich sie sich eine Strähne hinter das Ohr.

»Oh, es geht mich eine Menge an. Eigentlich mehr als dich, wenn ich darüber nachdenke.« Er war nun so nah, dass Maria wie automatisch zu ihm aufschaute. Sein Blick war intensiv. »Also, was wollte er von dir? Ich brauche den exakten Wortlaut.«

Sie behielt die Arme vor der Brust, um etwas Abstand zwischen ihnen zu wahren und zwang sich, ihm in die Augen und nicht auf die Brust zu schauen. »Woher kennst du diesen Typen?«

»Aus meinem Aerobic-Kurs«, sagte er, ohne mit der Wimper zu zucken. »Du hast meine Frage nicht beantwortet. Was wollte er von dir, Maria?«

»Geschäftliches.« Sie wich nach hinten zurück, stieß jedoch gegen eine der Waschmaschinen. Sie hatte keine Lust, über die Begegnung von eben zu sprechen. Sie wollte sie vergessen. Doch irgendetwas sagte ihr, dass Diego Como wohl kaum lockerlassen würde.

»Dafür, dass es geschäftlich war, wirkst du ziemlich verängstigt.«

Sie hatte es geahnt. »Er hat gesagt, dass ich mich nicht in seine Angelegenheiten einmischen soll. Nichts weiter.«

»Und in was für Angelegenheiten hast du dich eingemischt?«

Maria wich seinem Blick aus und fixierte stattdessen irgendeinen Punkt hinter ihm. Sie konnte sich nicht konzentrieren, wenn er sie mit diesem Blick anschaute. Dieser Mischung aus Sorge und Entschlossenheit. »Ich habe nachgefragt, wieso dieser Stripclub dauerhaft Zimmer bei uns mietet«, sagte sie leise.

Diego seufzte. »Und warum solltest du so was tun?«

Natürlich fragte er das. Dort, wo er sich sonst herumtrieb, war Prostitution sicherlich an der Tagesordnung. »Na ja, das ist illegal!«

»Und?«

Irritiert sah sie ihm wieder in die Augen. Machte er sich gerade über sie lustig? »Das sagte ich doch gerade! Es ist illegal! Und damit will ich nichts zu tun haben.«

Diego schloss die Augen und schüttelte den Kopf. »Dafür ist es jetzt leider etwas zu spät, denkst du nicht? Warum bietest du die Zimmer überhaupt irgendwelchen Nutten an, wenn du deinen Heiligenschein nicht verlieren willst?«

»Das tue ich doch gar nicht! Ich leite dieses Hotel gerade mal seit vierundzwanzig Stunden«, entgegnete Maria empört. Was fiel diesem Kerl ein?

Erkenntnis spiegelte sich auf Diegos Gesicht wider. »Ah ... das erklärt einiges.«

Maria musterte ihn fragend, als ihr wieder einfiel, wieso sie überhaupt hierher geflüchtet war. Die Drohung. Wenn jemand ihr sagen konnte, wie viel sie ihr beimessen sollte, war es Diego.

»Wer war dieser Typ jetzt?« Ihre Stimme wurde leiser und sie hasste sich dafür. »Sollte ich mir Sorgen machen?«

»Ja, solltest du«, sagte er schlicht.

Sie schluckte. »Na toll.«

Wieder herrschte einige Sekunden Stille, dann beugte sich Diego zu ihr herab, sodass sie seine Wärme auf ihrem Gesicht spürte. »Das ist kein Spaß, Maria. Ramirez ist kein so freundlicher Mensch wie ich.«

Auch wenn es der Ernst der Situation nicht hergab, lachte Maria kurz auf. »Nicht so freundlich wie du?«

Er zog irritiert die Augenbrauen zusammen. »Ja.«

Maria schüttelte den Kopf. »Ich weiß schon auf mich aufzupassen.«

Nun war es Diego, der kurz lachte, was Maria wieder Blut ins Gesicht jagte. »Das wage ich anzuzweifeln. Du weißt ja noch nicht einmal, wie du dich vernünftig anzuziehen hast.«

Maria hatte keine Ahnung, was er mit dieser Aussage jetzt bezwecken wollte, doch sie machte sie wütend. »Du weißt gar nichts über mich«, entgegnete sie bissig.

»Ich weiß alles, was ich wissen muss«, sagte er leise. »Ich weiß zum Beispiel, dass du mit mir vollkommen überfordert bist … und das spricht nicht dafür, dass du auf dich selbst aufpassen kannst.«

»Was willst du dann tun? Mich beschützen? Du bist nicht gerade der Typ Mensch, dessen Gegenwart beruhigend ist.« Das war nur eine halbe Lüge. Denn auch wenn sie seine Gegenwart mochte, beruhigend war sie nicht. Eher aufwühlend. Unwillkürlich presste sie sich noch enger an die Waschmaschine hinter ihr.

»Ich will überhaupt nichts tun.« Ungeduld schwang in seiner Stimme mit. »Ich hab mit der Scheiße abgeschlossen. Und dann tauchst du auf und mischst dich in Angelegenheiten ein, die viel zu moralisch verwerflich für ein unschuldiges Ding wie dich sind. Ich habe wirklich keinen verdammten Bock, deinen Retter zu spielen. Denn wie du schon bemerkt hast: Das passt nicht zu mir. Also tu mir einen Gefallen, sag Ramirez, dass du alles tust, was er von dir will, und halte dich von dem Stripclub fern.«

»Nur weil ich nicht so verrucht bin wie die Leute, mit denen du dich sonst umgibst, heißt das nicht, dass ich vollkommen naiv bin. Vielleicht solltest du mir erst mal sagen, wer dieser Ramirez ist. Damit ich wenigstens weiß, mit wem ich es zu tun habe.«

»Nein. Je weniger du weißt, desto besser.« Diegos Stimme wurde leiser, kratziger. Marias Blick zuckte zu seinen Lippen. »Und du liegst falsch: Du bist vollkommen naiv.«

»Ach ja? Ich wiederhole: Du kennst mich nicht.« Die Worte klangen selbst in ihren eigenen Ohren schwach.

»Ich kenne deinen Typ. Das reicht.« Diego legte eine Hand auf die Waschmaschine neben ihr und schränkte so ihre Möglichkeiten zur Flucht ein.

»Und was ist das für ein Typ?«, fragte sie mit belegter Stimme.

Ein leichtes Lächeln umspielte seine Lippen. Es war nicht so warm wie das eben, sondern kleiner, lockender. Er drückte seinen Unterleib gegen ihren und drängte sie enger an die Waschmaschine, die unter ihrem Po vibrierte. »Du bist das unschuldigste Mädchen, das ich je kennengelernt habe.« Nun setzte er auch die andere Hand neben ihre Hüfte. Er roch verdammt gut, nach Motoröl und Mann. »Du findest es aufregend, deinen großen Zeh in dreckiges Wasser zu tauchen, weil dein

Daddy es dir all die Jahre verboten hat. Aber sobald es ernst wird, machst du einen Rückzieher. Weil es zu viel für dich ist. Weil du ein *gutes* Mädchen bist.«

Maria legte die Hände auf seine muskulöse Brust und wollte ihn wegschieben, verharrte jedoch mitten in der Bewegung. Sie spürte seine Härte an ihrem Bauch.

»Wenn ich das gute Mädchen bin, was bist dann du?«, hauchte sie.

Diegos Lächeln verwandelte sich in ein Grinsen. »Das dreckige Wasser.«

Maria schüttelte kurz den Kopf. Nein, sie würde sich diesem selbstverliebten Kerl nicht schon wieder einfach so hingeben. Die letzte halbe Stunde hatte ihr gezeigt, dass sie lieber von den Dingen Abstand hielt, an denen sie sich verbrennen konnte. »Ich bin nicht so unschuldig, wie du denkst. Ich hatte schon was … mit mehreren Männern.«

»Wow, mit *mehreren* Männern? Du bist ja ein richtiges Luder.« Diego schlang einen Arm um ihre Hüfte und hob sie hoch, sodass sie plötzlich auf der Kante der Waschmaschine saß.

»Die Anzahl sagt sicher nichts über die Erfahrung aus«, entgegnete sie halbherzig. Den Hauptteil ihrer Konzentration musste sie darauf verwenden, nicht bereitwillig ihre Beine zu spreizen, die Hände in Diegos Rücken zu krallen und nachzuholen, was sie am gestrigen Tage unterbrochen hatten. Da blieb keine Zeit für durchdachte Konter.

»Ach, bitte.« Er beugte sich vor zu ihrem Ohr. »Du bist komplett verklemmt. Du kannst das Wort *Ficken* nicht in den Mund nehmen. Und wenn ich sage, dass ich dich gern hart gegen die Wand nehmen würde, errötest du.« Er wich zurück und blickte ihr ins Gesicht. »Ja, genau wie jetzt gerade.«

Maria räusperte sich und lehnte sich ein Stück zurück. Noch war nichts verloren. »Es hat doch nichts zu sagen, welche Wörter ich verwende und welche nicht.« Sie legte so viel Überzeugung wie möglich in ihre Stimme. »Aber egal, wie viel Erfahrung ich nun habe oder nicht – ich bin *nicht* überfordert mit dir. Oder wäre ich sonst zu dir unter die Dusche gestiegen?«

»Tatsächlich?« Diegos Blick wanderte zu ihren Lippen.

»Ja.«

Er legte die Hände auf ihre Oberschenkel, drückte sie leicht auseinander und schob sich drängend dazwischen. »Und wie steht es mit jetzt?«

Maria schüttelte den Kopf und unterdrückte ein Stöhnen. Sie wollte der Lust, die sich in ihrem Unterleib zusammenbraute, nicht nachgeben.

Sie spürte, wie Diegos Finger unter ihre Bluse wanderten und heiße Linien auf ihrer Haut hinterließen.

»Immer noch?«

Wieder schüttelte sie den Kopf und schloss die Augen. Ihr Atem ging schneller. Mit der freien Hand schob Diego ihren Rock nach oben. Sie spürte seinen steifen Penis durch seine Hose hindurch an ihren Schamlippen.

Irgendwann hielt er inne. Maria öffnete die Augen. In Diegos Blick lag Begierde, aber irgendetwas hielt ihn zurück. »Du musst dich mal entscheiden. Willst du die zugeknöpfte, prüde Jungfrau sein oder das abenteuerliche, geile Zimmermädchen, das zu mir unter die Dusche gestiegen ist?«

Marias Herz setzte einen Schlag aus. Sein dunkler Blick brachte ihr Inneres in Wallung. Doch es lagen

127

Zweifel darin. Zweifel, die sie aus dem Weg schaffen wollte. Denn sie war nicht prüde, sie war nicht so, wie alle von ihr dachten.

Sie wollte Diego Como besitzen. Hier und jetzt.

Entschlossen legte sie die Hände auf seine Brust und schob ihn weg. Diego ließ sie gewähren, doch Enttäuschung blitzte in seinen Augen.

Maria rutschte von der Waschmaschine, packte seine Lederjacke und drehte ihn um, sodass nun er mit dem Rücken gegen das Gerät stand.

Dann sank sie auf die Knie. Der Boden war kalt und unbequem durch die Strumpfhose hindurch, doch das war ihr egal. Ihr Blick galt nur Diegos Penis, der sich von innen gegen seine Jeans drückte. Vorsichtig strich sie mit den Fingern über die Wölbung, erst sanft, dann fester.

Sie hörte Diego über sich leise stöhnen, sah aber nicht auf. Stattdessen glitt sie mit den Fingern zu der Schnalle seines Gürtels und öffnete sie geschickt, gefolgt vom Knopf seiner Hose und dem Reißverschluss. Sie packte die Jeans und zog sie energisch nach unten.

Diego trug enge schwarze Boxershorts, die die Größe seines Schwanzes kaum verschleierten. Wieder fuhr Maria mit den Fingern über seine Härte, nahm sie in die Hand und rieb mit dem Daumen über seine Spitze. Diego stöhnte etwas lauter, doch damit wollte sie sich nicht zufriedengeben.

Langsam zog sie seine Boxershorts nach unten, bis ihr sein Penis in seiner vollen Pracht entgegensprang.

Verdammt. Sie hatte keine Ahnung von Blowjobs.

Vorsichtig näherte sie sich seinem Schwanz mit ihrem Mund. Er war größer, als sie ihn in Erinnerung hatte und so dick, dass sie ihn kaum mit einer Hand umschließen konnte.

Einige Sekunden fixierte sie ihn, dann schob Diego sein Becken vor und stieß mit der Eichel gegen ihren Mund. Langsam öffnete sie die Lippen und umschloss seine Spitze. Wieder stöhnte Diego auf, aber sie schaute ihn nicht an.

Maria beugte sich vor und ließ seinen Penis tiefer in ihren Mund gleiten. Er war warm und hart und fühlte sich gut an. Mit der freien Hand umschloss sie seinen Schaft und ließ sie langsam nach oben und unten gleiten.

Dann schaute sie in sein Gesicht.

KAPITEL 10

Diego konnte nicht fassen, was hier gerade passierte. Er hatte Maria provozieren wollen, ja. Weil sie die beschissene Dreistigkeit besessen hatte, ihn erst geil zu machen und dann hängen zu lassen. Aber niemals hätte er … niemals … Gott, er konnte nicht denken, solange ihre Lippen um seinen Schwanz lagen! Sie war vorsichtig, beinahe zögerlich und normalerweise konnte er es nicht haben, wenn Frauen ihn so lasch lutschten, aber bei ihr … bei ihr war es ihm scheißegal, solange sie nicht aufhörte! Sie würde schon noch dazulernen.

Seine Hände verkrampften sich in Marias Haaren, während die Waschmaschine hinter ihm vibrierte, sie ihren Kopf zurückzog und erneut seine Spitze küsste. Heiße Lust schoss in seinen Unterleib und pochte beinahe schmerzhaft in seinem Schwanz. Und dann änderte sich etwas in Marias Blick. Unter ihren halb gesenkten Lidern blieb auf einmal nichts von dem zögerlichen, schüchternen Mädchen von zuvor zurück. Da waren nur Hitze, Verlangen und Entschlossenheit.

Mit der Zunge fuhr sie seinen langen Schaft entlang, umkreiste seine Eichel und saugte daran. Er zuckte zusammen, während sein Schwanz vor Erregung pulsierte und seine Lenden sich schmerzhaft zusammenzogen. Gott, das Ganze war so geil, dass seine Knie anfingen zu zittern. *So muss es sich anfühlen, vor Lust zu sterben*, dachte er, als Maria unter schweren Lidern erneut zu ihm aufsah, bevor sie ihn bis zum Anschlag zwischen ihre sündigen roten Lippen gleiten ließ. Stöhnend legte er den Kopf in den Nacken, während sie ihren Mund fest um ihn schloss und den Kopf vor- und zurückbewegte. Sie verstärkte den Druck und nahm ihre Zähne zur Hilfe. Mit der einen Hand massierte sie ihm die Eier, während sie die Finger der anderen in seinen Hintern grub, um ihn ihr entgegenzuschieben.

Sie schien intuitiv dazuzulernen. Zu spüren, was ihm gefiel.

Denn Diego mochte es nicht lasch. Er mochte es hart und süß. Und was immer sie in ihrer Blowjob-Ausbildung verpasst hatte, holte sie in wenigen Sekunden nach. Sie leckte und saugte an ihm, umfasste seinen Schaft fest mit der Hand, drückte zu, bevor sie ihn erneut zur Gänze in ihre warme Mundhöhle schob.

Es war grausam. Es war fantastisch. Es war zu viel und zu wenig. Es war alles auf einmal.

Die Hände noch immer in ihren Haaren, musste er an sich halten, sie nicht hart in den Mund zu ficken. Doch das war zu riskant. So sehr er sie auch sein Sperma schlucken sehen wollte, so sehr er es genießen würde, in ihrem feuchten Mund zu kommen … Er wollte seine Ladung nicht frühzeitig verschießen. Er wollte in ihr sein. Sich in ihr vergraben, seinen Namen rau auf ihren Lippen hören, während er in sie stieß, bis sie keine Luft mehr zum Atmen hatte.

Wieder nahm Maria ihre Zähne zur Hilfe, während sie ihre Hände über seinen Oberschenkeln spreizte und weiter auf und ab fuhr und … fuck, wenn sie weitermachte, war er innerhalb von zehn Sekunden verloren.

»Das reicht«, knurrte er, zog sich aus ihrem Mund zurück und zerrte sie ruckartig auf die Füße. »Ich glaube dir, dass du ein böses Mädchen bist. Jetzt lass mich dir beweisen, dass ich ein böser Junge bin.«

Mit geröteten Lippen und geweiteten Augen sah sie ihn an. Sie sah aus wie ein verdammtes Bambi … und Diego konnte es kaum erwarten, ihr die Unschuld aus dem Körper zu ficken. Grob packte er ihre Hüfte, schob ihren Rock nach oben und riss die Strumpfhose hinunter. Er zog ihren einfachen, weißen Slip gleich mit, bevor er mit ihr herumwirbelte und sie auf die Waschmaschine hob. Scheiße, diese langweilige Unterwäsche passte nicht zu der scharfen Frau vor ihm! Und das hätte er ihr gesagt, wenn er nicht anderweitig beschäftigt gewesen wäre.

Maria keuchte auf, als ihr nackter Po die kalte Oberfläche berührte, doch noch bevor sie ihren Mund wieder schließen konnte, spreizte er ihre glatten Schenkel, kratzte mit den Nägeln ihre zarten Innenseiten entlang und kniete sich vor sie. Sein Kopf auf genau der richtigen Höhe. Marias Hüfte erzitterte, während er ihre Beine ein Stückchen weiter spreizte, bis sie vollkommen offen und ungeschützt vor ihm lag.

Diego hatte seinen Teil an rasierten Pussys gesehen, aber keine war so hübsch wie ihre. Wunderschön pink und nass. Er küsste ihr eines Knie, während er mit den Knöcheln spielerisch durch ihre feuchte Mitte fuhr.

Maria sog zischend Luft ein, als er auch ihr anderes Knie küsste, mit der Zunge die feinen blauen Äderchen unter ihrer zarten Haut nachzeichnete und seinen Bart über ihre Schenkel kratzen ließ, immer weiter in Richtung Paradies.

»Oh Gott, nein, du kannst doch nicht …«

Ihre nächsten Worte gingen in einem Wimmern unter, als er sie mit den Fingern weiter öffnete, sie zwischen die Beine küsste und fest an ihrem Kitzler saugte.

»Jesus!«, keuchte sie.

Der konnte ihr jetzt auch nicht helfen. Diego schob zwei Finger in sie, während er gleichzeitig seine Zunge fest auf ihren Kitzler presste. Sie stöhnte auf und drückte die Schenkel zusammen, während er mit den Fingern vor und zurück fuhr. Er hielt sie mit seinen breiten Schultern offen, während er die Zunge kreisen ließ und schließlich noch einen dritten Finger hinzunahm, um hart in sie zu stoßen.

Diego machte es sich nicht zur Gewohnheit, Frauen zu lecken – sie wurden zu schnell zu gierig –, aber jedes Stöhnen, jedes Keuchen von Marias süßen Lippen war es wert und ließ ihn weiter anschwellen. Er kannte keine Frau, die so heftig auf jeden seiner Zungenschläge reagierte. Die sich so stark unter ihm wand. Fuck, sie schmeckte süß und salzig zugleich und war so verdammt bereit, genommen zu werden, dass er allein bei dem Gedanken daran beinahe gekommen wäre. Er spürte das Vibrieren der Maschine an seiner Zunge. Während er seine Fingerspitzen tief in ihr vergrub, sie nach oben bog und Marias Pussy gleichzeitig von innen und außen massierte.

Sie krallte eine Hand in seine Haare und bewegte ihr Becken rhythmisch gegen seine Zunge, im Zusammenspiel mit seinen Fingern, die er immer noch erbarmungslos in sie stieß, während er seine Kreise schneller werden ließ und bereits die ersten kleinen Vorboten ihres Orgasmus spürte. Er sah ihren Bauch zucken.

»Diego …«, stöhnte sie und verstärkte ihren Griff. »Gott, Diego, ich …«

Er riss seine Lippen von ihr und entzog ihr seine Finger.

»Was tust du!«, fuhr sie ihn an und blickte entgeistert zu ihm auf. Ihre Iriden wurden fast von ihren Pupillen verschluckt. »Du kannst nicht …«

»Oh glaub mir, ich kann. Und das, was jetzt kommt, wird dir noch viel besser gefallen«, versprach er mit dunkler Stimme, bevor er komplett aus seiner Hose stieg und ein Kondom aus der Tasche zog. »Diesmal führen wir es zu Ende. Keine Ausreden mehr«, knurrte er, riss die Packung auf und rollte das Gummi über sein hartes Glied.

Maria schluckte, starrte auf seinen Penis und leckte sich über die Lippen. »Okay«, hauchte sie … und allein dieses Geräusch ihrer rot verschmierten Lippen ließ seinen Schwanz in seiner eigenen Hand zucken.

»Gott, du machst mich fertig«, murmelte er und zog sie ruckartig an der Hüfte nach vorn, bis sie nur noch am Rand der vibrierenden Maschine saß. Seine Spitze verharrte bereits an ihrer Öffnung, verteilte ihre Feuchtigkeit. Maria atmete schwer und hektisch, doch diesmal sah sie nicht auf seinen Schwanz. Diesmal sah sie ihm in die Augen.

»Worauf wartest du?«, flüsterte sie und hob ihr Becken an, sodass seine Eichel einen Zentimeter tiefer in sie hineinsank. Sie war eng. So verdammt süß eng. Begierde spiegelte sich in ihrem dunklen Blick wider und trieb heiße Blitze der Lust durch Diegos Körper. »Angst, dass ich zu viel für dich sein könnte?«

»Angst, von einem Blitz getroffen zu werden«, murmelte er, bevor er sich mit einer einzigen, fließenden Bewegung in ihr vergrub.

Maria stöhnte auf und krallte die Finger in seine Schultern, während er sich aus ihr zurückzog und erneut zustieß. Immer und immer wieder, bis zum Anschlag. Ihre feuchten, engen Wände zogen sich um seine heiße Erektion und brachten ihn fast um den Verstand. Schweiß brach auf seiner Stirn aus, während sie die Beine um seine Hüften schlang, die Fersen in seinen Hintern presste und ihn noch tiefer in sich aufnahm. Ihr Blick war verschleiert von Verlangen, als Diego eine Hand auf die Waschmaschine legte. Er erhöhte seinen Rhythmus, stieß immer schneller in sie und legte die andere Hand in ihren Nacken, um ihren Kopf zu sich heranzuziehen und sie tief und feucht zu küssen. Er schmeckte sich selbst auf ihren Lippen. Es reichte nicht, nur an der einen Stelle mit ihr verbunden zu sein. Er wollte alles von ihr. Brauchte alles von ihr. Und als sie seinen Kuss gierig erwiderte, wäre er fast sofort gekommen.

»Diego«, stöhnte sie und hob ihr Becken seinen Stößen entgegen. »Ich kann nicht mehr, ich …«

»Ich weiß«, raunte er, während er mit der Hand zwischen ihre Körper fuhr.

Sie wimmerte an seinen Lippen, als er mit dem Daumen zielsicher ihren Kitzler fand und vor und zurück rieb, vor und zurück … bis sie den Kopf in den Nacken warf, aufschrie und um ihn zu zucken begann.

Ihre inneren Wände pulsierten um seinen steinharten Schaft, ließen ihn brennen und verglühen, während er seine Lust hinauszögerte, seine Stöße kürzer, härter, schneller kommen ließ, seine Hoden sich nach oben zogen – und er sich mit einem lauten Stöhnen in das Kondom ergoss.

Schwer atmend beugte er sich vor, die Hände neben Marias Hüften gestützt, sein Kopf an ihren weichen Brüsten. Das war ... *sie* war ... und wer in Himmelsnamen hätte ahnen können, dass sie ... und dass er ... dass sie beide so gut zusammen ... what the fuck?

Marias Brustkorb hob und senkte sich unregelmäßig, während sie die Hände in seinen Haaren vergrub und ihn an Ort und Stelle hielt. Sie brauchte keine Angst zu haben. Diego hätte sich nicht bewegen können, selbst wenn er gewollt hätte. Er brauchte ein paar Minuten. Sein Herz schlug schmerzhaft hart gegen seine Brust, die sich beinahe unangenehm warm und groß anfühlte. Gott, hätte er gewusst, was er all die Jahre verpasst hatte, ohne eine Pfarrerstochter zu ficken, hätte er schon mit vierzehn vor Kirchen herumgelungert.

Regungslos verweilten sie in ihrer Pose, er noch immer in ihr, ihr stetiger Herzschlag unter seiner Schläfe und das gleichmäßige Vibrieren der Waschmaschine in den Ohren. Schließlich jedoch konnte Diego wieder normal atmen und war dazu fähig, den Kopf zu heben, um Maria ins Gesicht zu sehen.

Die dunkelhaarige Schönheit lächelte breit. Ihr roter Lippenstift war verschmiert, ihre Wangen waren gerötet, ihre Haare durcheinander – und sie sah so verdammt schön aus, dass Diego beinahe wieder hart wurde. Sie hob die Hand und strich mit den Fingerspitzen federleicht seinen Kiefer entlang, bevor sie sich vorbeugte und ihn küsste. Kurz und sanft und süß. Der Kuss war nicht heiß. Er war nicht begierig. Er war vertraut. Beinahe liebevoll.

Ruckartig zog er das Gesicht zurück und stellte sich aufrechter hin. Wie konnte jemand so … zärtlich sein? Das Gefühl kannte er nicht. Und es jagte ihm eine Scheißangst ein. Sie war so … und er war so …

Plötzlich ertönte ein Knall hinter ihnen. Die Tür ging auf und eine weibliche Stimme ertönte: »Hey, einer der Kellner meinte, ich würde dich hier … scheiße, Maria!«

Diegos Kopf wirbelte herum und er erkannte eine hochgewachsene, schlanke Brünette mit D-Körbchen, die sie mit offenem Mund anstarrte, bevor sie hastig die Tür hinter sich schloss.

»Oh mein Gott, Serafina!« Maria schlug die Hand vor den Mund, Panik und Entsetzen in ihrem Blick.

Ja, es wurde vermutlich Zeit zu gehen. Das Drama, das sich in ihrem Gesicht abspielte, umging er besser.

Seelenruhig zog er sich aus ihr zurück und streifte das Kondom ab. Er gab sich nicht die Mühe, sich von der neuen Frau abzuwenden – ihrer aufreizenden Bluse und engen Lederhose nach zu urteilen, hatte sie sicherlich schon den ein oder anderen Schwanz in ihrem Leben gesehen. Was machte da einer mehr oder weniger noch aus?

»Oh mein Gott, oh mein Gott, oh mein Gott«, hauchte Maria, die Hände auf ihr rotes Gesicht gepresst, bevor sie hastig von der Waschmaschine sprang und ihren Rock nach unten zog. Das wilde Mädchen von zuvor war wieder verschwunden und durch die unschuldige Pfarrerstochter ersetzt worden, die vor Scham zerging. Was für eine Schande. Das gerade war definitiv nichts gewesen, wofür sie sich schämen sollte. Viel eher sollte sie sich ein Abzeichen auf ihre langweilige Bluse sticken.

Diego warf das Kondom in einen Mülleimer neben der Waschmaschine und stieg gemächlich in seine Jeans. Die Boxershorts stopfte er in seine Tasche, bevor er die Hose über seinen nackten Arsch nach oben zog und zuknöpfte.

Er sollte wahrscheinlich einfach verschwinden, doch er konnte nicht widerstehen. Hart zog er Maria an seine Brust, vergrub die Hand in ihren Haaren und küsste sie.

»War nett, mich mit dir zu unterhalten«, murmelte er an ihren Lippen, bevor er sie ruckartig losließ, der noch immer sprachlosen anderen Frau zuzwinkerte und zurück in den Speisesaal verschwand. Er hatte Hunger.

Kapitel 11

Maria hatte immer gedacht, sie hätte in ihrem Leben schon einige wirklich peinliche Dinge erlebt. Wie damals, als sie die ganze Nacht an ihrem neuen Entwurf gezeichnet hatte, am nächsten Tag in der Physikstunde eingeschlafen war und für alle hörbar den Namen ihres Schwarms Joey gemurmelt hatte. Aber dieser Moment, als ihre Schwester in den Raum kam, während ein Kerl in ihr steckte, übertraf das bei Weitem.

Das zweite Problem war, dass Serafina noch nicht einmal ansatzweise so peinlich berührt aussah, wie sie sich selbst fühlte. Maria konnte sich nur schwer beherrschen, nicht ihr Handy hervorzuziehen und den nächsten Flug nach Südafrika zu buchen – ohne Rückflug, versteht sich.

Schweigend starrten sie einander an, Serafina mit einer leicht gehobenen Augenbraue und Maria mit immer noch heißen Wangen.

»Das ist nicht das, wonach es aussieht!«, presste sie hervor, merkte aber im selben Moment, wie unglaublich platt diese Worte klangen. Sie zerrte den Rock weiter nach unten, als könne das im Nachhinein verwischen, was ihre Schwester eben gesehen hatte.

»Natürlich«, entgegnete Serafina unbeeindruckt und ließ den Blick langsam an ihrer Schwester herabwandern. Mit Sicherheit wusste sie, dass es genau das war, wonach es aussah. Schließlich war sie weder blind noch blöd.

Leugnen war also mehr als zwecklos. »Scheiße«, murmelte Maria und mied Serafinas Blick. Ihre Wangen brannten und das Blut pulsierte in ihrem Kopf.

»Beruhig dich, Schwesterchen. So schlimm sah es doch gar nicht aus.«

Nein, *schlimm* war es wirklich nicht gewesen. Ganz im Gegenteil. Es war heiß gewesen, heiß und verdammt gut. Berauschend und hemmungslos.

Aber wieso stand Serafina noch hier? Wollte sie jetzt wirklich über diese schrecklich peinliche Situation reden, anstatt einfach zu verschwinden und nie wieder ein Wort darüber zu verlieren? Machte man das nicht so? Aber diese Art von Taktgefühl schien ihre Schwester nicht zu besitzen. Vielleicht – und das schien Maria eine noch bessere Erklärung zu sein – genoss sie es einfach.

»Nein, das meinte ich nicht ... ich meine, ich ...«, stammelte Maria, dann schlug sie sich die Hände vors Gesicht. »Gott, ist das peinlich.«

»Der liebe Gott wird schon wegschauen, während du dich vergnügst. Aber nehmt euch das nächste Mal besser ein Zimmer. Oder gibt es kein nächstes Mal?« Fragend sah Serafina sie an und das gönnerhafte Lächeln verblasste.

Maria ließ die Hände sinken. »Keine Ahnung«, sagte sie wahrheitsgemäß.

142

»Wie, keine Ahnung?«

»Nun, wir haben nicht … geredet«, stellte Maria dümmlich fest. »Und … ich weiß nicht. Ich hab das noch nie gemacht.«

Serafina lachte auf und Maria fragte sich, wie man solch ein sündiges Pink in der Öffentlichkeit auf den Lippen tragen konnte. »Sex gehabt? So schwer ist das doch nicht. Und dein Kerl ist ziemlich heiß.« Ihre Augen glitzerten und Maria wusste genau, wie sehr sie sich gerade an dieser Situation ergötzte.

Sie verdrehte die Augen. »Einfach so Sex gehabt, meine ich. Ohne in einer Beziehung zu sein. Mit einem Kerl, den ich kaum kenne.«

»Na und? Es gibt für alles ein erstes Mal. Du wirst dich schon dran gewöhnen. Sei mal etwas lockerer. Du bist immer wahnsinnig angespannt.« Serafina machte eine wegwerfende Handbewegung.

Ungläubig sah Maria sie an. »Natürlich bin ich angespannt! Ich sitze für die nächsten sechs Monate in diesem verdammten Hotel fest und habe bereits nach vierundzwanzig Stunden derart den Verstand verloren, dass ich mit einem fremden Mann ins Bett springe! Ich bin traurig, weil Mom tot ist. Ich bin gestresst, weil mein Business auf wackligen Beinen steht. Ich bin wütend, weil ich herausfinden musste, dass Nutten unser Hotel belagern … und alles, was ich habe, um mich zu beruhigen, sind meine Schwestern, die mich hassen!« Die Worte sprudelten Maria aus dem Mund, bevor sie sie aufhalten konnte … doch sie dachte gar nicht daran, sie wieder zurückzunehmen, denn sie waren die Wahrheit. Sie mochten das Hotel zu dritt führen sollen, doch das änderte nichts an der Tatsache, dass sie verdammt noch mal allein war! Estelle und Serafina hatten sich untereinander schon immer viel besser verstanden als mit ihr. Sie war als Kind das fünfte Rad am Wagen gewesen und sie war es auch heute.

Verblüfft öffnete Serafina die Lippen. »Ich hasse dich nicht«, sagte sie verwirrt. »Wie kommst du denn auf den Gedanken?«

Maria sah sie schnaubend an. »Ist das dein Ernst? Seitdem ich hier bin, habt ihr nur auf mir herumgehackt!«

Serafina zog eine Grimasse und fuhr sich unbeholfen durch die dunklen Haare. »Ich gebe zu, dass wir womöglich etwas netter hätten sein können, aber ...« Schwer seufzend sah sie sie an, während ein trauriges Lächeln an ihren Mundwinkeln zog. »Du musst das mal aus meiner Perspektive sehen: Ihr beide habt mich im Stich gelassen. Und jetzt, nach Jahren, taucht ihr hier auf und wollt ein Stück von dem Kuchen, für den ich so hart gearbeitet habe?«

Ein Kloß drängte sich Marias Hals hoch und sie schüttelte den Kopf. »Ich habe nicht ... Ich dachte immer ...« Sie räusperte sich und biss auf ihre Unterlippe. »Ich dachte ehrlich gesagt immer, dass es euch egal war, dass unser Kontakt damals abgebrochen ist. Ich bin gegangen, weil ich mit der ganzen Situation nicht mehr klarkam, weil Mom es mir zum Vorwurf gemacht hat, dass ich so viel Zeit mit meinem Vater verbringen wollte. Als Estelle weggezogen ist, habe ich die Gelegenheit ergriffen und bin auch gegangen. Aber du hast nie etwas gesagt. Ich dachte, es sei dir einfach egal gewesen.«

Serafina presste die pinken Lippen aufeinander. »Es war mir nicht egal, ganz und gar nicht. Weißt du eigentlich, wie verdammt einsam ich mich gefühlt habe, als ihr plötzlich beide weg wart? Ich war auch erst sechzehn.

Dass Estelle auszieht, war ja abzusehen, aber du?« Seufzend verdrehte sie die Augen. »Ich meine, ich habe dich verstanden. Mom war eben nie wirklich einfach und ihr zwei hattet immerhin einen Vater, zu dem ihr gehen konntet. Und ich wollte mich nicht an dich klammern und dir den Abschied noch schwerer machen.«

»Das wusste ich nicht«, sagte Maria verwirrt. »Warum hast du denn nie was gesagt?«

Serafina lachte kurz auf. »Ich bitte dich. Du verurteilst mich schon genug. Da wollte ich dir keinen zusätzlichen Grund geben.«

Maria wollte widersprechen, da hielt sie noch einmal inne. Serafina hatte recht. Wenn auch nicht absichtlich, hatte sie sie immer ein wenig für ihren … nun, Job, verurteilt. Natürlich war sie mit sechzehn noch keine Escort-Dame gewesen wie heute, aber … gewisse Ambitionen waren schon erkennbar. Vielleicht fühlte Serafina sich genauso missverstanden wie sie selbst? Sie wollte zu einer Entschuldigung ansetzen, da fiel Serafina ihr ins Wort.

»Können wir nicht lieber wieder über den Sex reden, den du gerade hattest?«, fragte sie leise und sah sie hoffnungsvoll an. »Damit würde ich mich sehr viel wohler fühlen. Du weißt, dass ich dich nicht hasse, ich weiß, dass du mich nicht hasst. Das sind genug Emotionen für einen Tag, für den Rest haben wir ja jetzt ein halbes Jahr.«

Maria musste lachen, nickte jedoch. »Es gibt aber nicht wirklich mehr zu erzählen. Wir … haben miteinander geschlafen und kennen uns nicht wirklich. Das ist alles.«

Serafina grinste breit. »Ich bin ein wenig stolz, wenn ich das bemerken darf. Das ist bestimmt Estelles schlimmer Einfluss.«

Wohl eher deiner. Estelle nimmt immerhin kein Geld.

Maria verdrehte die Augen, aber ihr Herzschlag beruhigte sich langsam. »Ich bin auch ein wenig stolz«, gab sie widerwillig zu. »Auch wenn ich keine Ahnung habe, was jetzt von mir erwartet wird.« Sie musterte ihre Schwester und hoffte, dass ihr Blick weniger verzweifelt aussah, als sie sich gerade fühlte. »Was mache ich, wenn ich ihn noch mal sehe?«

»Dir einen diskreteren Ort als die Wäscherei suchen? Ich schlage eine heiße Dusche vor.«

Das hatte sie schon gehabt, aber das wusste ihre Schwester ja nicht.

Serafina legte den Kopf schief und sah sie nachdenklich an. »Du solltest dir nicht so viele Gedanken machen. Er kann froh sein, wenn du ein zweites Mal mit ihm schläfst, nicht umgekehrt.«

»Das ist eines der nettesten Dinge, die du je zu mir gesagt hast.«

Serafina lächelte und dieses Mal sah es gar nicht gemein aus. »Vielleicht habe ich ja ein wenig Nachholbedarf.«

Maria lehnte sich gegen die Waschmaschine und stieß die Luft aus. »Verdammt. Was mache ich nur?«

»Was willst du denn machen?«

Dasselbe wie gerade auf der Waschmaschine. Den ganzen Tag. Jeden Tag.

»Willst du ihn wiedersehen?«, fragte Serafina, als Maria nach einigen Sekunden noch immer noch geantwortet hatte.

Ihr Hals wurde trocken und sie wich dem Blick ihrer Schwester aus. Wollte sie das? Diego Como wiedersehen?

»Ja«, flüsterte sie, dann räusperte sie sich. »Ja, ich schätze, ich will ihn gern wiedersehen.«

»Wo liegt dann das Problem? Krall ihn dir.«

Maria schnaubte und wieder kamen ihr Zweifel. Sie sah die Frauen vor sich, die ihn beim Frühstück begafft hatten. »Ein Mann wie er hatte sicher … einen Haufen Frauen. Da kann ich doch nichts anderes, als ihn zu langweilen. Wahrscheinlich hat ihm das gerade schon gereicht und er hat gar kein Interesse daran, mich wiederzusehen.« Sie war sicher nicht so … abenteuerlich wie die Frauen, mit denen er sonst schlief.

»Selbst wenn er einen Haufen Frauen hatte, eine Pfarrerstochter hatte er sicher noch nicht.«

Maria verdrehte die Augen. »Sehr witzig.«

Serafina legte eine warme Hand auf ihre Schulter und drückte sie leicht. »Vielleicht solltest du deine Vorzüge nicht so unterschätzen.«

Das Herz wummerte in Marias Brust. Gern wollte sie Serafina glauben. Wollte einfach *genug* sein. Aber immer, wenn sie an Diego dachte, an seine schroffe Art, dann schlichen sich Zweifel in ihre Gedanken. »Du verstehst das nicht, Serafina. Ich habe nicht so viel Erfahrung. Früher oder später wird er sich mit mir langweilen.«

»Es kommt nicht darauf an, wie viel Erfahrung man hat – jedenfalls nicht nur. Du musst kreativ sein. Ich habe deine Kreativität früher immer bewundert, nutz sie doch auch mal in anderen Bereichen.«

Maria verzog das Gesicht. »Nur weil ich Kleidungsstücke entwerfen kann, heißt das doch nicht, dass ich auch … im Bett kreativ bin.«

»Du machst dir viel zu viele Gedanken.« Serafina lächelte und Maria kam nicht umhin, dieses Lächeln halbherzig zu erwidern.

»Wahrscheinlich. Aber ich will es nicht versauen. Ich weiß auch nicht genau, wieso. Aber es fühlt sich irgendwie gut an, wenn ich bei ihm bin. Und abenteuerlich.«

Serafina lachte und stemmte die Hände locker in die Hüften. »Dass du dich mal nach einem Abenteuer sehnen wirst, hätte ich ja nicht gedacht.«

Maria musterte ihre Schwester. Wie immer strahlte sie vor Selbstbewusstsein – ein Umstand, den sie an ihr schon immer mitunter am meisten beneidet hatte. Ihr kam eine Idee. Vielleicht war es doch nicht so schlecht gewesen, dass gerade ihre Schwester heute in den Waschraum geplatzt war.

»Kannst du mir nicht ... irgendwas zeigen?« Die zögerlichen Worte kamen über ihre Lippen, bevor sie richtig darüber nachdenken konnte.

»Dir etwas zeigen?« Serafina schaute sie verblüfft an. »Was genau stellst du dir vor? Eine Diashow, in der ich die wichtigsten Punkte des männlichen Geschlechts zeige?«

Maria lief rot an. »Ich dachte eher an etwas ... Kreativeres.« Sie räusperte sich. »Ähm ... wie ich es aufregender machen könnte.«

Ungläubig hob ihre Schwester die Augenbrauen. »Ist das dein Ernst?«

Leider war es ihr voller Ernst! Sie hatte herzlich wenig Ahnung von solchen Dingen. »Wenn sich jemand auskennt, dann du. Sieh es als ... Gefallen, mit dem du mir beweisen kann, dass du mich wirklich nicht hasst.«

148

Die Augen ihrer Schwester begannen zu strahlen, als hätte Maria gerade zugestimmt, dass Serafina ihr all ihre Lieblingsbarbies vorstellen durfte. Ohne zu zögern packte sie Maria am Handgelenk und zog sie bestimmt in Richtung Tür.

»Ich habe nicht *jetzt* gemeint«, protestierte Maria, ließ sich aber mitziehen.

Serafina schien genau zu wissen, wohin sie wollte. Zielstrebig durchquerte sie den Gang, stieg die kleine Treppe hinauf und schritt durch das Foyer des Hotels auf die Drehtür zu.

»Wo willst du hin? Ich bin zum Frühstück eingeteilt!«

Serafina pfiff nur kurz durch die Zähne. »Die kommen auch eine halbe Stunde ohne dich aus.«

Ihre Schwester ließ sie los, stolzierte über die mit Kies bedeckte Einfahrt des *Bed 'n' Beach* und überquerte die Straße, ohne nach rechts und links zu schauen. Maria wollte nicht von ihr abgehängt werden, warf aber einen schnellen Blick in beide Richtungen, bevor sie ihr hinterhereilte. Serafina bog in die erste Nebenstraße auf der linken Seite und blieb vor einem gräulichen Haus stehen. Es war nicht sonderlich modern, aber bei Weitem nicht das verwahrloseste Gebäude in San Colina. Wohnte ihre Schwester hier? Estelle und sie hatten das Appartement unter dem Dach des Hotels bezogen, in dem sie früher alle drei mit ihrer Mutter gewohnt hatten. Wenn Maria ehrlich war, hatte sie keinen Gedanken daran verschwendet, wo Serafina lebte.

Ihre Schwester zog einen Schlüsselbund aus ihrer Tasche und griff mit geschickten Fingern nach dem richtigen. »Das war aber nicht dein erstes Mal, oder?«, fragte sie beiläufig, doch Maria spürte die Neugierde hinter dieser Frage.

Fast hätte sie wieder geseufzt. Natürlich konnte Serafina nicht glauben, dass ihre ach so unschuldige Schwester ein Sexualleben besaß.

»Nein«, entgegnete Maria und versuchte, vollkommen gelassen zu klingen. »Und das war auch nicht das erste Mal, dass es zwischen Diego und mir ... intimer wurde.« Eigentlich hatte sie das nicht verraten wollen, aber in diesem Moment fühlte es sich wie ein Trumpf an, den sie ihrer älteren Schwester nur zu gern präsentieren wollte.

Serafina sperrte die Tür auf. »Ich muss sagen, das hätte ich dir gar nicht zugetraut. Gerade ein Mann wie Diego ... Sei bloß vorsichtig, wenn du mit dem Feuer spielst. Unschuldige Dinger wie du erholen sich nicht von verbrannten Fingerspitzen.«

Scheinbar erwartete sie darauf keine Antwort. Sie ging an Maria vorbei und eine schmale Treppe mit weiß gestrichenen Wänden hinauf bis in den zweiten Stock. Auch hier sperrte sie die Tür auf und trat zur Seite.

»Serafina? Ich muss dich noch was fragen.«

Ihre Schwester blieb im Türrahmen stehen und hob eine Augenbraue. »Ja?«

Maria überlegte kurz, wie sie es am besten formulieren sollte, entschied sich dann aber für die kurze und schmerzlose Variante. »Wir vermieten Zimmer an den Stripclub die Straße runter, damit sich ihre Kunden in unserem Hotel vergnügen können. Wusstest du davon?«

»Natürlich weiß ich davon.« Serafinas Stimme klang herablassend, aber ihr Gesicht sagte etwas anderes. Sie sah nicht aus, als sei sie sonderlich begeistert von diesem Arrangement. »Mom ist vor einigen Jahren den Deal mit dem Club eingegangen.«

Einige Jahre schon. Na, immerhin nicht seit ihrer Kindheit. »Und du findest, dass wir das weiterführen sollten? Müssten wir nicht zumindest darüber reden?«

Serafina seufzte. »Ich habe gestern schon mit Estelle darüber gesprochen. Uns bleibt kaum etwas anderes übrig, als den Deal weiterlaufen zu lassen. Wir brauchen das Geld. Jetzt noch mehr als davor, die Zahlen sind echt mies und gehen seit Moms Tod nur weiter runter.«

Maria schaute ihre Schwester lange an. Sie wäre gern empörter gewesen, aber wenn sie ehrlich war, hatte sie eine solche Antwort bereits erwartet. »Na gut, wenn ihr meint. Aber dann will ich damit nichts zu tun haben.«

Serafina verdrehte die Augen. »Denkst du denn, ich finde das toll?«

Ja, es ist schließlich dein *Job*.

Sie verkniff sich die Antwort, aber Serafina konnte sie scheinbar von ihrem Gesicht ablesen. Sie verschränkte die Arme vor der Brust. »Der Club ist ein Drecksloch, Maria. Die Tänzerinnen sind kaum mehr als schlechtbezahlte Amateurinnen. Sie locken ihre Kunden mit einem All-you-can-eat-Buffet anstatt mit prickelnden Vorstellungen und anspruchsvollen Tänzen.« Sie sah Maria lange an, dann schüttelte sie den Kopf und nickte in den Eingang der Wohnung. »Du verstehst das nicht. Estelle und ich kümmern uns darum und werden den Mist los, sobald wir besseren Umsatz machen.«

Maria beschloss, dass es an dieser Stelle sinnvoller war zu schweigen. Solange sie nicht noch einmal in den Club musste und auch ihre Schwestern sich erst mal davon fernhielten, würde sie keinen Ärger mehr mit Ramirez bekommen.

Sie schritt an ihr vorbei in den schmalen Flur. An der Wand hing ein Bild, irgendein abstraktes Kunstwerk in

Blau und Grün. Zwei weitere Türen standen offen und sie wählte instinktiv die erste. Das Wohnzimmer war ordentlich, eine Tagesdecke lag auf der cremefarbenen Couch, nur die diversen halbleeren Alkoholflaschen auf dem Tisch störten. Teuer aussehender Gin. Nicht, dass sie Ahnung davon hatte – selbst trank sie nämlich keinen Alkohol. Aber die hellblauen Flaschen waren hübsch.

Sie ließ den Blick weiter durch den Raum schweifen. Die Wohnung an sich war nichts Besonderes. Nicht winzig, aber mit ihrer eigenen hübschen Maisonettewohnung in New York konnte sie nicht mithalten. Lediglich die riesigen Fenster an der gegenüberliegenden Seite des Raumes waren ein wahrer Blickfang. Hinter einer weiteren Häuserreihe schimmerte das Meer.

»Was machen wir hier?«

Serafina lächelte vielsagend. »Du hast gesagt, ich soll dir etwas zeigen – also zeige ich dir etwas. Wenn mich meine Schwester, die ich wirklich nicht hasse, um etwas bittet, sage ich sicher nicht nein.« Sie nickte in Richtung der Tür, die vom Wohnzimmer abging und wahrscheinlich ins Schlafzimmer führte. »Oder hast du es dir mit deinem Diego anders überlegt?«

Maria hob eine Augenbraue und schüttelte den Kopf, auch wenn langsam Zweifel in ihr aufstiegen. »Nein. Leg los.«

Das Bett hatte eine beachtliche Breite und war ordentlich mit einer schlichten Wäsche bezogen. Fast erwartete Maria, Handschellen, Seile oder Ähnliches am Bettgestell zu entdecken, wurde jedoch nicht fündig.

Serafina lächelte so breit, als fielen ihr Geburtstag und Weihnachten heute auf einen Tag.

Maria lächelte nicht zurück. Sie konnte ihre Schwester nicht durchschauen. Wollte sie ihr wirklich helfen? War das reine Nächstenliebe, die da in ihren Augen glitzerte? Oder wollte sie sich eher über sie lustig machen?

Serafina schien ihre Zweifel nicht zu bemerken. Sie drehte sich um, zog die unterste Schublade der Kommode auf und wühlte geschäftig darin. In ihrer hautengen Lederhose zeichnete sich ihr Hintern definiert ab und Maria fragte sich unwillkürlich, wie viel sie wohl trainierte.

Doch sobald sich Serafina erhob, waren die Gedanken wie weggeblasen. »Schon mal Erfahrung mit denen gesammelt?«, fragte sie und hielt Maria zwei Dinge entgegen.

Natürlich wusste Maria, wie Dildos aussahen, obwohl sie noch nie einen in Natura gesehen, geschweige denn benutzt hatte. Dennoch hatte sie nicht damit gerechnet, dass manche Dildos die Größe eines jungen Eichenstamms hatten – so wirkte jedenfalls das Teil in Serafinas rechter Hand. Zu allem Überfluss war er auch noch knallpink und von oben bis unten mit Rillen übersäht. Sie konnte sich kaum vorstellen, wie jemand dabei Lust empfinden konnte, wenn er von einem solchen Ding gepfählt wurde.

»Natürlich nicht!«, entgegnete Maria wahrheitsgemäß. Mit zitternden Fingern deutete sie auf den Baumstamm-Dildo. »Wo soll das denn bitte reinpassen?« Bei dem Gedanken daran wurde ihr unwillkürlich schlecht.

»Mit etwas Übung kann man alles passend machen.« Serafina sah nicht aus, als hätte sie gerade einen Witz gemacht. Stattdessen wedelte sie mit dem Kleineren herum, der zwar ein ganzes Stück kürzer, aber immer noch ein wenig angsteinflößend aussah. Er war tief-schwarz. »Aber gut, Anfänger will ich nicht überfordern. Dein Kerl wird seinen Spaß dran haben.«

Maria schluckte laut. »Okay ... für Anfänger.« Sie versuchte, unauffällig in die Schublade zu linsen, um vielleicht noch eine kleinere Version der beiden Mordinstrumente zu finden, die Serafina ihr entgegenhielt.

Ihre Schwester bemerkte es. Ihr Blick wurde freundlich, fast weich. »Sollen wir lieber mit was ganz Einfachem starten?«

Maria war sich nicht sicher, ob ihre Vorstellungen von etwas *Einfachem* übereinstimmten. Doch als sich ihre Schwester mit einem roséfarbenen, etwa handflächengroßen Ei in der Hand aufrichtete, unterdrückte sie ein erleichtertes Aufseufzen. Das war doch eher die Größenordnung, die sie sich vorgestellt hatte – wenn sie jemals darüber nachgedacht hätte, einen Dildo zu benutzen.

»Pass auf, das muss einfach unten rein. Das bekommst du hin, oder?« Serafina hob eine Augenbraue und starrte Maria so lange an, bis diese zögernd nickte. »Mit der Fernbedienung kannst du dich deinem Diego ausliefern.«

»Mit der was?«

»Der Fernbedienung. Das ist das schwarze, rechteckige Ding, das man auch gerne auf den Fernseher richtet.«

Maria verdrehte die Augen. »Ich weiß, was eine Fernbedienung ist. Aber was bedient er denn damit?« Planlos betrachtete Maria das Ei in Serafinas Hand.

Ihre Schwester sah sie ungläubig an. »Na, das Teil in dir. Er steuert die Vibrationen und den Rhythmus!«

Das war genug. Maria spürte, wie ihr das Blut wieder in den Kopf schoss. Es war das eine, von ihrer Schwester eine Dildoauswahl vorgestellt zu bekommen, doch sie wollte wirklich nicht mit ihr darüber sprechen, wie das Teil auch noch in ihr vibrieren würde.

Und doch … Nun war das Kind schon in den Brunnen gefallen. Da konnte sie wenigstens ein wenig mehr herausfinden. Ein paar ungeklärte Fragen stellen. »Na gut. Ich werde dieses Ei also bei mir … einführen und dann vibriert es?« Sie räusperte sich bei jedem zweiten Wort, bis ihre Stimme so leise wurde, dass sie sich wunderte, wie Serafina sie überhaupt noch verstand. »Und das soll angenehm sein?«

»Es wird so angenehm sein, wie Diego es will.« Serafina lächelte verschwörerisch. »Glaub mir, ich hab Erfahrung damit. Er wird gar nicht mehr aufhören wollen.«

Sie wollte nicht wissen, wo und wie ihre Schwester bereits Erfahrung gesammelt hatte. Andererseits hatte diese eben auch mit ansehen müssen, wie ein fremder Kerl sie auf der Waschmaschine genommen hatte. Serafina wollte ihr wirklich helfen und dafür war sie ihr dankbar. Obwohl sie nicht wusste, wie sie ihre Ratschläge anwenden sollte. Ob sie sie anwenden wollte.

Willst du mehr von Como?, fragte sie eine innere Stimme, doch es war kaum mehr als eine rhetorische Frage. Diego Como hatte sie in seinen dunklen, verhängnisvollen Bann gezogen und würde sie so schnell nicht wieder loslassen. Bei ihm fühlte sie sich, wie sie sich bisher noch nie gefühlt hatte. Unberechenbar. Stark. Er brachte eine andere Version von ihr an die Oberfläche. Eine mutigere. Bei ihm fühlte sie sich, wie sie insgeheim immer hatte sein wollen: Verwegen.

Sie wollte ihn. Sie brauchte ihn. Und wenn sie dafür über ihren Schatten springen und sich von ihrer älteren

Schwester Sex-Tipps geben lassen musste, dann war das so.

»Dann werde ich das mal versuchen.« Sie nickte … nur um direkt von Zweifeln eingeholt zu werden. »Falls es ein nächstes Mal geben wird, versteht sich.«

Lächelnd drückte Serafina ihr das Ei samt Fernbedienung in die Hand. »Wieso denkst du nicht?«

»Ich weiß noch nicht einmal, ob er weiterhin Interesse an mir hat. Vielleicht war das für ihn ja eine einmalige Sache.« Oder auch eine anderthalbmalige.

»Das sah vorhin nicht nach Desinteresse aus. Mach ihn einfach wieder scharf. Aber vielleicht nicht unbedingt in … dem da.« Ihre Schwester deutete auf ihre Kleidung. »Soll ich dir was leihen? Ich habe da ein paar sehr aufregende Kostüme parat …«

»Vielen Dank, ich passe«, sagte Maria schnell und zwang sich zu einem Lächeln. Sie wollte gar nicht wissen, was Serafina unter »aufregenden Kostümen« verstand. Ihre Alltagskleidung sah manchmal bereits so aus, als sei sie dem nächsten Pornostreifen entsprungen. »Das hier ist erst einmal genug für meine Nerven«, fügte sie wahrheitsgemäß hinzu. Dann lächelte sie. »Danke.«

»Nichts zu danken.« Serafinas Lächeln wurde weich. »Und er *wird* Interesse daran haben, die Sache zu wiederholen. Und wenn er sich dich entgehen lässt … dann hat er dich auch nicht verdient.«

Kapitel 12

Als Diego vier Stunden nach dem Frühstück das Hotel verließ, fühlte er sich so entspannt wie schon lange nicht mehr. Das könnte einerseits daran liegen, dass er sich ein paar Stunden mit dem Inhalt seiner Kiste beschäftigt hatte … andererseits an der Erinnerung an die süße Maria, deren Augen glasig und deren Schenkel feucht wurden. Ach, vielleicht war es ja eine Mischung aus beidem.

Alles in allem war das eine gute Voraussetzung dafür, den Freund seiner Schwester kennenzulernen. Seine Überlebenschancen waren dadurch zumindest beträchtlich gestiegen. Adriana hatte ein Diner ausgesucht, das um diese Zeit mit Sicherheit brechend voll war. Ohne Zweifel, weil sie so viele Zeugen wie möglich um sich haben wollte, falls Diego ausrastete. Nicht dass ihm das in ihrer Gegenwart sonderlich oft passiert wäre. Er riss sich normalerweise zusammen, wenn sie in der Nähe war. Dennoch konnte er natürlich nichts versprechen –

denn er hielt seine Versprechen und Steve hörte sich nach einem verfickten nutzlosen Wiesel an.

Als er vor dem Diner hielt und durch das Fenster seine Schwester mit einem schmächtigen Typen mit langen blonden Haaren am Tisch sitzen sah, verschlechterte sich seine Laune ein wenig. Er würde lieber noch eine weitere Episode dreckigen Waschmaschinen-Sex mit Maria einschieben, als sich mit dem Schmierlappen zu beschäftigen. Aber Maria würde wohl warten müssen.

Er schloss den Wagen ab und lief zum Eingang. Bevor er ihn jedoch erreichen konnte, klingelte sein Handy. Gott, wie er dieses Geräusch hasste. Er kannte zu wenig rechtschaffene Leute, als dass es etwas Gutes bedeuten konnte, wenn es klingelte. Dennoch zog er es aus seiner Jeanstasche.

»Como«, meldete er sich schroff.

»Hey«, erklang es dunkel auf der anderen Seite.

Abrupt hielt Diego inne. »Logan?«, fragte er überrascht. Er hatte das letzte Mal vor zwei Wochen mit seinem besten Freund geredet. Als er ihm erklärt hatte, dass er lieber abhauen sollte, weil die *Baracudas* ihn als seinen Hitman engagiert hatten und seine Quote tadellos war.

»Ja, natürlich Logan«, entgegnete sein Freund schnaubend. »Oder kennst du noch jemanden mit so einer sexy Stimme?«

»Das Krümelmonster kommt mir in den Sinn ...«

Logan lachte leise. »Erst willst du mich umbringen und dann kritisierst du meinen Kekskonsum?«

»Es gibt zurzeit nicht allzu viel zum Lachen in meinem Leben«, bemerkte Diego achselzuckend. »Mich über dich lustig zu machen, ist alles, was mir bleibt.«

»Nicht mehr auf der Sonnenseite der Mafia zu stehen, ist scheiße, was?«

»Ziemlich scheiße, ja. Wo steckst du?«

»Es ist besser, wenn du das nicht weißt.«

Diego schnaubte und wandte dem Diner den Rücken zu, falls seine Schwester raussehen sollte. »Du hörst dich an wie eine Nutte, die man danach fragt, welche Schwänze sie schon gelutscht hat.«

»Du sollst einer Nutte doch keine Fragen stellen, auf die du keine Antworten haben willst«, meinte Logan gespielt missbilligend. »Ich wollte mich auch nur kurz melden und Bescheid geben, dass es mir gut geht. Du hast mich erfolgreich nicht umgebracht.«

Er grinste. »Ich gebe mein Bestes.«

»Wir beide wissen, dass das Beste manchmal nicht genug ist«, meinte er knapp. »Aber dieses Mal … danke.«

»Gern geschehen. Was machst du jetzt?«

»Keine Ahnung. Untertauchen, bis sie mich vergessen.«

»Die *Baracudas* vergessen nicht.«

»Ich weiß. Aber so klingt es hoffnungsvoller.«

Diego schnaubte. »Das ist sehr zen von dir.«

»Das hat die Yogalehrerin, die ich gestern flachgelegt habe, auch gemeint. Ich sag's dir: Yogalehrer verstehen wirklich etwas von Entspannung.«

»Ach, ich habe im Moment eine Pfarrerstochter-Phase«, meinte Diego wahrheitsgemäß.

»Gut für dich.«

Ja. Sehr, sehr gut. »Du hast mir nie erzählt, was du eigentlich angestellt hast, damit die *Baracudas* deinen Kopf rollen sehen wollten«, murmelte Diego.

»Ich weiß. Wir sehen uns«, sagte Logan schlicht und legte auf.

Diego blickte aufs Telefon und lächelte schwach. Wenigstens wusste er jetzt, dass er noch lebte. Das würde fürs Erste genügen. Stattdessen konzentrierte er sich wieder auf sein anderes Problem.

Langsam wandte er sich um und lief zur Tür des Diners. Das Etablissement war typisch patriotisch. Rote Polsternischen, blau-weiß gestreifte, ausladende Theke und überdimensional große Gläser, Teller, Portionen … alles eben so beeindruckend, wie es nur ging.

Diego kreiste den Nacken und ließ den Blick durch den stark besuchten Raum schweifen. Er würde versuchen, vorurteilslos in das Gespräch hineinzugehen. Ja, die *Baracudas* wuschen ihr Geld im Stripclub, aber das musste nicht bedeuten, dass Steve etwas damit zu tun hatte oder überhaupt darüber Bescheid wusste. Er konnte auch ein unschuldiges Opfer sein. Und sobald Diegos Blick den Mann erfasste, der neben seiner Schwester saß, erkannte er, dass Steve genau das war: Ein Opfer. Die Sache mit der Unschuld blieb noch zur Diskussion offen.

Seine Kleidung war heruntergekommen, seine Haare waren ungewaschen und ein ganzer Piratenschatz blitzte in seinem Mund auf. Großer Gott, hatte er sich keine Zahnversicherung leisten können, oder was?

»Diego!« Adriana sprang auf, sobald sie ihn erkannte. »Hey.« Sie lächelte ihn nervös an und zerrte an Steves Arm, damit er sich ebenfalls erhob.

»Hey«, sagte er … und Diego hasste ihn schon jetzt.

Sie reichten einander die Hände – Steves Händedruck war lascher als ein schlapper Schwanz – und bestellten etwas zu trinken bei der vorbeihastenden Kellnerin, bevor sie sich wieder hinsetzten.

Diego faltete die Hände auf dem Tisch zusammen, fixierte Steve und eröffnete das Gespräch. »Nimmst du Drogen?«

»Diego!«, zischte Adri und funkelte ihn wütend über den Tisch hinweg an.

Steves Augen wurden groß, doch er sagte nichts.

»Was denn?«, fragte er verwirrt. »Das ist eine gerechtfertigte Frage. Hast du mal seine Pupillen angesehen?«

»Nur Gras, Mann. Wirklich«, versicherte ihm Steve hastig.

Das beruhigte Diego nicht im Geringsten. »Aha«, sagte er trocken. »Dann bist du ja fast ein richtiger Gesetzesfreund.«

»Wer im Glashaus sitzt …«, flüsterte Adri gepresst.

Diego hob eine Augenbraue in ihre Richtung, ignorierte diese Aussage aber ansonsten. »Also, Steve. Erzähl mir doch ein bisschen was über dich. Was macht dich zum richtigen Mann für meine Schwester?«

»Wir sind nicht bei einem Verhör, Diego!«, fuhr Adriana ihn an. »Wir wollten uns heute nett unterhalten. Du hast versprochen, dass du dir Mühe gibst.«

Er *gab* sich Mühe. Und der panische Ausdruck in Steves Gesicht war wirklich sehr zufriedenstellend.

Schwer atmete er aus, bevor er sich zu einem Lächeln zwang. »Schön. Ich will deinen Macker ja nicht verschrecken. Was für eine Position besetzt du genau im Club, Steve? Vögelst du nur meine Schwester oder auch alle anderen Stripperinnen?«

»Großer Gott, ich bin keine Stripperin! Ich bin nur eingesprungen«, fluchte Adriana und stützte ihren Kopf in die Hand, während Steve so hastig den Kopf schüttelte, dass Diego fast fürchtete, er könne vom Rumpf springen.

»Nein, nein. Die sind eh alle tabu«, erklärte er so hastig, dass er sich fast an seiner Zunge verschluckte. »Ich … Ich mache Verschiedenes.«

»Das hört sich interessant an. Erzähl mir mehr«, sagte Diego trocken.

»Ich mach Besorgungen für den Chef. Kümmere mich um Papierkram. Steh an der Bar. Solche Sachen.«

Das konnte alles und nichts bedeuten und half Diego nicht im Geringsten. »Legale Sachen?«, hakte er beiläufig nach.

»Diego«, sagte Adriana warnend. »Lass es.«

»Was soll ich lassen?«, stellte er sich dumm. »Ich unterhalte mich nur nett. Das wolltest du doch von mir.«

»Du bist das Letzte«, stellte sie verächtlich fest. »Du hast dich in den letzten Jahren kein Stück verändert!«

Mhm. War das jetzt etwas Gutes oder etwas Schlechtes?

Ruckartig stand sie auf. »Ich werde zur Toilette gehen«, verkündete sie bissig. »Und wenn ich wieder zurückkomme, dann möchte ich, dass ihr beide freundlich lächelnd hier sitzt und euch versteht! Redet über Football oder Pflanzen, von mir aus auch darüber, wie viele Frauen ihr flachgelegt habt – Hauptsache euer Gespräch verläuft höflich und gesittet.«

Sie deutete mit dem Zeigefinger auf Steve und dann auf ihn, bevor sie in Richtung der Toiletten verschwand. Diego sah ihr kurz nach, versuchte sich an die Bedeutung des Wortes *gesittet* zu erinnern, konnte sich aber nicht ganz dazu durchringen. Seine alten Gewohnheiten saßen tief … und er wusste nun einmal, wie er am effektivsten die richtigen Informationen bekam.

Er wartete, bis Adriana außer Hörweite war, dann beugte er sich mit geballten Fäusten über den Tisch und fixierte Steve scharf. »Ich mag dich nicht«, sagte er ehrlich. »Ich habe nicht das Gefühl, dass du meine Schwester gut behandelst. Du hast vierzig Sekunden, mich vom Gegenteil zu überzeugen.«

Steves Kopf lief rosa an. »Was?«

»Jetzt sind es nur noch dreißig.«

»Alter, was ist dein Problem? Ich behandle sie so, wie ich sie eben behandle und sie scheint zufrieden, oder nicht? Ich schlage sie nicht oder irgendwas, wenn du das meinst. Sie kann selbst ganz gut zuschlagen.«

Ja, da war was Wahres dran. Diego hatte ihr einiges beigebracht, damit er sich nicht ständig um sie sorgen musste. Was ja wunderbar funktioniert hatte.

»Schön, dann verrat mir nur eins«, sagte er mit verengten Augen. »Sagt dir der Name Ramirez etwas?«

»Was?«, kiekste er.

»Pablo Ramirez. Kennst du ihn?«

Er schüttelte den Kopf »Ich weiß nicht, wovon du redest.«

Diego musterte sein Gesicht, versuchte zu erkennen, ob irgendwo ein verräterischer Muskel zuckte … doch da war nichts. Nichts Schuldiges. Was entweder bedeutete, dass er wirklich keine Ahnung hatte, oder dass er so viel Dreck am Stecken hatte, dass das Lügen zu seiner zweiten Natur geworden war.

»Weißt du über die Nutten Bescheid?«, fragte er weiter. »Dass ihr Prostituierte ins *Bed 'n' Beach* schickt?«

Steve hob entgeistert die Augenbrauen. »Jeder weiß über die Nutten Bescheid. Die ganze Stadt, könnte man sagen, auch wenn niemand offiziell darüber redet. Ich buche die Zimmer, natürlich weiß ich davon. Aber damit hat Adriana nichts zu tun!«

Diego seufzte schwer und tippte ungeduldig mit den Fingerspitzen auf den Tisch. »Steve«, sagte er schließlich leise. »Ich weiß nicht, was meine Schwester dir über mich erzählt hat, aber alles ist wahr. Und ich werde dir eine Kugel zwischen die Augen schießen, wenn sich herausstellen sollte, dass du sie in irgendeine Scheiße mitreinziehst. Aber solange du das nicht tust … hast du nichts zu befürchten.«

Sein Gegenüber presste die Lippen aufeinander und nickte stumm. Im nächsten Moment wurden ihre Getränke gebracht und Diego lehnte sich gegen das Polster seiner Sitzbank.

»Schön«, sagte er zufrieden. »Ich glaube, dann hätten wir alles Wichtige geklärt. Jetzt darfst du über Football reden, damit Adriana sich nicht grundlos aufregt.«

»Ähm, gleich«, meinte der kalkweiße Steve und sprang auf. »Ich muss nur kurz …« Bevor er den Satz beendete, stürzte er bereits zur Toilette.

Pussy. Diego hatte ihm doch noch nicht einmal seine Waffe gezeigt oder sein Gesicht … gestreichelt. Das gerade konnte man kaum als Drohung betiteln.

Er trank einen Schluck von seiner Cola und bemerkte dann erst, dass Steve seine Jacke hatte liegen lassen. Ohne groß darüber nachzudenken, griff er danach und durchsuchte geübt die Taschen, erst außen, dann innen.

Er dachte schon, dass er nicht fündig werden würde … als etwas unter seinen Fingern knisterte. Stirnrunzelnd zog er ein kleines, quadratisches Plastikpäckchen aus der inneren Brusttasche. Weißes Pulver befand sich darin.

Diego war nicht schockiert, aber zufrieden war er auch nicht. Sie befanden sich nahe der mexikanischen Grenze. Drogen waren hier eher die Regel als die Ausnahme. Der Textur nach zu urteilen, trug Steve auch nur Speed mit sich herum. Eine eher weiche Droge, zumindest in seinem Kreis. Dennoch stellten sich Diegos Nackenhaare auf, als er das Plastikpäckchen zurück in Steves Tasche gleiten ließ und die Jacke wieder über den Polstersitz drapierte. Das Plastik hatte keinen Stempel gehabt. Er hätte es von überall her haben können ... oder eben auch nicht.

Alles, was er wusste, war, dass Steve gelogen hatte. Er hatte behauptet, nur Gras zu rauchen. Das war der erste Strike. Und Menschen, die einmal logen ... Nein, das gefiel ihm überhaupt nicht.

Er würde wohl doch noch einen Tag länger in der Stadt bleiben müssen. Nur um sicherzugehen. Ramirez würde entzückt sein.

Kapitel 13

Der Spiegel in der alten Einliegerwohnung ihrer Mutter war viel zu groß und das Licht viel zu hell. Kritisch drehte sie sich hin und her, musterte ihren Po und ihre Brüste, war jedoch nicht zufrieden. Sie hatte dezentes Make-up aufgelegt, das ihre Augen betonen sollte. Dazu trug sie ihren schönsten weißen BH mit zurückhaltenden Stickereien und den passenden Slip, doch heute hatte sie das Gefühl, darin bleich wie eine Wand zu wirken. Ehrlich gesagt war es normalerweise schon ein Wunder, wenn sie zwei passende Teile trug. Ihre bisherigen Partner hatte ihre Unterwäsche nie sonderlich interessiert, also hatte sich ihre Motivation in Grenzen gehalten, sich für sie in Schale zu werfen.

Bei Diego war das anders. Sie wusste nicht, wie viel Wert er auf Unterwäsche legte und ob es ihm vielleicht ebenso egal war, aber sie wollte sich ihm einfach nicht in Batman-Slip und Ringel-BH zeigen. Sie wollte sexy wirken, verrucht – schließlich präsentierte sie sich ihm mit einem verdammten Sex-Toy! Ihr Blick zuckte zu dem Ei, das auf dem Tisch lag. Rosa und unschuldig.

Schritte auf der Eingangstreppe hinter ihr ließen sie herumfahren. Bevor sie ins angrenzende Zimmer flüchten konnte, kam Estelle herein. Mit dem Schlüssel in der Hand betrat sie das Wohnzimmer. Als sie Maria sah, blieb sie stehen.

»Ich hab echt geglaubt, Fina erzählt Mist«, sagte sie und grinste, sodass ihre perfekten Zähne aufblitzten. Der gerade Pony saß genauso tadellos wie die schwarze Stoffhose und die vor der Brust zusammengeknotete weiße Bluse. Ein Stückchen gebräunter Haut blitzte an ihrem Bauch hervor.

Maria schluckte und spürte, wie sie purpurrot anlief. »Musst du gerade nicht kellnern?«

Estelle lehnte sich gegen die Wand und verschränkte die Arme vor der Brust. »Das war der Plan, aber dann habe ich einen sehr interessanten Anruf von unserer Schwester bekommen. Maria, Maria … Wer ist denn dieser Diego?«

Maria verdrehte die Augen. »Hat sie schon mal was von Diskretion gehört?«

»Oh, wenn du wüsstest, Diskretion ist ihr zweiter Vorname.« Estelle stieg aus den silbernen Stilettos, die so hoch waren, dass Maria schon vom Anschauen die Knöchel schmerzten. »Aber eben nur, wenn es sinnvoll ist.«

»Was hat sie dir erzählt?«

»Ich schätze, alles.« Estelle warf einen eindeutigen Blick auf das Ei auf dem Tisch und Maria verfluchte sich dafür, dass sie es nicht weggeräumt hatte. »Unter anderem auch, dass du denkst, dass wir dich hassen«, setzte sie beiläufig hinzu.

Oh Gott. »Nun, ihr seid nicht gerade liebevoll«, meinte sie kleinlaut.

»Was soll ich machen? Ich bin einfach nicht der liebevolle Typ. Das hab ich hier nicht gelernt«, sagte Estelle trocken. »Aber das ändert nichts daran, dass du meine kleine Schwester bist. Und wenn dir unsere blöden Sprüche auf die Nerven gehen, dann … sag das.« Seufzend hob sie die Schultern. »Ich kann schlecht aus meiner Haut, aber wenn du mich brauchst, bin ich für dich da. Tritt mir also ruhig auf die Füße. Ich halt das aus.«

Marias Augen brannten und hastig sah sie weg. »Danke«, flüsterte sie. »Ich habe mir so oft vorgeworfen, dass ich mich bei unserem Streit hätte anders verhalten müssen. Dann wären wir nie so auseinandergegangen.«

Estelle schüttelte den Kopf. »Du bist nicht mehr schuld daran als jeder von uns. Mom hätte uns früher sagen können, wie sehr sie darunter leidet, dass wir uns scheinbar mehr für unsere Väter interessieren als für sie. Es war klar, dass es irgendwann zur Auseinandersetzung kommen musste.«

Maria nickte und versuchte die Tränen zu unterdrücken, die sich in ihre Augen drängten. »Dabei hat das nie gestimmt. Wenn sie gewusst hätte, wie oft ich mich ihretwegen mit meinem Vater angelegt habe …«

»Bei mir genauso.« Auch Estelles Lächeln wirkte nun ein bisschen wehmütig. »Vielleicht hätten wir ihr das eher sagen sollen, als haarklein aufzuzählen, wann und wie oft sie als Mutter versagt hat.« Sie legte Maria eine Hand auf die Schulter. »Aber so ist das, wenn die Emotionen hochkochen. Wir haben alle überreagiert und würden es jetzt wohl anders machen, aber … das liegt hinter uns. Und ich wiederhole es gerne: Ich bin für dich da. Egal, um was es geht. Ich bin deine große

Schwester und ich passe auf dich auf.« Ihr Lächeln wurde breiter. »Vor allem, wenn es um Typen geht.«

»Willst du mich jetzt auch noch ausfragen, wie es dazu kommt, wer er ist und wie er im Bett ist?«

Estelles Lächeln wurde für den Bruchteil einer Sekunde weich. »Ich glaube, das ist nicht nötig. Ich traue dir zu, dir einen ordentlichen Kerl zu suchen.« Sie hob eine Braue. »Das ist er doch?«

»Wie man es sieht.« Maria wich ihrem Blick aus und ging unauffällig in Richtung des Eis.

Ihre Schwester schwieg einige Sekunden. »Du bist schon lange zu alt dafür, dass ich dir Vorschriften machen kann. Aber pass auf dich auf, ja?«

»Als hättest du mir jemals Vorschriften machen können.«

»Früher, als wir klein waren, hast du immer auf mich gehört.«

»Früher habe ich dich und Serafina vergöttert. Ich wäre aus dem Fenster im siebten Stock gesprungen, wenn ihr es mir vorgeschlagen hättet.«

Schweigen folgte auf ihre Worte. Sie begegnete Estelles Blick und sah, dass sie die Lippen zusammengepresst hatte. War das Kummer in ihrem Gesicht? Reue? Ihr war, als läge ein ganzer Haufen unausgesprochener Worte zwischen ihnen, nach dem nur jemand greifen musste.

Aber Estelle schüttelte schnell den Kopf und wechselte das Thema. »Und jetzt willst du diesen Diego also verführen?«

Maria wusste nicht, ob sie sich mit diesem Thema wohler fühlte. »Ja, aber ich habe kein Interesse daran, mich auch noch mit dir darüber zu unterhalten.«

»Verständlich, Fina quetscht gern alles aus einem raus. Aber vielleicht kann ich dir helfen.« Sie nickte in Richtung von Marias Brust, vor der sie die Arme verschränkt hatte. »Einer meiner BHs würde dir sicher stehen.«

»Ich weiß nicht, ob das nötig ist.«

Estelle runzelte die Stirn. »Fühlst du dich denn schön?«

Maria presste die Lippen zusammen, doch für ihre Schwester schien das Antwort genug zu sein.

»Versteh mich nicht falsch, du hast einen wundervollen Körper. Wir haben die Brüste unserer Mutter geerbt, eines der wahrlich nützlichsten Dinge, die sie uns vermacht hat.« Sie lachte leise. »Aber weißt du was? Es ist ein Mythos, dass Reizwäsche dafür da ist, die Männer scharf zu machen. Das ist nur ein netter Nebeneffekt. Eigentlich tragen wir sie, um uns wunderschön zu fühlen. Begehrenswert. Ein wenig Spitze pusht das Selbstvertrauen mehr als eine Flasche Wein, das ist die wahre Kunst der Wäsche.«

Maria schluckte. So, wie Estelle von ihrer Unterwäsche sprach, klang es beinahe poetisch. Und verdammt verlockend. Sie wollte sich gern wunderschön fühlen.

Estelle sah sie einige Augenblicke an, dann lächelte sie. »Ich zeig dir einfach mal ein paar Sachen, ganz unverbindlich.« Sie umgriff Marias Handgelenk und zog sie mit sich in Richtung ihres alten Kinderzimmers, in dem sie auch jetzt noch schlief.

Erst vor dem alten Kleiderschrank ließ sie Maria los und riss die Türen so dramatisch auf, als sei sie beim Casting für Gossip Girl.

Zielsicher zog sie einen schwarzen BH mit goldenem Blumenmuster hervor und hielt ihn prüfend vor Marias

Körper. Nachdenklich wiegte sie den Kopf hin und her. »Hm ... nein.« Sie drehte sich wieder zum Schrank, riss Schubladen auf und schob die Kleidungsstücke, die ihr im Weg waren, achtlos zur Seite. Maria fragte sich, wo die ganzen Klamotten überhaupt herkamen.

Estelle warf ihr einen Blick über die Schulter zu und pustete sich den Pony aus der Stirn. »Hast du irgendwelche Vorlieben? Oder trägst du immer nur ...« Sie stockte und entschied sich wohl für ein anderes Wort. »... dasselbe?«

»Ich habe drei weiße und drei schwarze BHs.«

Ihre Schwester lachte auf. »Okay, dann sind Schwarz und Weiß also raus. Ein bisschen Farbe würde dir ohnehin guttun. Du trägst immer so viel Beige und Grau ... Das sollte verboten sein.« Sie griff nach einem knallroten BH mit üppiger Spitze, hob ihn hoch und wackelte mit den Augenbrauen.

»Nein«, sagte Maria schnell, musste aber schmunzeln. Ja, sie wollte Diego verführen, dabei aber nicht wie eine Weihnachtskugel aussehen.

Estelle seufzte. »Na gut. Wenn du ihn doch mal leihen willst, sag nur Bescheid, ich teile gern.«

»Früher haben wir oft Klamotten getauscht«, murmelte Maria und ein Stich der Wehmut durchzuckte sie. Sie hatten sich einst so nahegestanden. Nicht nur sie und Estelle, sondern sie alle drei. Was war geschehen, dass sie sich so drastisch in andere Richtungen entwickelt hatten? Und wieso führte ihr das das Schicksal gerade heute immer und immer wieder vor Augen?

»Du meinst, du hast meine Kleider geklaut«, antwortete Estelle lächelnd. Aus irgendeiner Schublade zog sie das nächste Exemplar. Der BH war dunkelblau und glänzte. »Wie wär's damit? Schlicht, hübsch, nicht schwarz und nicht weiß.«

Langsam wog Maria den Kopf hin und her, aber ihr fiel nichts ein, was sie auszusetzen haben könnte. »Ja, der ist wirklich schön.«

»Wunderbar, dann nimmst du ihn. Oh, und warte …« Aus derselben Schublade zog sie noch einen Hauch von Stoff hervor. »Der Slip ist ein bisschen transparent. Aber das sieht man kaum.«

Skeptisch hob Maria den Slip an zwei Fingern hoch. »Ich finde ihn eher *ziemlich* transparent.«

»Das täuscht, mach dir keine Gedanken. Ich geh kurz raus, damit du dich umziehen kannst.« Ehe Maria protestieren konnte, hatte Estelle den Raum verlassen und die Tür hinter sich zugeschlagen.

Sie seufzte, musterte einige Sekunden lang die beiden Kleidungsstücke in ihrer Hand und legte sie dann aufs Bett.

Als sie fertig war, sah sie an sich hinab. Wow. Aus dieser Position und mit der leicht pushenden Wirkung von Estelles BH sahen ihre Brüste riesig aus und quollen aufdringlich aus dem Ausschnitt. Aber Estelle hatte recht behalten. In diesem Aufzug würde Diego ihr sicher nicht widerstehen können. Ein leichtes Kribbeln verteilte sich von ihrer Brust bis in die Fingerspitzen.

Maria ging zu Tür und öffnete sie.

Im Wohnzimmer stand bereits Estelle und hielt ihr auffordernd ihren Mantel entgegen. Sie musterte sie und ein Lächeln umspielte ihre Lippen. Maria öffnete den Mund, doch ihre Schwester kam einfach auf sie zu und half ihr in den Mantel.

»Das sieht super aus, Maria. Dunkelblau ist deine Farbe. Wenn das Diego nicht verrückt macht, weiß ich auch nicht.« Maria wollte protestieren und noch einen Blick in den Spiegel werfen, aber Estelle schob sie bestimmt zur Tür. Mit einem zuckersüßen Lächeln drückte sie ihr ihre Tasche in die Hand. Dann zögerte sie kurz und gab ihrer Schwester einen Kuss auf die Wange.

»Glaub an dich. Und hör auf, dir so viele Gedanken zu machen. Du bist wunderschön, schließlich sind wir verwandt.« Mit einem Zwinkern drückte sie sie hinaus auf den Gang und knallte ihr die Tür vor der Nase zu.

Marias Herz schlug ihr bis zum Hals. Es pochte so laut, dass sie sich wunderte, wieso nicht alle Gäste um sie herum ihre Türen öffneten und sie fragten, warum sie so einen Lärm veranstaltete. Zögerlich lief sie den Gang hinab, ihre Finger verkrampft um den Griff ihrer Tasche geschlossen.

Unter dem Mantel fror sie. Es war ein merkwürdiges Gefühl, wie der Stoff über ihre nackten Arme, ihren Bauch und die Oberschenkel rieb. Wenn sie jemand so sah, für ihre Verhältnisse aufreizend geschminkt und mit einem Mantel, der kaum ihren Po bedeckte, würde er sie sicher mit einer der Prostituierten verwechseln.

Sie bog in den Gang, in dem Diegos Zimmer lag, und warf einen Blick auf die Uhr an der Wand. Es war sieben. Die meisten Gäste mussten sich bereits beim Essen befinden. Es würde ihrem Auftritt den größten Teil seiner Dramatik rauben, wenn sie Diego nun nicht vorfand, sondern stattdessen vor seinem Zimmer warten musste. Hoffentlich hatte er keinen so großen Hunger gehabt und sich Zeit gelassen. Seinen geliebten Orangensaft gab es beim Abendessen schließlich sowieso nicht.

Vor seiner Tür blieb sie stehen. Ein paar Sekunden lang starrte sie auf ihre nackten Füße ... Wieso um Himmels willen hatte sie nicht einfach Estelles sexy Stilettos angezogen? Ach ja, richtig, sie wäre kaum zwei Meter weit gekommen.

Sie beruhigte ihren Atem, verdrehte die Augen und hob langsam den Blick. Gott, sie stand vor der Tür eines heißen Mannes, den sie verführen wollte, nicht vor der Pforte Satans. Sie würde dort hineingehen, ihn sich krallen, sich mit ihm die ganze Nacht in den Bettlaken wälzen und dann wieder verschwinden.

Aber wenn sie ehrlich war, war es nicht das, was sie wollte. Jedenfalls nicht alles. Sie wollte auch, dass Diego Como sie begehrte. Dass er sie schön fand und dass er sie mochte. Nicht nur den Sex, sondern sie als Person.

Sie räusperte sich und befeuchtete ihre Lippen. Dann kniff sie sich mit der freien Hand in die Wangen. In der Cosmopolitan der letzten Woche hatte gestanden, dass das für einen natürlichen Teint sorgte. Aber so blutleer, wie sich ihr Gesicht anfühlte, nutzte das wohl auch nichts.

Schweren Herzens hob sie die Hand und klopfte dreimal gegen die Tür.

Sie hörte einen lauten Knall, als würde eine Schranktür fest zugeschlagen und Schritte. Sie verharrten hinter der Tür.

»Wer ist da?« Er klang wachsam. Erwartete er etwa diesen Ramirez?

»Ich bin's. Maria.«

Stille. »Maria? Welche Maria?«

Blut schoss ihr ins Gesicht. War das sein Ernst? Dieser Mistkerl hatte sich noch nicht mal ihren Namen gemerkt, dabei hatten sie erst heute Morgen ... »Ähm

… ich«, stammelte sie, obwohl sie ihm gern schlagfertige Dinge an den Kopf geworfen hätte.

Die Tür schwang auf und Diego lehnte im Rahmen, ein dreckiges Grinsen auf dem Gesicht. »Ah, die Maria, die ich auf der Waschmaschine gefickt habe.«

Er trug ein hautenges weißes Shirt und seine Haare waren feucht, als sei er eben erst aus der Dusche gestiegen. Seine Augen glitzerten.

»Äh … Hi«, sagte sie schwach.

Diegos Blick wanderte aufreizend langsam an ihr hinab und verharrte an ihren nackten Beinen. »Es ist zu warm für einen Mantel, aber nicht zu warm für eine Hose«, stellte er sachlich fest.

Maria schluckte. Sie stand einfach da, wie versteinert, und brachte kein Wort heraus. Sollte sie ihn einfach packen und aufs Bett schmeißen? Oder musste sie vorher irgendwelche sexy Sätze von sich geben? Und was war mit dem Ei? Wie kam es zum Einsatz?

»Du siehst nicht sehr glücklich aus.« Diego runzelte die Stirn und sah sie forschend an.

Dieser dunkle Blick. Es war zum Verrücktwerden.

Wie war das noch gewesen? Heute war ein Tag, um mutig zu sein!

Diego öffnete den Mund, wahrscheinlich, um zu einer unangebrachten Bemerkung anzusetzen, aber sie ließ ihn nicht zu Wort kommen. Stattdessen trat sie in den Raum und schob die Tür mit dem Fuß zu. Dann ließ sie die Tasche los, öffnete den Mantel und ließ ihn über ihre Schultern zu Boden gleiten.

Diegos Blick wanderte augenblicklich zu ihren Brüsten und verdunkelte sich. Das Lächeln aus seinem Blick verschwand. »Was hast du vor?«

»Ich werde dich verführen«, sagte sie mit rauer Stimme. Sie klang so sexy, dass sie von sich selbst beeindruckt war.

Diego verzog die Lippen zu einem Lächeln. »Tatsächlich? Und wie genau wirst du das tun?«

Sie räusperte sich. »Nun … ich stehe hier in hübschen Dessous«, sagte sie etwas unbeholfen und deutete mit den Händen an sich hinab. »Sollte das nicht ein guter Anfang sein?«

Einige Herzschläge lang starrte Diego sie unverwandt an. Schließlich kam er wohl zu dem Schluss, dass sie recht hatte, denn er trat auf sie zu, legte seine warme Hand in ihren Nacken und dirigierte ihren Mund zu seinem. Seine rauen Bartstoppeln kratzten über ihr Kinn, dennoch stellte sie sich auf die Zehenspitzen, um näher bei ihm zu sein. Seine Zunge umspielte ihre, drängte sich fordernd in ihren Mund und Maria unterdrückte ein Stöhnen. Ihr Unterleib zog sich in lustvoller Vorfreude zusammen.

Doch als Diego auch seinen anderen Arm um sie schlingen und sie zum Bett ziehen wollte, entwand sie sich seinem Griff und brachte etwas Abstand zwischen sie.

Irritiert schaute er sie an. »Ich habe ein Kondom hier.«

Maria schüttelte nur den Kopf und drehte sich zu ihrer Tasche um, die neben der Tür auf dem Boden lag. Als sie Diegos Blick auf sich spürte, beugte sie sich so aufreizend hinab, dass er beste Sicht auf ihren Po haben musste. Er sog scharf die Luft hinter ihr ein und Maria fragte sich, wie transparent der Slip wirklich war.

Sie öffnete die Tasche und tastete darin nach dem Ei. Sie fand es schnell, für die Fernbedienung brauchte sie ein paar Sekunden länger.

Dann drehte sie sich wieder um und barg das Spielzeug so in den Händen, dass Diego es auf den ersten Blick nicht sehen konnte.

»Was ist das?«, fragte er, aber sie ignorierte ihn. Langsam ging sie auf das ungemachte Bett zu und setzte sich auf die Kante. Die Matratze wippte unter ihrer Bewegung sanft auf und ab. Sie spürte Diegos Blick auf sich, wie er an ihrem Körper entlangglitt, das pure Verlangen in seinen Augen. Er ballte eine Hand zur Faust, sodass die Sehnen an seinem Unterarm hervortraten. Ihr entging auch nicht die beachtliche Beule, die sich bereits in seiner Jeans abzeichnete. Allein dieser Anblick reichte aus, damit sich die Härchen auf ihren Armen aufstellten.

Erwartungsvoll schaute er sie an. Er schien nicht zu wissen, was sie von ihm erwartete.

Leider war das Maria selbst nicht so klar. Ihr Selbstvertrauen verpuffte mit einem Mal so schnell, wie es gekommen war. Was hatte sie sich hierbei gedacht? Als ob sie mutig genug war, einen Mann zu verführen!

»Alles okay? Für eine Verführungskünstlerin bist du auf einmal ziemlich blass geworden.«

Sie antwortete nicht, schluckte nur mehrmals, auf der Suche nach ihrem Selbstvertrauen.

»Okay …« sagte er langsam, trat vor und musterte interessiert ihre Arme. »Was genau versteckst du da?« Seine tiefe Stimme schickte ihr sofort einen Schauer über den Rücken.

»Gar nichts«, erwiderte sie hastig. Wieso war es so verdammt warm in diesem Raum?

»Gar nichts?«, sagte er leise und machte noch einen Schritt nach vorn. Lauernd. Ihr Blick zuckte zur Tür, ihrem einzigen Fluchtweg. Aber leider stellte sich ihr Körper gegen sie und zeigte ihr eindeutig, dass er viel lieber hierbleiben wollte.

Wenige Zentimeter vor ihr blieb Diego stehen. Seine Finger berührten sie sanft am Oberarm und er strich nach oben bis zu ihrer Schulter. Sie erschauderte unter seiner Berührung und die Lust ballte sich heiß in ihrem Unterleib zusammen. Am liebsten hätte sie sich seiner Berührung einfach hingegeben, damit er die Episode auf der Waschmaschine noch einmal wiederholte …

Aber deswegen war sie nicht hier. Schnell zog sie die Hände nach oben und drückte seine Finger weg, die er gerade unter den Bügel ihres BHs schob.

»Nein«, sagte sie atemlos.

»Nein?«, fragte Diego und legte die Stirn in Falten.

Maria reckte das Kinn. »Ich will dich verführen.«

Diego schaute sie einen Moment fragend an, dann lachte er leise. Langsam näherte er sich ihrem Ohr, bis sie seinen warmen Atem an ihrem Hals spürte. Ihre Kehle wurde trocken. »Einen Mann zu verführen, ist sehr viel einfacher, als du es dir vorstellst«, raunte er. »Meistens genügt es schon, ihn neugierig zu machen …«

Plötzlich schnellte er vor, umfasste ihre halb hinter dem Rücken verschränkte Hand und entwand ihr das Ei.

»Na, was haben wir denn da?«

Maria öffnete den Mund und schloss ihn dann wieder.

Diego drehte das Ei in der Hand und ließ es an der dünnen Schnur, die am einen Ende befestigt war, von seinem Finger hinabbaumeln. Die Fernbedienung lag auf seiner Handfläche.

»Wofür ist das?«

Maria schluckte. »Das ist ein Ei. Es vibriert, wenn man es, na ja … Meine Schwester hat es mir gegeben, nachdem sie uns im Waschraum gesehen hat. Mit dieser Fernbedienung kann man, na ja …«

»Ich weiß, wozu das gut ist«, entgegnete Diego schnaubend. »Ich meine, wofür brauchen *wir* es?«

Forschend blickte Maria in sein Gesicht und erkannte eine Regung bei ihm, die ihr vollkommen fremd war. War das verletzter Stolz?

»Spielzeug kann jede … Zusammenkunft beflügeln.« Sie biss sich auf die Lippe. Beinahe hätte sie Beziehung gesagt.

»Und du denkst, dass wir das nötig haben?«

»Benutzt du nie Sexspielzeug?«

Diego drehte die Hand und fischte das Ei aus der Luft. Dann wich seine etwas düstere Miene einem unartigen Grinsen. »Ich brauche nur ein Spielzeug und das trage ich immer bei mir.«

Maria wollte gerade die Augen verdrehen, da war Diego wieder vor ihr, legte eine Hand auf ihre Hüfte und beugte sich so über sie, dass sie nach hinten fiel. Ihr Rücken prallte auf die weiche Matratze und das ganze Bett wippte mit. Sie schaute in Diegos Gesicht, seine verlangenden Augen, als er sich zu ihr herabbeugte und ihren Mund mit seinem verschloss. Dieses Mal blieb er jedoch nicht dabei, sondern wanderte weiter bis zu ihrem Kinn und dann ihren Hals hinab. Jede Berührung seiner Lippen schickte ein heißes Zucken durch ihren Körper. Sie hob die Hände und krallte die Finger in den dünnen Stoff von Diegos Shirt, woraufhin er zufrieden knurrte. Er roch nach Herbstkräuter-Duschgel, was die feine Note von Motoröl, die ihn immer umfing, jedoch nicht überspielen konnte. Fordernd rieb er seinen Schritt an ihrem Oberschenkel, ließ sie spüren, wie sehr sein Körper sie bereits wollte.

Aber irgendetwas war anders als beim letzten Mal. Er wirkte übereilt, rastlos, seine Muskeln unter Marias Fingern waren angespannt. Seine freie Hand strich über ihren Bauch hinab zu ihrem Slip und riss den Stoff so heftig nach unten, dass Maria Angst um das sicher nicht günstige Teil hatte. Seine Fingerspitzen glitten über ihre weiche Haut, hinterließen brennende Bahnen. Aber er gab ihr nicht viel Zeit, bis er nach unten vorstieß und seine Finger zwischen ihren Schamlippen versenkte.

Überrascht keuchte Maria auf und wölbte ihm ihren Unterleib entgegen. Erregung schoss in Wellen in ihren Körper, gesteuert durch die Bewegungen von Diegos Fingern, der mit seinen Lippen ihr Schlüsselbein entlangstrich.

Immer drängender wurden die Stöße seiner Finger, sein erregt keuchender Atem. Plötzlich ließ er von ihr ab und stellte sich hin. Er sog den Anblick ihres Körpers in sich auf, besitzergreifend. Allein dieser Blick reichte aus, damit sich Marias Unterleib schmerzlich-süß zusammenzog.

In einer fließenden Bewegung zog er sich das weiße Shirt über den Kopf und ließ es achtlos zu Boden gleiten. Gott, diese Muskeln. Die perfekte Mitte zwischen zu viel und zu wenig. Und die Tattoos … Obwohl Maria bisher immer gedacht hatte, dass sich nur ethisch zweifelhafte Menschen Tinte unter die Haut spritzten, war das doch eines der heißesten Dinge, die sie je gesehen hatte. Sie wollte mit ihren Fingern über die schwarzen Linien auf seiner erhitzten Haut fahren …

Aber Diegos Ziel war es wohl nicht gewesen, ihr Blut mit dem Anblick seines nackten Oberkörpers in Wallung zu bringen. Mit wenigen Griffen entledigte er sich auch seines Gürtels und zog die Hose aus. Er trug enge schwarze Boxershorts, die seine beeindruckende Erektion betonten. Maria stützte sich auf ihre Unterarme und rutschte ein bisschen von der Bettkante weg.

Diego hielt kurz inne und musterte sie. Dann zog er auch die Boxershorts aus und war im nächsten Moment über ihr.

Maria stöhnte leise auf, als sein Gewicht auf sie niederdrückte, und Gänsehaut überzog ihren ganzen Körper. Seine Haut an ihrer Haut. Nun, da er nackt war, roch sie seinen Duft noch intensiver. Sie beugte sich vor, legte eine Hand in seinen Nacken und zog ihn zu sich herunter. Diego knurrte und öffnete den Mund, seine Zunge schob sich drängend in ihren. Sie lehnte ihren Kopf zur Seite und biss ihm in die Unterlippe.

Er stöhnte leise. Seine Hand wanderte wieder zielsicher zwischen ihre Beine, hielt sich jedoch nur kurz dort auf. Maria keuchte auf, als seine Spitze gegen ihre Schamlippen stieß und sie leicht auseinanderdrückte. Sie wollte ihn. Ja, sie wollte nichts mehr, als seinen Schwanz in sich zu spüren, sich von ihm ficken zu lassen, bis sie Glencheck nicht mehr von Pariser Chic unterscheiden konnte. Ihre Gedanken waren so dreckig, dass sie sich in Grund und Boden geschämt hätte, wenn sie noch hätte klar denken können.

Diego hielt inne und schaute sie an. Begehrend, die Lippen leicht geöffnet. Sie erkannte in seinen Augen, dass er sie genauso wollte.

Zitternd atmete Maria ein und krallte ihre Finger fester in die Haare in Diegos Nacken. Ihr Atem kitzelte sie an ihrer Unterlippe.

Trotzdem fühlte sich etwas merkwürdig an. Es ging alles zu schnell. So hatte sie sich das nicht vorgestellt. »Warte«, hauchte sie.

»Was?« Diego hielt in seiner Bewegung inne.

Maria schluckte. »Ich will keinen Quickie. Ich will dich verführen.«

Unverständlich sah Diego sie an. Sein Atem ging stoßweise. »Das ist doch kein Quickie.«

Sie rutschte ein Stück von ihm weg. Ihre Lippen pochten von all den Küssen. Sie hatte keine Ahnung, woher sie den plötzlichen Mut nahm, dennoch sprach sie weiter. »Dann beweis es mir.« Sie griff nach unten, stieß gegen seine Bauchmuskeln und rutschte weiter, bis sie seinen steifen Penis erreichte. Sanft umfasste sie ihn und Diego stöhnte über ihr auf. Vorsichtig glitt sie auf und ab, merkte, wie er unter ihrer Berührung erbebte. Er vergrub den Kopf in ihrer Schulterbeuge und strich mit seinen kratzigen Wangen über ihre Haut.

Sie wurde schneller und Diego reagierte sofort. Er schob ihren BH nach oben und umfasste ihre linke Brust. Seine Hand war warm, die Berührung angenehm. Sanft strich er über ihre weiche Haut, zog erst große, dann immer kleinere Kreise und berührte sanft ihren Nippel.

Maria sog scharf die Luft ein und umschloss seinen Schwanz fester. Diego stöhnte auf und stieß in ihre Hand. Mit Daumen und Zeigefinger kniff er in ihren Nippel.

Diese Berührung war so überraschend intensiv, dass Maria laut aufstöhnte. Sie wölbte Diego ihren Oberkörper entgegen, ihre Hand rutschte von seinem Schwanz.

Doch das schien ihn nicht zu stören. Er beugte sich zu ihrem Ohr und fuhr mit den Lippen darüber, sodass Maria erschauderte.

»Du willst ein Vorspiel, ja? Das kannst du haben.«

Er griff zur Seite und nach dem Ei, während er mit der anderen Hand auf die Fernbedienung drückte. Ein leichtes Summen drang an ihr Ohr. Vorsichtig fuhr er mit dem Spielzeug ihren Hals hinab. Sie erschauderte. Er arbeitete sich weiter vor, zog Kreise um ihre rechte Brust, bis er mit der Spitze ihren Nippel anstieß. Maria sog scharf die Luft ein, als die Vibration direkt in ihr Blut schoss. Wenn sich das bereits auf ihrer Haut so gut anfühlte, wie würde es dann erst … Sie schloss die Augen und genoss die Berührungen, die sich langsam bis zu ihrer Körpermitte zogen.

Plötzlich verstummte die Vibration.

Sie öffnete die Augen, als ohne Vorwarnung etwas Kaltes ihre Schamlippen berührte. Überrascht saugte sie die Luft ein. Er bewegte das Ei zwischen ihren Schamlippen hin und her, befeuchtete es mit ihrer Nässe. Er schob das Ei weiter, drückte es in sie, bevor er es sanft wieder zurückzog, nur um es im nächsten Moment noch tiefer in ihr zu versenken.

Maria öffnete die Augen und schaute in sein Gesicht. Ein verschmitztes Lächeln umspielte seine Lippen. Er löste seine Hand von ihrer Brust und tastete neben ihrem Gesicht.

Sie öffnete den Mund, um ihn zu fragen, was er vorhatte, als das Ei in ihr zu vibrieren begann. Sie zog den Kopf zurück und stöhnte überrascht auf. Von ihrer

Mitte breitete sich ein Kribbeln durch ihren ganzen Unterleib aus und staute sich mit jeder Sekunde brennend heiß in ihr an. Gott, sie hätte nie geahnt, dass das so gut sein konnte. So intensiv.

Diego brach den Blickkontakt nicht ab, als er das noch immer aktivierte Ei wieder vorzog und sanfte Kreise an ihrem Eingang zog. Als er hoch zu ihrem Kitzler fuhr, krampfte sich ihr Unterleib heftig zusammen. Sie keuchte, ihr Herzschlag beschleunigte sich. Doch bevor es kritisch werden konnte, zog er sich zurück.

Maria fuhr mit den Fingernägeln Diegos Rücken hinab. Seine Haut war nass von Schweiß, doch das machte sie nur noch mehr an.

Diego fuhr wieder vor und berührte mit dem vibrierenden Ei sanft ihre Perle.

»Oh Gott!« Maria drückte sich ins Hohlkreuz, presste ihren Schoß gegen ihn, während eine Welle der Lust sich in ihr aufbäumte. Sie krallte die Finger so heftig in seinen Rücken, dass er scharf einatmete. Lange würde sie nicht mehr durchhalten. Aber sie wollte nicht kommen, ohne dass Diego in ihr war.

Sie beugte sich vor und legte ihre Lippen an sein Ohr. »Nimm mich«, flüsterte sie.

Sie entfernte sich von ihm und sah in seine Augen, die dunkel vor Verlangen waren. Die keine zweite Aufforderung benötigten.

Diego richtete sich auf und warf das Ei achtlos zur Seite. Dann streckte er sich, griff in seine oberste Nachttischschublade und zog ein Kondom hervor. Maria beobachtete das verlockende Spiel seiner Muskeln, während er sich das Gummi überstreifte. Nur den Bruchteil einer Sekunde später war er wieder über ihr und stieß mit seiner Spitze fordernd gegen ihre Mitte.

»Darf ich jetzt?«, fragte er, ein amüsiertes Lächeln auf seinen Lippen.

Das bedurfte keiner Antwort.

Mit einem einzigen Stoß versenkte er sich in ihr. Sie keuchte auf, ließ seinen Nacken los und krallte sich in die Matratze. Ein heißes Ziehen entflammte in ihrem Schoß und mit geöffneten Lippen starrte sie ihn an, bevor er sich aus ihr zurückzog und ein zweites Mal zustieß. Die Lust explodierte in ihrem Körper, breitete sich kribbelnd bis zu ihren Fingerspitzen aus. Sie wollte ihn fühlen. Inniger.

Diego wusste, was zu tun war. Er packte ihre Beine und platzierte sie so, dass ihre Kniekehlen auf seinen Schultern lagen. Er drückte sie nach hinten und drang noch tiefer in sie ein.

Maria stöhnte auf und die Sicht vor ihren Augen verschwamm. Ihre Lider flatterten, Diego stieß in sie, sie stöhnte, bis sie sich zu einem Rhythmus vereinten. Immer tiefer. Immer härter.

Ein Wimmern von ihren Lippen. Sein Schwanz, der tiefer in sie glitt. Der sich seinen Weg durch ihre Enge bahnte. Ein leiser Schrei. Sein Geruch. Sein Stöhnen. Seine Hände, die fordernd ihre Oberschenkel hinabstrichen. Sein Schwanz, der sie immer und immer wieder ausfüllte.

Heiß zuckten die ersten Wellen durch ihren Unterleib, bis sie kaum fähig war, an etwas anderes zu denken. Gott, diese Qualen. Diese Lust, die in ihr explodierte. Sie keuchte auf, schrie und es war ihr gleich, ob jemand sie hörte, als eine Welle der Ekstase über ihr zusammenschlug. Aus weiter Ferne hörte sie Diego keuchen. Sein

Schwanz zuckte in ihr, wurde noch härter, als er ohnehin schon war. Dann stöhnte auch er auf und sackte über ihr zusammen.

Sie spürte sein Herz, das genauso schnell trommelte wie ihr eigenes. Beinahe im Einklang.

Ihr Atem beruhigte sich und sie ließ die Beine sinken. Sie spürte Diegos Körper, der sich schwer auf sie legte.

Es war so warm.

Es war so wunderschön.

Sie schloss die Augen.

KAPITEL 14

Schwer atmend lag Diego auf dem Rücken. Marias Kopf war auf seine Brust gebettet und ihre Haare kitzelten sein Kinn, weil sie sich in seinen Barthaaren verfangen hatten, doch er war unfähig, auch nur einen Finger zu rühren. Er war in seinem Leben noch nie so … körperlich überanstrengt gewesen.

Shit. Sie hatte mit dem langweiligsten Sex-Spielzeug der Weltgeschichte vor seiner Tür gestanden und es zu dem aufregendsten, das er je probiert hatte, umgekehrt. Und er war bei Gott nicht unkreativ! Es hatte ihm Spaß gemacht, ihr so viel Spaß zu bereiten. Es hatte ihn geil gemacht, sie geil zu machen. Es hatte ihn hart gemacht, dass sie ihn hatte verführen wollen. Dass sie geglaubt hatte, sie bräuchte ein lächerliches Sexspielzeug, um das zu erreichen. Als würden die Worte »Nimm mich« von ihren Lippen nicht reichen. Als bräuchte sie heiße Unterwäsche. Ein schüchternes Lächeln und ihre großen Augen waren doch schon genug!

Geistesabwesend strich er ihr über die Haare, während sich ein Gefühl der Enge in seiner Brust breitmachte und ihm das Atmen erschwerte. Als würde er … Wärme einatmen. Unangenehme Wärme, die zu heiß für sein Herz war.

Irritiert über seine eigenen Gedanken sah er zu Maria hinunter, die mit den Fingern sein Sixpack zählte, den Blick auf etwas neben seinem Bett gerichtet. Ihr Atem ging ebenfalls schwer. Er spürte ihn auf seiner erhitzten Haut.

Gott, wenn er jetzt sterben würde, hätte er ein erfülltes Leben gehabt! Marias Lippen um seinen Schwanz und ihr Seufzen an seinem Ohr waren alles, was er noch gebraucht hatte, um diese Erde als glücklicher Mann verlassen zu könne. Er …

»Sag mal … Sind da eigentlich Waffen drin?«

Diego schrak zusammen und sein Blick glitt wie automatisch zum Kleiderschrank, wo er den Rest seiner Waffen verstaut hatte. »Wo drin?«, fragte er irritiert.

Sie nickte zu der Stelle, die sie eben noch angestarrt hatte. »In dieser schwarzen Kiste.«

Er folgte ihrem Nicken, richtete sich auf die Ellbogen auf, um zu sehen, was sie meinte … und fing leise an zu lachen. »Nein, definitiv keine Waffen.«

»Hm«, murmelte sie und zog ihren Kopf von seiner Brust, um ihn anzusehen. »Wieso schleppt man sonst eine schwarze Kiste auf sein Hotelzimmer?«

»Na, sie ist mein wertvollster Besitz«, erklärte er, bevor er nachdenklich die Stirn runzelte und wieder zum Schrank sah. »Abgesehen von meiner Tasche voll Geld vielleicht.«

»Und was ist wertvoller als Geld?«

Eine Menge. Eine sorglose Kindheit zum Beispiel. Eine Pfarrerstochter, die wusste, wie man ihn anpacken musste. Aber ihm war klar, dass Maria nicht darauf hinauswollte. Deswegen schlug er die Decke zurück, stand splitterfasernackt auf und umrundete das Bett. Er spürte Marias Blick auf seinem Arsch und grinste. Sie hatte den Sex wirklich verdammt nötig gehabt! Sie war wie eine Verdurstende in der Wüste gewesen. Als hätte in ihrem Leben noch kein Kerl seinen Schwanz richtig in sie gerammt. »Es geht wohl mehr um den emotionalen Wert«, meinte er, bückte sich und öffnete die Kiste. »Ich hab bei dem ganzen Scheiß des letzten Tages vergessen, ihn aus der Kiste zu nehmen …«

Er wandte sich um und fast widerwillig zog Maria den Blick von seinem Körper zu der Kiste.

Ungläubig weitete sie die Augen. »Sind das … Bonsais?«

»Ein Bonsai«, korrigierte er sie. »Ein Pinus Parviflora.«

»Du … *Du* sammelst Bonsais? Ehrlich?«

Verwirrt sah er auf. Bonsais waren ein Hobby für Jedermann! Ob Müllmann, Medienmogul oder Mafioso. »Ich sammele sie nicht. Es ist nur einer. Warum ist das so merkwürdig?«, fragte er interessiert.

Sie setzte sich auf, die Decke an ihre Brust gepresst, und strich sich die wirren, dunklen Haare hinters Ohr. »Ich hätte eher gedacht, ein Typ wie du sammelt Patronenhülsen oder Motorradketten.«

Er hob eine Augenbraue. »Ein Typ wie ich?«

Und warum sollte er bedrückende Beweislast in Form von Patronenhülsen mit sich herumschleppen? Er strich einmal zärtlich über die Blätter seines Pinus Parviflora, bevor er zurück zum Bett ging. Hier draußen war es kalt und Marias Körper war warm.

Ihre Wangen liefen pink an, als er sich zurück unter ihre Decke schob und mit den Händen völlig aus Versehen ihre Brüste streifte. »Na ja ... du gehörst nicht unbedingt zur netten Sorte Mann«, sagte sie.

Anzüglich hob er einen Mundwinkel und lehnte sich neben sie an den Bettkopf. »Ich fand mich in den letzten Stunden ausgesprochen nett. Dreimal, wenn ich mich recht erinnere.«

Das Pink in ihren Wangen vertiefte sich und verlegen wandte sie den Blick ab. »Hat dein Ego es nötig, dass du mitzählst?«

»Woher soll ich sonst wissen, welche Zahl ich beim nächsten Mal zu schlagen habe?«

Sie räusperte sich, ihr Blick wieder auf dem Bonsai. »Da nimmst du dir aber einiges vor.«

Gott, sie war so herzzerreißend unschuldig. Sobald sie aufs Thema Sex zu sprechen kamen, schämte sie sich. Dabei sollte eine so scheiße sinnliche Frau wie sie damit hausieren gehen, wie gut sie ficken konnte. »Ich bin in meiner Freizeit Optimist«, meinte er leise, legte eine Hand um ihr Kinn und drehte ihr Gesicht wieder zu seinem.

Ihre braunen Augen waren groß und warm und versagten darin, auch nur eine einzige Emotion zu verbergen. Marias Gesicht war das reinste Bilderbuch. Die jetzt aufgeschlagene Seite sagte ihm eindeutig, dass ihr das Thema zu schlüpfrig wurde. »Und neben deiner Freizeit, als was arbeitest du da?«, wechselte sie etwas holprig das Thema und zog seine Hand von ihrem Gesicht ... verschränkte jedoch ihre Finger mit seinen, um sie in ihrem Schoß zu platzieren.

Nachdenklich legte er den Kopf auf die Seite. Wenn er ihr erzählte, was er wirklich getan hatte, würde sie in Ohnmacht fallen. »Dies und das«, sagte er schließlich.

Sie verdrehte die Augen. »Und wieso trägst du jetzt einen Bonsai mit dir herum? Nimmst du den überall hin mit?«

»Ja.«

»Und wieso?«

»Er ist hübsch.«

Sie verdrehte die Augen, lächelte jedoch. »Ich finde Zimmerpflanzen auch hübsch, aber trage sie nicht mit mir rum.«

Er grinste breit und warf einen Blick zu seinem Bonsai, der fast von der schwarzen Kiste verschluckt wurde. Es war Schwachsinn, eine emotionale Bindung zu einer Pflanze aufzubauen. Das war ihm sehr wohl bewusst. Aber er verband so viel mit dem kleinen Baum …

Als Kind hatte er sich nur eine einzige Sache gewünscht: Einen Garten. Der Bonsai erinnerte ihn daran, dass er jetzt die Mittel hatte, sich diesen Wunsch zu erfüllen. Wenn er wollte.

»Er beruhigt mich«, sagte er leise. »Und Ruhe ist ein seltenes Gut in meinem Leben.«

»Wie meinst du das?«, fragte Maria verwirrt und strich mit ihren zarten Fingern über seinen Handrücken. »Wie kann eine Pflanze dich beruhigen?«

Ja. Das war eine verdammt gute Frage. »Also erstens leistet sie mir Gesellschaft, aber hält die Klappe. Das weiß ich an Lebewesen zu schätzen. Und zweitens …« Er zögerte, unsicher darüber, ob er ihr die Wahrheit, einen Teil der Wahrheit oder eine Lüge auftischen wollte. Doch irgendwie kam es ihm abstrus vor, Maria zu belügen. Sie war zu … rein. Zu gut, um sie mit einer dreckigen Lüge zu beflecken. »Na ja«, sagte er abwesend. »Die Pflanze ist eine Konstante in meinem Leben. Mein Garten. Mein Ruheort. Ich habe den Bonsai, seit ich elf bin. Er ist … Familie.« Und verdammt, diesmal war er es, der unfähig dazu war, Maria in die Augen zu sehen. Er wollte sich ihrem forschenden Blick nicht aussetzen. Sie sah zu viel. Mehr als jeder andere Mensch, den er bisher getroffen hatte.

»Dein Leben scheint sonst nicht sonderlich beständig gewesen zu sein, oder?«, fragte sie leise und streichelte behutsam seinen Arm.

Er musste lachen. Aber es war kein fröhliches Lachen. »Nein, *beständig* ist nicht das Wort, das ich wählen würde.«

Maria lachte nicht. Sie sah mit großen, ernsten Augen zu ihm auf. So viel Mitgefühl in ihrem Blick, dass Diego das Gefühl hatte, darin zu ertrinken. Er fühlte sich unwohl, so unglaublich unwohl dabei – und trotzdem konnte er den Blick nicht abwenden. »Liegt es an deinen Eltern?«, hakte sie weiter nach. »Waren sie nicht für dich da?«

Eltern. Gott, seine Eltern. Er hatte es sich eigentlich zur Regel gemacht, so wenig wie möglich an sie zu denken, deswegen sagte er: »Ich kann meinen Eltern nicht die ganze Schuld in die Schuhe schieben … Sie haben sich zeitweilig Mühe gegeben.«

»Eltern sollten sich aber *immer* Mühe geben, wenn es um ihr Kind geht, nicht nur manchmal.«

Ein spöttisches Lächeln zog an seinen Mundwinkeln. »Ach, meine Mutter und mein Vater haben sich nie daran orientiert, was ein Mensch tun sollte.« Er runzelte die Stirn. »Ich allerdings auch nicht, das kann ich ihnen wohl kaum zum Vorwurf machen.« Er seufzte. Das

Thema war zu verdammt deprimierend, um es mit einer heißen, nackten Frau zu besprechen. »Es ist egal. Sie sind tot. Was unter der Erde liegt, bleibt unter der Erde.« Außer es war ein Mitglied der Mafia.

Maria schluckte hörbar und drückte seine Hand. »Das tut mir leid.«

»Das muss es nicht«, sagte er schroff und er meinte es so. »Ich meine, wie ist es denn bei dir? Deine Mutter ist doch auch gestorben und du redest nicht drüber.«

Nachdenklich kaute sie auf ihrer Unterlippe herum. »Das stimmt. Aber manchmal wünschte ich mir, ich würde es tun. Vielleicht macht es das … leichter.«

»Wieso? Aus meiner Erfahrung wird ein Problem erst zu einem Problem, wenn man es laut ausspricht. Warum sich also den Stress machen?«

»Weil man nicht alles in sich hineinfressen sollte«, sagte sie und hob die Schultern. »Davon bekommt man nur Bauchschmerzen.«

Er lachte leise. Wenn jedes Mitglied der Mafia diese Lebensphilosophie haben würde … »Hast du Bauchschmerzen, Maria?«

Maria lächelte nicht, sie hatte sie Augen geschlossen, streichelte abwesend seinen Arm und wisperte schließlich: »Ja, schon.«

Diego verstummte. Es war offensichtlich, dass sie ihre Worte nicht im Scherz gesagt hatte. Der Tod ihrer Mutter ging ihr vielleicht doch näher, als er bisher vermutet hatte. Zögerlich sah er sie an und strich eine Haarsträhne aus ihrer Stirn. Er hasste es, über Gefühle zu reden, und trotzdem hörte er sich fragen: »Warum?«

Eine Weile sagte Maria nichts und er glaubte schon, dass sie nicht antworten würde, als sie murmelte: »In den letzten Jahren habe ich meine Mutter kaum gesehen oder mit ihr gesprochen. Ich dachte, ihr Tod würde mich nicht so treffen. Aber hier, in San Colina, fehlt einfach etwas ohne sie. Es ist so real. Als würden mich jeder Pflasterstein und jedes bekannte Gesicht an sie erinnern wollen.« Sie schluckte hörbar. »Ein Teil von mir erwartet immer noch, dass sie jeden Moment um die Ecke kommt und mich mit ihren latent vorwurfsvollen Ratschlägen in den Wahnsinn treibt.«

Diego nickte langsam und strich ihr behutsam über die Wange. Es hatte keine zärtliche Geste sein sollen, aber irgendwie war sie doch zu einer geworden. Aber was sollte er auch tun? Maria war so verdammt ... zerbrechlich. »Es ist okay, sie zu vermissen«, sagte er leise, denn er wusste genau, wie sie sich fühlte. »Auch wenn sie vielleicht nicht immer die Mutter des Jahres war. Sie war immer noch deine Mutter und ... dieses traurige Gefühl wird nie ganz verschwinden. Aber es wird sehr viel leichter, damit umzugehen.«

Sie nickte, die Augen weiterhin geschlossen. »Danke.«

Diegos Herz zog sich zusammen und fieberhaft suchte er nach etwas, das er sagen konnte, um sie besser fühlen zu lassen. Doch Maria wollte offenbar nicht weiter darüber reden, denn sie fragte: »Hast du Geschwister?«

Dankbar um den Themenwechsel nickte er. »Ja. Eine jüngere Schwester, Adriana. Ihretwegen bin ich überhaupt an diesem verdammten Ort. Eigentlich wollte ich heute wieder abreisen, aber ich muss erst sicher sein, dass es ihr gutgeht.«

»Und den Anschein macht es bisher nicht?«

»Doch, der Anschein ist da. Aber auf den Schein verlasse ich mich schon lange nicht mehr.«

»Deine Schwester kann froh sein, dich als großen Bruder zu haben.« Nachdenklich musterte sie ihn, bis ein kleines Lächeln ihre Lippen kräuselte. »Du würdest alles für sie tun, oder?«

»Ich liebe sie mehr als mich«, sagte er leise. »Und ich bin fantastisch.«

Sie lachte und Diegos Nackenhaare stellten sich auf. Ihr Lachen war wie Urlaub. »Neues Thema. Du hast mir immer noch nicht gesagt, als was du arbeitest.«

Innerlich seufzend kratzte er sich am Kopf. Seine Arbeit war wirklich kein wünschenswertes Thema. »Ich arbeite zurzeit nicht. Ich ... orientiere mich neu.«

Skeptisch verengte sie die Augen. »Was hast du denn für eine Ausbildung gemacht?«

Er dachte einige Momente lang konzentriert über diese Frage nach, dann fragte er: »Was hast *du* für eine Ausbildung gemacht?«

»Ich habe am FIT in New York Modedesign studiert«, erklärte sie, bevor sie stirnrunzelnd hinzusetzte: »Aber du hast meine Frage nicht beantwortet.«

Jap. Schade, dass sie das bemerkt hatte. Tief durchatmend lehnte er den Kopf gegen die Wand. »Belassen wir es einfach dabei, dass ich keine herkömmliche Erziehung genossen, aber dennoch eine Menge gelernt habe.«

Sie schluckte hörbar und rückt etwas von ihm ab – seine Hand behielt sie dennoch in ihrer. »War es was Illegales?« Nervös sah sie sich im Raum um, als könne ein FBI-Agent hinter der nächstgelegenen Gardine hervorspringen. »Hast du ... kriminelle Dinge getan?«

Er seufzte leise. »Wie du schon allein bei dem Gedanken daran kurzatmig wirst ... Bist du sicher, dass du es überhaupt hören willst?«

Tief atmete sie ein, als wolle sie sich wappnen, dann nickte sie. »Jetzt sag schon.«

Nein. Er würde es ihr nicht sagen. Er wollte sie nicht einmal in der Nähe seines alten Lebens wissen. Alles, was er ihr erzählen würde, wäre bereits zu viel. Anlügen wollte er sie jedoch auch nicht. »Weißt du, ich bin nicht auf alles stolz, was ich getan habe«, wisperte er und drehte sich eine ihrer Haarsträhnen um den Finger. »Wenn man aufwächst, wie ich aufgewachsen bin, hat man nicht viele Berufswahlmöglichkeiten. Ich habe getan, was nötig war ... und was ich für richtig hielt. Das mag sich nicht immer auf der richtigen Seite des Gesetzes abgespielt haben, aber zumindest auf der richtigen Seite meines Moralgefühls. Aber egal, was ich auch getan habe ... dieser Teil meines Lebens ist jetzt vorbei. Das ist alles, was du wissen musst.«

Sie sah erst ihn an, dann ihre verschränkten Hände und schließlich blickte sie an die gegenüberliegende Wand. Sie wirkte nicht schockiert, fast als hätte sie so eine Antwort erwartet. Aber ebenso wenig wirkte sie verurteilend. Sie wirkte einfach nur ... traurig. Darüber, dass er zu einem solchen Leben gezwungen worden war. »Es hat wohl jeder schon Dinge getan, auf die er nicht stolz ist.«

»Ach ja?«, meinte er amüsiert. »Was hast du getan, wofür du dich schämst?«

Sie schluckte und nickte wortlos in Richtung seines nackten Körpers.

Er lachte leise und schüttelte den Kopf. »Sex ist nichts, wofür man sich schämen sollte. Vor allem, wenn er so fantastischer ist wie unserer. Schämen solltest du dich nur für deine hochgeschlossenen Outfits.«

Sie verdrehte verärgert die Augen. »Wieso glaubt ihr alle, euch über meine Kleidung lustig machen zu dürfen?«

»Weil sie scheiße aussieht«, sagte er trocken.

»Da stecken Stunden an Arbeit drin!«

»Ja, zu viele Stunden und zu viel Material. Ein bisschen weniger Stoff würde deinen Outfits nicht schaden.«

»Wieso denn nicht?«, sagte sie aufmüpfig. »Ich will mich durch meine Kleidung nicht selbst zum Sexobjekt machen.«

Anzüglich lächelte er sie an und ließ seinen Blick ihren Hals hinabwandern, bevor er die Decke anhob, um auch bewundern zu können, was sich darunter befand. »Es tut mir leid, dir das sagen zu müssen, aber darin hast du versagt«, erklärte er, während er ausgiebig ihre Brüste begutachtete. »Du bist das reinste Sexobjekt für mich und deine hochgeschlossene Kleidung kurbelt meine Fantasie nur noch weiter an.«

Mit einem hörbaren Einatmen zog sie panisch die Decke höher an ihre Brust, bevor sie das Kinn reckte. »Dann musst du ja enttäuscht gewesen sein, dass ich heute nicht im Bleistiftrock erschienen bin.«

Er schmunzelte. »Ein bisschen, ja. Aber meine Lehrerinnenfantasie können wir auch wann anders ausleben.« Und das würden sie. »Außerdem ist das, was dich unweigerlich zum Sexobjekt macht, nicht dein Körper … es sind deine Lippen. Solange du die also nicht versteckst …«

»Meine Lippen?«, fragte sie verwundert. »Ich habe dir eben meine nackten Brüste präsentiert und du denkst an meine Lippen?«

»Ich bin multitaskingfähig.«

Sie schnaubte. »Du hältst dich für ganz schön witzig, oder?«

»Ja«, sagte er wahrheitsgemäß. »Aber dich finde ich im Moment witziger, weil du mich mit einem vibrierenden Ei überfallen hast und trotzdem rot wirst, wenn wir über deine Brüste reden.«

»Ich bin es eben nicht so gewohnt, über …« Sie hielt inne, räusperte sich und fuhr mit deutlich geröteten Wangen fort: »… Sex zu sprechen. Mein Vater hat mir sogar verboten, am Aufklärungsunterricht in der Schule teilzunehmen.«

Scheiße, war sie süß. Gott, Diego stand nicht auf süße Frauen. Sie waren zu viel Arbeit. Aber bei Maria … Maria, die so unendlich schüchtern und doch so verdammt versaut war …

»Warum sollte dir dein Vater verbieten, dich sexuell weiterzubilden?«

»Er ist sehr konservativ und hat wohl gehofft, dass ich so nie entdecke, was Sex ist.«

Er schnaubte. Dummkopf. »Ach, richtig. Er ist Pfarrer, oder nicht? Sehr verblendet, wenn du mich fragst. Bist du nur bei ihm aufgewachsen?«

»Nein. Die meiste Zeit habe ich bei meiner Mutter gewohnt und bin erst mit vierzehn zu ihm gezogen. Aber er hat sich auch früher eingemischt, wo es nur ging.«

»… und ihr habt trotzdem ein gutes Verhältnis?«

Sie zuckte mit den Schultern. »Es könnte schlechter sein. Ich mag ihn ja und habe auch immer das Gefühl … na ja, seine Anerkennung zu brauchen. Wenn er sich nur nicht so sehr in mein Leben einmischen würde. Es macht mich wahnsinnig, dass er immer wissen will, wo ich mit wem bin und was ich mache. Ich bin keine sechzehn mehr!«

»Also, meine Anerkennung hast du … aber wahrscheinlich aus anderen Gründen als die deines Vaters. Und was würde er sagen, wenn er wüsste, in welch kompromittierender Situation du dich gerade befindest?«, wollte er wissen, entzog ihr seine Hand und strich damit über ihren Brustansatz, ihren Hals hinauf, glitt unter die warme Decke. Erkundete heiße, glatte Haut …

»Wir haben uns gerade so schön unterhalten!«, meinte Maria verärgert, schlug seine Hände weg und zog die Decke fester an sich.

Er lachte leise, ließ jedoch von ihr ab. »Entschuldige. All dieses Gerede über deine Prüderie turnt mich an.«

Verbissen sah sie ihn an. »Ich hasse es so sehr, dass alle das immer über mich sagen.«

Das war ein Dilemma. Denn sie war nun einmal prüde! Er fühlte sich verpflichtet, ihr das zu sagen. »Aber es stimmt doch ein bisschen, oder nicht?«

Unsicher hob sie die Schultern. »Ja, wahrscheinlich. Aber ich komme einfach nicht aus meiner Haut.«

Er grinste. Wie gut, dass sie ihn hatte. »Das können wir ändern.«

»Und wie?«

»Ganz einfach: Desensibilisierungstraining. Da musste ich selbst durch, wenn auch in sehr anderem Zusammenhang …«

Verwirrt sah sie ihn an. »Desensibilisierungs…«

»Sex. Schwanz. Fotze. Orgasmus. Ficken. Latte. Schamlippen. Wichsen. Titten. Fleischpeitsche. Möse. Muschi. Leckstange. Motherfucker. Porno …«

Schockiert riss sie die Augen auf, bevor sie ihm im nächsten Moment die Hand auf den Mund presste. »Stopp!«

Er fing an zu lachen, seine Stimme gedämpft von ihrer Hand.

Maria sah ihn noch immer unzufrieden an, bevor sie ebenfalls lachte und ihm die Hand vom Mund zog. »Ist dir nichts Besseres eingefallen?«, wollte sie lächelnd wissen. »Ich meine: Porno? Das ist doch Kindergarten.«

»Du hast im Kindergarten deinen ersten Porno gesehen? Ich bin beeindruckt.«

Sie lächelte nervös, wurde jedoch knallrot. »Na ja, nicht ganz ...«

»Ach ja?« Jetzt war seine Neugierde geweckt. Er richtete sich höher auf. »Wann war dann das erste Mal?«

Sie schluckte und wandte den Blick ab. »Wann war es denn bei dir?«

»Ich war zwölf. Mein Vater hat ihn mir mitgebracht.«

»Dein Vater hat ihn dir mitgebracht?« Ihre Lippen öffneten sich vor Verwunderung. »Also, wenn mein Dad unterwegs war, hat er mir danach eher Schokolade geschenkt. Oder einen neuen Rosenkranz.«

»Ich hab mich gefreut«, gab er achselzuckend zu. »Es war besser als die zerknitterte Zeitung, die ich davor als Mitbringsel bekommen habe ... und du hast mir immer noch nicht verraten, wann du deinen ersten Porno geguckt hast.« Er bekam das Gefühl, dass das ein weiteres der Themen war, über die sie nicht reden wollte.

Erneut wich sie seinem Blick aus, bevor sie murmelte: »Ich habe noch keinen geschaut.«

Ungläubig starrte er sie an. »Was?«

Sie zuckte mit den Schultern und fixierte ihn mit ernstem Blick. »Ich verstehe nicht, was daran reizvoll sein soll. Was gibt es da für einen Mehrwert?«

»Der Mehrwert ist ein Orgasmus, nachdem man sich einen runtergeholt hat«, sagte er irritiert.

Neue Röte schoss ihr ins Gesicht. Diesmal bei dem Wort *runtergeholt*. Unglaublich. »Maria … nach allem, was wir gerade getan haben, wirst du noch immer rot?«, fragte er ungeduldig.

»Na ja, das macht man doch nicht. Ich jedenfalls nicht.«

Schockiert starrte er sie an. Hatte sie gerade wirklich gesagt, dass … sie hatte noch nie?! Dabei war das kostenlos! Wie konnte sie … Herrgott, sie war Mitte zwanzig! »Du hast es dir noch nie selbst gemacht?«, rief er fassungslos. »Das kann unmöglich dein Ernst sein! Das ist das Natürlichste auf der Welt.«

»Na, es hat sich eben nie ergeben«, sagte sie abwehrend.

Er lachte. Laut. Er legte den Kopf in den Nacken, schloss die Augen und lachte, bis er keine Luft mehr übrig hatte. »Alles klar«, sagte er schließlich. Er würde dafür sorgen, dass es sich ergab.

Er sprang aus dem Bett, lief zum Fernseher und schnappte sich die Fernbedienung, bevor er sich wieder zu ihr legte.

Skeptisch sah sie ihn an. »Was hast du vor?«

»Na, ich werde nicht mehr lange in der Stadt bleiben. Ich muss die Zeit nutzen, in der ich dir Sexualkunde geben kann«, erklärte er neunmalklug und schaltete den Fernseher ein.

Sie wurde blass um die Nase, fing sich jedoch schnell wieder. »Ich bin eine erwachsene Frau. Ich brauche keine Nachhilfe von dir. Es gibt nichts, das ich nicht googlen könnte.«

Also bitte, darauf würde er sich nicht verlassen. »Aber es gibt offensichtlich eine Menge, das du nicht googlen willst«, sagte er langsam und grinste sie an. »Nein, nein. So ist es sicherer, dass du die wichtigen Dinge mitbekommst.«

Sie verschränkte die Arme unter ihren Brüsten und presste die Lippen aufeinander. »Tu, was du nicht lassen kannst.«

»Nein.« Breit lächelte er sie an. »Tu *du*, was du nicht lassen solltest.« Gott, sie hatte keine Ahnung, was sie all die Jahre verpasst hatte. Klar, selbst Hand anzulegen war halb so befriedigend wie ein richtiger Fick, aber es hielt einen bei der Stange. Diego aktivierte das Pay-TV und switchte zu den sehr teuren Programmen ... während er Maria langsam, aber sicher die Decke vom Körper schälte.

Entsetzt schaute sie ihn an. »Ich soll *was* tun?«

»Dich selbst befriedigen«, sagte er ungeduldig. »Ich dachte, ich hätte mich deutlich ausgedrückt.«

»Vergiss es.« Sie versuchte, ihm die Decke zu entziehen, doch er war stärker, knüllte sie zusammen und warf sie achtlos neben das Bett, sodass Marias wunderschöner Körper nackt war, so wie er sein sollte.

»Wieso schämst du dich, Maria?«, fragte er kopfschüttelnd.

Panik spiegelte sich in ihrem Blick. »Weil ich nicht will, dass du mir dabei zusiehst!«

Ihre Worte stießen gleich mehrere Bilder in seinem Kopf los. Eines geiler als das andere. Allein bei der Vorstellung von ihrer Hand zwischen ihren Beinen wurde er hart. »Aber das ist doch der beste Part«, murmelte er mit dunkler Stimme. »Für mich zumindest.«

»Wenn du nackten Frauen bei dreckigen Dingen zusehen willst, brauchst du mich nicht«, sagte sie aufmüpfig und nickte zum Fernseher, auf dem sich die ersten nackten Menschen räkelten.

Diego legte die Fernbedienung weg und sah Maria fest an. »Es geht mir nicht um irgendwelche nackten Frauen, Maria«, raunte er. »Es geht mir um dich.« Er nahm ihre Hand, zog sie näher zu sich heran und presste sie auf seinen harten Schwanz. »Nur um dich. Und allein die Vorstellung …« Er atmete tief ein, während er mit ihrer Hand über seinen langen Schaft fuhr, der noch härter wurde. Hitze zuckte in Diegos Lenden und sein Puls schoss in die Höhe. »Gott, allein der Gedanke …« Ruckartig gab er ihr ihre Hand zurück, sein Blick intensiv auf ihrem Gesicht. »Du hast Macht über mich, Maria«, flüsterte er. »Und ich bin kein Mann, der leichtfertig welche abgibt.«

Maria starrte ihn an. Den Mund leicht geöffnet, die Pupillen groß. Sie leckte sich über die Lippen und schluckte sichtbar. »Aber ich … ich weiß doch gar nicht, was ich machen soll«, wisperte sie.

»Oh, du wirst schnell lernen«, versprach er ihr und zwang seinen Blick zurück auf den Bildschirm. Gott, er war schon wieder so angeturnt, dass es ihm schwerfiel, Maria nicht einfach zu packen und es ihr selbst zu besorgen. Doch es ging um sie, nicht um ihn. Sie musste verdammt noch mal lernen, ihr Schamgefühl abzulegen.

»Also«, sagte er und zwang seine Stimme zur Ruhe, während er zwischen den verschiedenen Pornokanälen hin- und herschaltete. Lesbenporno … eine nackte Blondine, die sich auf einem roten Porsche räkelte, brünette Zwillinge mit Körbchengröße E, die sich gegenseitig in der Dusche einseiften ... »Du bist bestimmt eine, die eine Hintergrundgeschichte braucht«, überlegte er laut, schaltete weiter ... und grinste breit. »Oh, hier. Der armen Frau ist der Kopierer kaputtgegangen und sie braucht unbedingt Hilfe dabei. Wenn das kein Plot ist, dann weiß ich auch nicht.«

»Ist das dein Lieblingsporno?«, fragte Maria neugierig und legte den Kopf schief, während sie der Bürohilfe im engen Rock dabei zusah, wie sie sich tief bückte, um zu sehen, ob irgendetwas einen Papierstau verursachte. Diego hatte gar nicht gewusst, dass rote Stringtangas zum Business-Chic gehörten.

Er lachte heiser und schüttelte den Kopf. »Nein, ich präferiere Pornos, in denen eine Menge Schmieröl vorkommt. Ich bin Auto-Enthusiast.«

Maria legte den Kopf auf die andere Seite, dachte einen Moment nach und schluckte deutlich, als ein oberkörperfreier Handwerker zur Tür hineintrat. »Das mit Autos könnte mir auch gefallen. Oder ...« Sie zögerte, sah kurz zu ihm herüber und biss dann auf ihre Unterlippe. »Ähm, gibt es was mit ... Motorrädern?«

Sein Lächeln wurde breiter. So, so. Die kleine Miss Prüde stand auf Vibration zwischen ihren Beinen. So viel war mittlerweile klar. »Motorräder, ja? Mit Sicherheit.« Er knipste weiter, am Bondage-Kram vorbei, bis ihm eine schwarz glänzende Harley-Davidson ins Auge sprang.

Marias Augenbrauen flogen in die Höhe und interessiert betrachtete sie die Geschehnisse auf dem Bildschirm. »Als ob die Frau so knapp bekleidet ist, wenn sie Motorrad fährt. Schon mal was von Schutzkleidung gehört?«

»Es ist ein Porno. Sie wollen mit dem Motorrad nicht fahren. Sie wollen Sex darauf haben. Da wäre Schutzkleidung hinderlich.«

»Mhm«, meinte sie abwesend, schlug die Beine übereinander und zog sich ein Kissen heran, um ihre Brüste zu bedecken. »Das klingt ziemlich akrobatisch.«

»Du lenkst ab, Maria«, stellte er schmunzelnd fest, zupfte das Kissen aus ihrem Griff – zum Glück hatte sie nicht seins genommen – und zog ihren Knöchel zu sich heran, sodass ihre Schenkel wieder gespreizt waren. Ja, so mochte er sie am liebsten.

»Ich lenke nicht ab!«, beschwerte sie sich, zog an ihrem Fuß und schluckte hörbar. »Ich … oh.«

Ihr Blick war auf dem Bildschirm gelandet, auf dem gerade ein nur mit einer blauen Latzhose bekleideter und mit einer Menge Öl verschmierter Mann in die Werkstatt des Motorrad-Fans trat. Sie sog scharf Luft ein, als der Typ sich über die sehnigen Unterarme strich und die knapp bekleidete Mechanikerin anzüglich anlächelte. »Ich mag das Öl. Sehr …« Sie räusperte sich und hörte auf, sich gegen seinen Griff zu wehren. »Ästhetisch.«

»Sind Sie fertig mit der … Inspektion?«, fragte der Latzhosen-Mann.

»Ja«, raunte die Pseudomechanikerin. »Ich fürchte nur, ich bin etwas dreckig geworden. Sehen Sie?« Sie zog sich das knappe Top über den Kopf und entblößte ihre vollen Brüste, die wie zufällig mit Schmieröl versaut waren. Lasziv rieb sie sich über die Nippel und setzte sich breitbeinig auf die Harley, sodass ihr feuchtes Höschen zur Geltung kam.

»Das stört mich nicht. Es passt eigentlich sogar ganz gut, denn ich hätte hier noch etwas anderes, das Sie inspizieren könnten«, sagte er verheißungsvoll und löste die Schnallen seiner Latzhose, die zu Boden fiel und seine große Erektion befreite.

Es war ein billiger Porno und tat nichts für Diego. Das Licht war schlecht, die Schnitte auch, ganz abgesehen von den Dialogen ... doch Maria schien nicht derselben Meinung zu sein. Wie gebannt starrte sie auf den Mann, der »Yeah, Baby« murmelte und näher zu ihr herantrat, um mit den Händen ihre nackten Beine hochzufahren.

Marias Atem flachte ab, während sie dabei zusah, wie die Frau aufstöhnte, den Rücken durchstreckte und dem Mann ihre Brüste entgegenhob.

Auf dem Bildschirm fing der Mann an, die Frau zu küssen, während er grob ihre Brüste knetete und seine Erektion an ihrem Bein rieb. Mit jeder verstreichenden Sekunde wurde Marias Atem hektischer, während sie die Hände in das Laken krallte.

Diego starrte sie an. Beobachtete, wie sich ihre Brust stark hob und senkte, wie sich die süße Röte ihren Hals hinabwand, sah auf die glitzernde Feuchtigkeit, die sich sichtbar zwischen ihren Beinen sammelte ... und wurde so hart, dass es wehtat.

Fuck, es turnte ihn an, wie es sie anturnte. Wie ihre Augen immer größer wurden, als der Typ der Mechanikerin versaute Sachen zuflüsterte und sie weiter den Sitz hochschob, um ihr das Höschen zu zerreißen. Es turnte ihn an, wie ihre Hände bei jeder Bewegung auf dem Bildschirm zuckten. Wie sie auf ihre Unterlippe biss, als der Mann die Nippel der Frau zwischen die Zähne nahm. Wie sie immer wieder schluckte. Gott, er wollte ihr die Feuchtigkeit von der Pussy küssen und seine

Zunge in ihr versenken, bevor er seinen Schwanz nach-
schob. Aber jetzt ging es nicht um ihn. Es ging um sie.

»Du darfst dich anfassen, Maria«, flüsterte er und löste ihre Fingernägel aus dem Laken.

»Aber … aber wie?«, wisperte sie zurück, den Blick
noch immer auf den Fernseher gerichtet.

»Warte, ich zeige es dir«, raunte Diego und nahm ihre
rechte Hand in seine. Langsam strich er mit ihr über
Marias Brüste, den Bauch, ihre weiche Haut hinab, während die Frau laut stöhnte, als ihr Kunde sie vom Motorrad hob und ihren Kopf zwischen seine Beine schob,
damit sie seinen Schwanz lutschte. »Du berührst dich
überall, wo du es möchtest«, wisperte er, glitt mit ihrer
Hand über die Innenseite ihres Oberschenkels, über
ihren Unterleib, bis er ihre Beine weiter spreizte und
ihre Finger dazwischen führte. »Und dann tust du das,
was sich gut anfühlt«, murmelte er. »Zum Beispiel das
hier.« Er nahm ihren Zeigefinger und rieb damit gemächlich über ihren Kitzler. »Während du dir vorstellst,
dass du die Frau auf dem Bildschirm bist. Dass es deine
Muschi ist, die er gerade leckt. Dass seine Finger überall
auf deinem Körper sind. Dass sein Schwanz in *dich*
rammt.«

Maria stöhnte leise auf, während er mit ihrem Finger
Kreise zog. Sie hob ihr Becken seinen geführten Bewegungen entgegen, zeigte ihm somit, wo sie die Berührung am meisten genoss, den Kopf gegen das Bettende
gelehnt.

»Du kannst auch das hier tun«, wisperte er, nahm ihren Zeigefinger und schob ihn gemeinsam mit seinem
eigenen in ihre Feuchtigkeit. »Und das hier.« Langsam
fuhr er vor und zurück, massierte ihre Innenseite, bevor

er ihn wieder rauszog und auf ihren Lustpunkt presste
…

»Gott, ja«, seufzte sie unisono mit der Frau aus dem Fernseher, die auf dem Motorrad saß, ihre Beine um die Hüften des Kunden gelegt hatte und seinen Schwanz willkommen hieß.

Diego ließ Marias Hand los – denn er hatte recht behalten. Sie lernte schnell. Sie nahm einen zweiten Finger zur Hilfe, rieb sich zwischen den Beinen und starrte weiter zum Bildschirm.

Ihn hätte nicht weniger interessieren können, was die beiden Schauspieler auf dem Motorrad trieben. Sein Blick lag einzig und allein auf Maria. Er konnte nicht anders, als sie anzustarren. In ihre vor Lust verschleierten Augen, auf ihre feuchten Lippen, während seine eigene Hand seinen Bauch hinabfuhr und seine steinharte Erektion umschloss. Gleiches Recht für alle.

Er fuhr seinen Schaft langsam auf und ab, während Maria den Kopf in den Nacken legte und die Finger schneller um ihren Kitzler kreisen ließ. Sie gab kleine Seufzer von sich – und wenn es möglich war, dann wurde Diego noch härter. Mit jedem Wimmern, das von ihren Lippen perlte, mit jedem Zucken ihrer Hüften sammelte sich heiße, schwere Lust in seinem Unterleib. Marias Atem wurde hektischer, ihre Pupillen größer … und auf einmal war ihm seine eigene Hand nicht mehr genug. Er zog ein Kondom vom Nachttisch und rollte es über seinen Schaft.

»Okay, es reicht«, sagte er, zog blitzschnell ihre Finger zwischen ihren Beinen hervor und fixierte sie neben ihrem Kopf. Mit seinen Beinen hielt er ihre Schenkel offen und ließ seine Spitze durch ihre Mitte gleiten, während sie erschrocken zu ihm aufsah.

»Was tust du? Ich dachte, ich sollte …«

Er schüttelte den Kopf. »Nein. *Ich* will dich kommen lassen. Ab hier machen wir selbst weiter«, knurrte er, positionierte sich zwischen ihren Beinen und drang mit einem einzigen, kraftvollen Stoß in sie ein.

Heißes Verlangen loderte durch seinen Körper und zitternd atmete er aus. Scheiße, nichts fühlte sich so gut an wie sie und ihre feuchte Hitze, die ihn umschloss! Er küsste Maria das Stöhnen von den Lippen, verschränkte die Finger mit ihren, während sie die Beine um seine Hüften schlang und ihn fest an sich heranzog. Sie flüsterte seinen Namen, küsste ihn mit offenem Mund … und Diego verlor den Verstand.

Er stieß härter zu. Schneller. Vergrub sich bis zum Anschlag in ihr, nur um wieder herauszuziehen und noch fester zuzustoßen. Er hätte sich nicht zurückhalten können, wenn er gewollt hätte. Doch Maria schien das nur recht zu sein. Sie grub die Fingernägel in seinen Rücken und hob ihm stöhnend ihr Becken entgegen, sodass er mit jedem Mal tiefer glitt. Immer tiefer, bis er spürte, wie er gegen ihren Muttermund stieß. »Du hast keine Ahnung, was du mit mir tust«, knurrte er und zog ihren Kopf an den Haaren in den Nacken, um ihren Hals zu küssen. »Keinen verdammten Schimmer.«

Maria antwortete nicht, doch das musste sie auch nicht. Das Verlangen in ihrem Blick sprach für sich. Mit jedem Mal, das er in sie rammte, wurde sie enger und als sie um ihn herum zu zucken begann, musste er sich am Riemen reißen, um ihr nicht selbst mit den Fingern nachzuhelfen. Doch wie sollte sie da lernen? Er zog ihre rechte Hand von seinem Rücken und führte sie zwischen ihre Körper. »Immer das, was sich gut anfühlt«, murmelte er, küsste sie und presste gleichzeitig ihren Finger auf ihren Kitzler.

Maria keuchte auf und bog ihren Rücken ins Hohlkreuz, während sie seinen letzten Stoß entgegennahm und sie gemeinsam den Höhepunkt erlangten. Ihre Fingernägel zerkratzen seinen Rücken, während sie kam und kam ... und er ihr alles gab, was er zu geben hatte.

Keuchend ließ er die feuchte Stirn gegen ihre sinken, erwartete, dass die Hitze in seinem Inneren zusammen mit seinem Orgasmus aus dem Körper schwand ... doch das tat sie nicht. Sie hielt ihn fest, so wie Maria es tat, die Hände in seinen Haaren vergraben.

»Das war ... Was zum Teufel habe ich verpasst?«

Er lächelte breit und küsste sie fest auf die Lippen. »Oh, Maria. Das war noch nicht einmal der Anfang«, wisperte er und leckte gemächlich ihren Hals hinab, während er allein wegen ihrer Stimme in ihr wieder hart wurde.

»Nicht?«, sagte sie überrascht, die braunen Augen riesig.

»Nein«, bemerkte er grinsend, zog sich aus ihr raus und streifte das Kondom ab, das er verknotete und neben das Bett fallen ließ. Dann drehte er sie mit einer fließenden Bewegung auf den Bauch. Er küsste sie zwischen die Schulterblätter, ließ seine Hände gespreizt ihre Oberschenkel hinauffahren, bis seine Daumen in ihre feuchte Mitte tauchten.

Maria keuchte auf und presste das Gesicht in die Matratze.

»Außerdem tut es mir leid ... «

»Was tut dir leid?«, wisperte sie atemlos, während er gemächlich um ihren Kitzler kreiste und eine Spur ihren Rücken hinabküsste.

»Dass ich dich jemals als prüde bezeichnet habe.« Er glitt mit einem Finger in sie und stöhnend hob Maria den Hintern, damit er tiefer in ihre Feuchtigkeit eindringen konnte. »Denn das bist du überhaupt nicht.« Er nahm noch einen zweiten Finger hinzu, fickte sie mit der Hand, während sie jedem seiner Stöße entgegenkam und ihr Atem hektischer wurde. »Im Gegenteil.« Er zog ein weiteres Kondom vom Nachtisch und rollte es über, bevor er sich hinter ihr positionierte, die Finger aus ihr zog und sie in einer fließenden Bewegung durch seinen Schwanz ersetzte.

Maria schrie auf und sein erster Stoß war so hart, dass sie mit ihrer Wange über die Matratze rutschte und sich mit den Händen am Kopfteil abstützen musste. Doch er konnte nicht anders. Wie zum Teufel sollte er sich bei ihr zurückhalten? Als sie sich enger um ihn zog, hätte er schwören können, dass er Sterne saß, während sich schwere Lust in seinen Lenden staute.

»Du bist sehr aufgeschlossen«, raunte er atemlos. Ihre Becken klatschten gegeneinander, während er wieder und wieder in sie eindrang und spürte, wie er sie mit jedem seiner Stöße näher an den nächsten Orgasmus trieb. Die Reibung wurde stärker, ihr gedämpftes Stöhnen lauter. Sie grub die Fingernägel in die Matratze und begann um ihn herum zu zucken. Diego stieß ein letztes Mal zu und folgte ihr keine Sekunde später.

Keuchend beugte er sich über sie und küsste ihren Nacken. »Man könnte fast sagen … eine Sex-Göttin.«

Und die nächsten drei Stunden bewies sie ihm genau das.

KAPITEL 15

Langsam schlug Maria die Augen auf und blinzelte gegen die Sonne, die durch die Fensterscheibe hereinschien. Sie brauchte einige Sekunden, um vollends wach zu werden und sich daran zu erinnern, wo sie war.

Vorsichtig richtete sie sich auf, strich sich die Haare aus dem Gesicht und unterdrückte ein Gähnen. Sie hatte keine Ahnung, wie viel Uhr es war, doch das war ihr gerade auch nicht so wichtig.

In den geblümten Decken neben ihr lag Diego auf dem Bauch und atmete gleichmäßig. Er schlief tief und fest, die Lippen leicht geöffnet. Die dunklen Wimpern lagen wie ein Kranz um seine geschlossenen Augen. Er sah so friedlich aus, so unschuldig. Nicht so, als müsste er sich mit seiner rauen Art gegen all die Ungerechtigkeiten wehren, mit denen die Welt ihn schon konfrontiert hatte.

Auch Maria war nackt. Das dünne Laken strich über ihre Beine, als sie weiter nach oben rutschte. Sie horchte in sich hinein, wartete auf die Schuldgefühle, auf die

Reue, aber sie kamen nicht. Es fühlte sich nicht falsch an, hier zu sein, sondern auf eine aufregende Weise genau richtig. Dieses Gefühl war so berauschend und wunderschön, dass sie es für immer festhalten wollte.

Sie betrachtete Diego weiter und lächelte. Vorsichtig hob sie eine Hand und strich mit dem Zeigefinger am Rand seines Gesichtes entlang, über die Bartstoppeln an seinem Kiefer bis hinauf zur Augenbraue. An der Stirn angekommen, musste sie widerstehen, ihre Finger wieder in seinen Haaren zu vergraben. Gott, sie liebte seine Haare.

Sie rückte noch ein Stück hoch, wobei sie mit der Hand gegen etwas stieß. Sie stutzte und zog sich von Diegos Gesicht zurück. Vorsichtig tastete sie unter das Kopfkissen, bis sie ihre Finger um etwas Hartes schloss. Sofort verschwand das wohlige Gefühl aus ihrer Magengegend und wurde durch eine böse Vorahnung ersetzt, die ebenso kalt war wie der Gegenstand in ihrer Hand.

Eine Pistole. In sicherem Abstand hielt sie die Waffe von sich fort.

Diego versteckte eine Waffe unter seinem Kopfkissen. Eine echte Waffe, mit der man Menschen töten konnte. Panisch sah sie sich um. Was sollte sie jetzt mit diesem Teufelsding tun? Sie hatte noch nie eine Pistole in der Hand gehalten.

In Ermangelung einer anderen Idee schob sie die Waffe zurück unters Kopfkissen und redete sich weiter ein, dass sie gesichert war.

Mit klopfendem Herzen glitt ihr Blick wieder zu Diego, während sie gegen ihren altbekannten Fluchtinstinkt ankämpfte. Was musste er erlebt haben, dass er dachte, eine Waffe unter seinem Kopfkissen wäre nötig?

Gestern Abend hatte er einiges durchschimmern lassen, das auf eine alles andere als rosige Vergangenheit hindeutete.

Unwillkürlich empfand Maria Mitleid mit ihm. Auch wenn sie Diego erst kurz kannte, so war sie sich doch sicher, dass unter der rauen Schale ein guter Mensch steckte. Ein Mensch, der in seinem Leben nicht oft die Möglichkeiten geboten bekommen hatte, sich in die richtige Richtung zu entfalten.

Gern hätte sie gewartet, bis er aufwachte. Sie erinnerte sich an das Gespräch vom letzten Abend und erwischte sich bei einem Lächeln. Sie hatte ihm Dinge erzählt, die sie zuvor noch mit niemandem geteilt hatte. Zwar machte ihr das Angst, aber sie bereute es dennoch nicht. Denn trotz seiner Witze und obwohl er sie immer wieder aufgezogen hatte, hatte er ihr wirklich zugehört. Sie wusste einfach, dass ihre Gefühle und Gedanken bei ihm gut aufgehoben waren.

Schließlich hatte er auch von sich selbst erzählt, wenn auch nur Bruchteile. Verdammt, sie kannten sich kaum zwei Tage, aber trotzdem war sich Maria sicher, dass sie mehr über ihn erfahren wollte. Alles. Egal, wie sehr sie sich anstrengte – es gelang ihr nicht, das Lächeln aus ihrem Gesicht zu wischen.

Nach ein paar Minuten voller verwirrender Gedanken und noch verwirrenderer Wärme in ihrer Brust riss sie sich von dem Anblick los und sah sich um. Auf dem Nachttisch lag Diegos Handy. Sie beugte sich zur Seite und drückte auf den Home-Button. Der Bildschirm leuchtete auf und ein Bild dreier Jugendlicher strahlte ihr entgegen. Ein Mädchen mit schwarzen Haaren, das jünger war als die beiden Jungs, deren Gesichtsausdrücke und Posen sich überraschend ähnelten, obwohl sie augenscheinlich nicht verwandt waren. Einer der beiden musste der noch nicht so volltätowierte Diego sein, der andere war ein Stück kleiner und hatte dunkelblondes Haar. Sie sahen glücklich aus, als seien sie es gewohnt zu lachen.

Auf den Diego, den Maria kannte, traf das nicht mehr zu. Nur gestern bei seiner blödsinnigen Desensibilisierungsmaßnahme war etwas von dem Diego aufgeblitzt, der diesem lachenden Jugendlichen ähnelte.

Sie schielte auf die Uhrzeit am oberen Rand des Bildschirms.

9:33.

Es war neun Uhr dreiunddreißig.

Es war neun Uhr dreiunddreißig!

Marias Puls schoss augenblicklich in die Höhe. Wie konnte es so spät sein? Normalerweise weckte ihr Biorhythmus sie jeden Morgen pünktlich um Viertel nach sieben. Wie hatte er ausgerechnet heute aussetzen können? Sie hätte schon längst unten sein müssen, Akten durchsehen und Papierberge bekämpfen. Estelle und Serafina würden bestimmt angefressen sein, wenn sie jetzt erst auftauchte und oh Gott – das Schlimmste war, dass die beiden ganz genau wussten, wo sie heute Nacht gewesen war! Den ganzen Tag würde sie den vielen zweideutigen Blicken und dem Augenbrauenwackeln nicht standhalten. Zwar waren sie durch den Gedanken, dass ihre kleine Schwester die ganze Nacht bei einem heißen Mann im Bett verbracht hatte, sicherlich besänftigt, doch Maria wusste nicht, was ihr gerade lieber gewesen wäre.

Mit einem Stöhnen ließ sie den Kopf zurück ins Kissen fallen und schaute zu Diego, der etwas Unverständliches im Schlaf murmelte. Sollte sie ihn wecken, um sich von ihm zu verabschieden?

Sie schluckte. Sie hatte keinen blassen Schimmer, wie man sich verhielt, wenn man am nächsten Morgen im Bett eines fremden Mannes aufwachte, denn das war bisher in ihrem Leben kein einziges Mal vorgekommen. Was erwartete Diego von ihr? Er hatte mit Sicherheit schon mehr Frauen gehabt als Maria überhaupt kannte. Er war ein Profi der One-Night-Stands und hatte genaue Vorstellungen davon, wie der nächste Morgen verlaufen sollte.

Maria schielte zu ihrer Tasche neben der Tür und überlegte, eine ihrer Schwestern anzurufen. Die wüssten sicherlich, wie vorzugehen war.

Sie schaute noch einmal zu Diego und schüttelte den Kopf. Sie würde sich einfach auf ihren ganz persönlichen Erfahrungsschatz verlassen, was One-Night-Stands anging – und der baute seine Grundlage auf Hollywoodstreifen und Telenovelaschmonzetten:

Sie waren zwei junge Menschen, ungebunden, die für eine Nacht Spaß miteinander gehabt hatten. Sie hatte genau zwei Möglichkeiten: Entweder briet sie ihm nur mit einer Schürze bekleidet Spiegeleier, bevor sie nach dem Essen eine weitere Runde dreckigen Sex einläuteten, oder … sie haute ab. Es gab keine Küche in Diegos Zimmer, also war die Entscheidung schnell gefällt.

Seufzend riss sie sich von Diegos Anblick und seinem ansehnlichen Rücken los und schwang die Füße aus dem Bett. Wohin hatte der Kerl gestern nur ihre Unterwäsche befördert? Den Slip fand sie schnell – Halleluja, in diesem Licht war er ja wirklich kaum blickdichter als Klarsichtfolie –, nur der BH versteckte sich vor ihr. Erst als sie sich hinkniete, fand sie ihn unter dem Bett.

219

Schnell zog sie die Wäsche über und danach den Mantel. Von dem Ei war nichts zu sehen, wahrscheinlich befand es sich in dem Gewirr aus Bettlaken, Kissen und heißem Mann. Wie auch immer, darum konnte sie sich auch später kümmern.

Sie verzichtete aus Gründen des Selbstschutzes auf einen Blick in den Spiegel, hob die Tasche vom Boden auf und ging zur Tür. Als sie die Hand um den metallenen Knauf legte, hielt sie inne. Sollte sie wirklich noch wie ein verliebtes Huhn einen Blick über die Schulter werfen? Entschieden presste sie die Lippen aufeinander, öffnete die Tür und trat auf den Gang.

Gott sei Dank war die alte Wohnung ihrer Mom unter dem Dach leer, Estelle schwirrte wohl irgendwo im Hotel herum. Auf dem Wohnzimmertisch lag eine Nachricht von ihr:

Liebste Maria,
Carrie macht bis 12 die Rezeption für dich. Musste ihren Stundenlohn verdoppeln, damit sie kommt. Gern geschehen. Das zahlst du mir mit dem Wein zurück, den wir trinken, während du mir von deiner heißen letzten Nacht erzählst!
xo Estelle

Dann hatte sie ja zumindest noch etwas Zeit. Maria schlüpfte nach einer ausgiebigen Dusche in einen bequemen, aber dennoch schicken Hosenanzug und fühlte sie sich endlich wieder einigermaßen vorzeigbar. Am liebsten hätte sie es sich mit einer ordentlichen Portion Fruchteis auf der Couch bequem gemacht, aber sie hatte keines gekauft. Wenn sich die Sache mit Como aber

220

weiterhin so kompliziert gestalten sollte, musste sie sich definitiv einen Vorrat zulegen.

Um kurz vor zehn packte sie ihre Tasche, um Carrie abzulösen. Die Rezeption war jetzt ihr Job und sie wollte die Aushilfe nicht länger als nötig ihrer Freizeit berauben – auch wenn sie ihren Schwestern im Erdgeschoss nicht so gut aus dem Weg gehen konnte.

Auf dem Weg nach draußen fiel ihr Blick auf den großen Tisch aus poliertem Massivholz, der in einer Nische am Rand des Zimmers stand, direkt vor einem ausladenden Fenster. Dieser Ort war der hellste in der ganzen Wohnung, deshalb war er schon in ihrer Kindheit Marias Lieblingsplatz gewesen.

Wie automatisch trugen ihre Schritte sie dorthin. Sie ließ die Tasche vor dem Tischbein hinabgleiten und setzte sich auf den Schreibtischstuhl. Sofort strömte eine Vielzahl an Erinnerungen auf sie ein. Stunden über Stunden, die sie mit einem Bleistift in der Hand hier zugebracht hatte. Hier hatte sie mit acht ihr erstes Modestück entworfen – einen Raumanzug für ihre Puppe Kelly. Früher hatte ihre Mutter selbst an diesem Tisch gearbeitet, bis Maria sie mit ihren allgegenwärtigen Skizzen, Blöcken und Stiften endgültig in ihr Schlafzimmer vertrieben hatte. Nach dem Raumanzug kam eine lange Phase, in der sie kaum etwas anderes entworfen hatte als Hochzeitskleider. Je mehr Tüll und Drama, desto besser; sie hatte sogar ein überdimensionales Hochzeits-Scrapbook besessen. Was würde sie dafür tun, das noch einmal in den Händen zu halten?

Hier hatte sie Erfolge und Niederlagen erlebt. Auch nach ihrem Auszug hatte sie in den Ferien viel Zeit hier verbracht und an den Skizzenbüchern gewerkelt, die man den Universitäten zur Bewerbung vorlegen musste.

Wehmut stieg in ihr auf. Wehmut über den Streit mit ihrer Mom. Sie bereute es, sich nicht mehr mit ihr versöhnt zu haben. Ihr nicht gesagt zu haben, dass sie die meiste Zeit doch eine ziemlich gute Mutter gewesen war und dass ihre Kindheit doch eigentlich … ganz schön gewesen war. Vielleicht war das nächste Jahr ja zumindest für sie und ihre Schwestern eine Chance, sich wirklich wieder näherzukommen. Vielleicht hatte ihre Mom das genauso geplant.

Ihre Finger wanderten zu der großen Schublade und öffneten sie. Ein Block und ein einsamer Stift lagen darin. Vorsichtig zog sie die Zeichenutensilien hervor.

Der Verlockung eines leeren Blattes Papier hatte Maria noch nie widerstehen können. Ehe sie es sich versah, setzte sie die Spitze des Bleistifts an und zog dunkle Linien über das Weiß.

Es machte so großen Spaß, dass sie sich nach einigen Sekunden bequemer hinsetzte. Estelle hatte Carrie für zwei weitere Stunden an der Rezeption eingeteilt … die könnte sie doch nutzen, oder?

Kurz zögerte sie, dann zog sie die Kopfhörer aus ihrer Tasche, stöpselte sie in ihr Handy ein und wählte eine Playlist aus – Geigenklänge natürlich, nichts war inspirierender als *Requiem for a Dream*. Dann begann sie wieder zu zeichnen. Sie wusste nicht genau, worauf ihr Entwurf hinauslief, aber die Aussicht, frei von den Zwängen ihrer Kollektionen aktiv zu werden, verlieh ihrer Kreativität Flügel.

Sie wollte etwas Neues machen. Etwas Freches. Etwas Verführerisches.

Maria wusste nicht, wie viel Zeit vergangen war, als ihr plötzlich jemand einen Kopfhörer aus dem Ohr zog und sie von Vivaldis sanft inspirierenden Kompositionen trennte.

»Hey, Schwesterchen«, begrüßte Estelle sie, ein undurchsichtiges Lächeln auf den Lippen.

»Oh Gott, Estelle, ich habe dich gar nicht gehört«, entgegnete Maria und versuchte, ihren Herzschlag zu beruhigen. Sie war so in ihre Arbeit vertieft gewesen — und natürlich wegen der Kopfhörer in ihren Ohren. Wie beiläufig ließ sie den Bleistift los und schob ihre Hand über die Zeichnungen.

»Kein Wunder, bei der Lautstärke. Aber die *Vier Jahreszeiten* machen auch nur laut wirklich Spaß.« Estelle stützte sich auf der Tischplatte auf und schielte auf die Zeichnungen. »Ich wollte eigentlich nur schauen, ob du schon hier bist, Carrie geht in einer Stunde. Was zeichnest du denn da?«

»Gar nichts«, entgegnete Marie eine Spur zu schnell.

»Na, gar nichts kann ich mir ja auch anschauen.« Ohne Vorwarnung zog ihre Schwester den Block unter ihren Händen hervor. Sie musterte die Entwürfe und hob die Augenbrauen. »… also das ist erschreckend wenig Stoff für deine Verhältnisse, aber immerhin mehr als nichts.«

Maria schluckte und betrachtete ihre Zeichnung. Es war ein BH mit einem passenden hohen Slip, der die Kurven der Frau auf sanfte Weise umschmeicheln und betonen sollte. Doch die Muster auf den Körbchen waren kaum mehr als Skizzen. Verlegen zuckte sie mit den Schultern. »Das sind nur ein paar Fingerübungen. Nicht, dass ich so was ernsthaft entwerfen würde.«

»Hm.« Estelle zog einen Stuhl vom Esstisch heran und ließ sich darauf nieder. Sie runzelte die Stirn und musterte die Entwürfe hoch konzentriert. »Also das hier

… das sind Fingerübungen. Aber die hier unten?« Sie tippte auf den Entwurf für die ziemlich transparente Rückseite des BHs und sah vielsagend zu Maria. »Wo hast du denn die ganze Inspiration auf einmal her?«

Schnell wich Maria ihrem Blick aus. »Als ob du das nicht wüsstest.«

Ihre Schwester lachte auf. »Das heißt nicht, dass ich nicht jedes noch so schmutzige Detail wissen will. Wenn er dich von Blazern zu diesem heißen Zeug bringt, muss er echt gut sein.«

Maria verdrehte die Augen »Die Details überlasse ich ganz deiner Fantasie.« Dann zögerte sie und dachte an Estelles Hilfsbereitschaft vom gestrigen Abend zurück. Zaghaft lächelte sie. »Aber danke für deine Hilfe.«

»Gern geschehen, dafür sind große Schwestern doch da.« Estelle erwiderte ihr Lächeln und einen Moment lang war es so rein und ehrlich, dass Maria das Gefühl hatte, einen anderen Menschen vor sich zu haben. Dann veränderte es sich zu einem frechen Grinsen. »Du kannst dich trotzdem bedanken, indem ich deine erste Dessous-Modenschau eröffnen darf. Die Entwürfe sind echt gut, Maria. Warum fängst du erst jetzt damit an?«

Maria schnaubte. »Sollte es irgendwann so eine Modenschau geben, kannst du meinetwegen als Erste über den Laufsteg schweben. Aber Unterwäsche ist nicht meins. Ich bleibe lieber bei dem, worin ich Erfahrung habe.«

»Ernsthaft? Komm schon, Maria, worin liegt denn da der Reiz? Blazer und Bleistiftröcke, zwischendurch mal eine Bluse – das ist doch keine Herausforderung.« Wie von plötzlichem Ehrgeiz gepackt, beugte sich Estelle vor. »Aber das Gefühl, in heißer Unterwäsche vor einem noch heißeren Kerl zu stehen – das ist eine Herausforderung. Einer Frau das Werkzeug zu geben, ihre Reize zu präsentieren und jeden Mann zu verführen, dafür zu sorgen, dass sie sich begehrt und verführerisch fühlt. Das ist eine wirkliche Herausforderung!«

Maria schüttelte den Kopf, obwohl sie zugeben musste, dass Estelle durchaus recht hatte. Das hatte sie ja gestern bereits eingesehen. »Das wäre eine zu große geschäftliche Herausforderung. Ein nicht kalkulierbares Risiko. Ich designe schon lange nicht mehr zum Spaß, sondern weil ich ein Business am Laufen halten muss.«

»Hey, ma petite.« Fast wäre Maria zusammengezuckt, dieser lang vergessene Spitzname klang heute ungewohnt. Estelle zog die Entwürfe zwischen sie, umfasste Marias Hand und schaute sie ernst an. Es lag ein Ausdruck in ihren Augen, den Maria noch nie zuvor bei ihr gesehen hatte. »Das hier ist gut. Wirklich gut.« Sie ließ ihre Hand los und blickte wieder auf das Papier. »Ein perfektes Ausgangsmodell. An was für eine Spitze hast du gedacht?«

Maria runzelte die Stirn. Sie hatte im Studium einiges über Spitze gelernt, dieses Wissen aber seitdem kaum benutzt. »Da habe ich mir noch gar keine Gedanken drüber gemacht. Tüllspitze vielleicht?«

»Tüll funktioniert immer, aber es gibt viel feinere Varianten.« Estelle verfiel in einen geschäftlichen Tonfall und strich ihren Pony aus der Stirn. »Diesen Entwurf hier könntest du auch gut mit Jaquard-Spitze überziehen. Die habe ich am liebsten, weil sie so wunderbar zart ist. Ajour-Spitze wäre auch eine Idee, die Muster haben im letzten Jahr viele Designer bei halterlosen Strümpfen verwendet – die gehören ja zu jeder Kollektion dazu. Oder ... schau, wenn du hier um das Körbchen herum den Stoff ein wenig überlappen lässt, sodass er noch auf der Haut aufliegt, würde ich Eyelash-Spitze nehmen. Dabei kannst du auch die Muster wunderbar variieren.«

Verblüfft schaute Maria ihre Schwester von der Seite her an. »Du kennst dich ja total aus.« Sie blickte auf die Zeichnung. »Aber du hast recht, das könnte mit Eyelash-Spitze echt schick aussehen.«

»Man könnte fast meinen, ich habe ein paar Jahre Erfahrung mit Dessous aller Arten.« Estelle lachte auf und auch Maria musste lächeln. Natürlich hatte ihre Schwester recht damit, dass sie als Unterwäschemodel in den letzten Jahren oft mit der Materie in Kontakt gekommen war. Trotzdem war es nicht selbstverständlich, dass sich Models für die Theorie hinter den Kleidungsstücken interessierten.

»… und außerdem hilfreiche Kontakte zu allen möglichen Designern«, fügte Estelle hinzu und riss Maria so aus ihren Gedanken.

Nachdenklich betrachtete Maria die Entwürfe. Es war ein Risiko. Ein enormes Risiko. Aber hatte sie sich nicht gestern noch gesagt, dass es Zeit war, mutig zu sein? Außerdem fühlte sie sich mit Estelle und ihrem Wissen an ihrer Seite gar nicht mehr so unsicher. »Vielleicht könnte ich das wirklich mal versuchen … Aber das wird nur etwas, wenn du mir hilfst.«

KAPITEL 16

Als Diego aufwachte, war das Bett neben ihm leer.

Stirnrunzelnd richtete er sich auf und fuhr mit der Hand über die kalte Matratze.

Hmh. Hatte Maria ihn offiziell zu einem One-Night-Stand gemacht? Normalerweise befand *er* sich auf der anderen Seite. Er glitt im Morgengrauen aus dem Bett und ließ die Frau ohne ein Wort des Abschieds zurück. Keine Reue, keine Verpflichtung. Diese umgekehrte Verteilung … die gefiel ihm überhaupt nicht.

Er fuhr sich mit der flachen Hand übers Gesicht und schüttelte den Kopf. Er sollte froh sein. Maria hatte ihm eine unangenehme Unterhaltung erspart. Dennoch sackte sein Magen bei dem Gedanken daran ein paar Stufen tiefer, dass sie ihm somit vielleicht zu verstehen gab, dass er ihre Verführungskünste kein weiteres Mal erleben würde.

Er mochte Maria. Obwohl sie zu viel redete und zu fordernd und unschuldig war. Sie war … anders.

Ja, anders beschrieb es ganz gut. Anders als jede Frau, mit der er bis jetzt gevögelt hatte.

Dein Leben scheint sonst nicht sonderlich beständig gewesen zu sein, oder?

Mit ihrer Stimme im Ohr griff er nach seinem Handy. Das war es, was ihn so verwirrte. Dass sie sich miteinander *unterhalten* hatten. Darauf verzichtete er normalerweise beim Sex. Doch Maria hatte so viele Fragen gestellt, so darauf gepocht, dass er etwas von sich preisgab, als würde sie es wirklich wissen wollen. Merkwürdige Frau … die die beschissene Dreistigkeit besessen hatte, ihn wie ein billiges Flittchen im Morgengrauen allein zu lassen!

Er blickte auf seine Uhr und stutzte. Es war nach zwölf. Das mit dem Morgengrauen stimmte wohl nicht ganz. Was zum Teufel war los mit ihm? Er hatte das letzte Mal so lang geschlafen, als er ein Säugling gewesen war! Trocken lachte er auf, bevor er die Beine über die Matratze schwang.

Ja, er war nicht der kuschelige Typ, aber verdammt sei er, wenn er nicht ein wenig enttäuscht darüber war, Maria nicht für einen Morgenquickie zur Verfügung zu haben. Er sollte sie suchen. Nur um sicherzugehen, dass sie nicht emotional angeschlagen war … und dass es nicht das letzte Mal gewesen war, dass sie miteinander gevögelt hatten. Er war noch bis morgen hier. Genug Zeit also, um den gestrigen Abend zu wiederholen. Zufrieden mit seiner erwachsenen Entscheidung zog er sich die Jeans über und griff nach seinem Shirt, als sein Handy klingelte.

»Como?«, meldete er sich.

»Diego?«, wisperte es von der anderen Seite her.

Augenblicklich richtete er sich auf. »Adri? Bist du das?«, fragte er alarmiert. Sie hörte sich verängstigt an.

»Diego, irgendetwas passiert hier!«, flüsterte sie drängend weiter, ihre Stimme so leise, dass er sie kaum verstand. »Etwas Schlimmes! Der ganze Club rastet aus. Irgendein Päckchen ist verloren gegangen. Ein unglaublich teures Päckchen. Ich weiß nicht, was drin war, aber vor einer halben Stunde kamen lauter bewaffnete Muskelmänner im Anzug hier rein und haben angefangen, systematisch alles auseinanderzunehmen! Steve ist abgehauen, er hat sich in seinem Büro eingeschlossen, bevor ich fragen konnte, was los ist, es …« Sie sog zischend Luft ein. »Es fühlt sich falsch an. Gefährlich.«

Diegos ganzer Körper spannte sich an. »Wo bist du, Adriana?«

»Ich habe mich in einer Umkleide eingeschlossen. Die vom letzten Mal. Aber ich weiß nicht, wie lange ich hier noch bleiben kann. Sie suchen den ganzen Club ab! Sie treten jede Tür ein, leeren jede Schublade und ich glaube, gerade habe ich einen Schuss gehört. Ich bin mir aber nicht sicher, ich … ich habe Angst, Diego.«

Seine Kiefermuskeln verhärteten sich und seine Hand schraubte sich um das Telefon. Ein Päckchen … Er wusste genau, was sich darin befand. Das war es also. Die *Baracuda*s wuschen nicht nur ihr Geld im Club. Er war auch ein Drogenstützpunkt. Das wurde ja immer beschissener. Denn das Einzige, was die *Baracudas* ernster nahmen als ihr Geld, waren ihre Drogen – weil sie so verdammt viel Geld wert waren. Deswegen hatte Ramirez darauf gepocht, dass er wieder gehen solle! Weil er Angst gehabt hatte, er würde sich in ihre Geschäfte einmischen. Offensichtlich hatte eine Übergabe stattgefunden und es war nicht angekommen, was verschickt worden war.

Scheiße. Ramirez würde wütend sein – und er wollte Diego ohnehin eins auswischen.

»Adriana, gibt es ein Fenster, aus dem du klettern könntest?«

»Nein. Nichts.«

»Okay, hör mir jetzt genau zu«, sagte er gezwungen ruhig, während das Blut in dreifacher Geschwindigkeit durch seinen Körper pumpte und das Adrenalin auch bis in seine letzte Pore weiterleitete. »Beweg dich nicht von der Stelle. Verbarrikadier die Tür. Lass niemanden rein. Hörst du mich? Das sind keine netten Männer da draußen und wenn sie denken, dass du etwas weißt, dann hast du verloren. Aber wenn sie dich doch finden sollten, sag ihnen nicht, dass du meine Schwester bist, hörst du?«

Er hörte sie deutlich schlucken. »Okay«, murmelte sie. »Aber Diego … ich glaub nicht, dass sie hier Halt machen werden. Sie waren so wütend. Haben von Verrat und Diebstahl gesprochen. Ich glaube, als nächstes kommen sie in dein Hotel. Sie werden die Zimmer, in denen die Nutten vom Club arbeiten, durchwühlen. Eine von ihnen könnte das Päckchen mitgenommen haben.«

Fuck. Wenn sie die Zimmer durchsuchten, würden sie auch die Inhaberinnen *befragen*. Maria befragen.

Scheiße, nein. Ganz sicher nicht. Nicht, während er hier war!

»Beweg dich nicht vom Fleck, Adri. Ich komme dich holen«, knurrte er und legte auf.

Er zog das Shirt über und hatte in zwei Schritten den Bettkopf erreicht. Bestimmt griff er unter das Kopfkissen und zog seine Waffe hervor, bevor er kurz das Magazin überprüfte. Geladen und bereit, so wie er Frauen und Pistolen am liebsten mochte.

Er schob sie in seinen hinteren Hosenbund, hatte keine Zeit, noch eine Jacke anzuziehen, und beschloss, dass ihm egal war, wenn Leute die Waffe sahen. Dann würde ihn wenigstens niemand dumm von der Seite anquatschen.

Im nächsten Moment verließ er das Zimmer und eilte die Treppen hinunter.

Der Mistkerl Steve musste ins Geschäft eingeweiht gewesen sein. Er hatte Adriana wissentlich in Gefahr gebracht. Gott, er hätte den Hurensohn umbringen sollen, als er die Chance dazu gehabt hatte! Aber das würde er schon noch nachholen. Zuerst musste er jedoch etwas anderes tun.

Er erreichte die große Eingangshalle und sah sich hastig zu allen Seiten um … bis er fand, was er suchte. Maria stand in einem hässlichen Hosenanzug hinter der Rezeption. Sie hatte sich über ein paar Papiere gebeugt, die Haare fielen ihr einem dunklen Vorhang gleich ins Gesicht, die Lippen hatte sie an das Ende eines Kugelschreibers gelegt.

Diego starrte sie an und mit jeder verstreichenden Sekunde wurde seine Brust enger. Sein Verlangen, sie zu schützen, war so übermächtig, dass er daran zu ersticken drohte. Sie war zu kostbar, zu fragil, um verletzt zu werden.

Zitternd atmete er durch, bevor er großen Schrittes die Halle durchquerte. Maria sah auf und lächelte ihn unsicher an, bevor sie rot anlief.

Gott, sie machte ihn fertig.

»Hey«, sagte sie etwas atemlos, als er den Tresen erreichte. »Hast du … gut geschlafen?«

»Du warst weg«, stellte er fest. Obwohl seine Prioritäten gerade anders lagen, hörte er sich fragen: »Wer tut das? Einfach so abhauen, nachdem man die Nacht zusammen verbracht hat?«

Maria machte große Augen. »Ähm … du doch bestimmt.«

Ja, aber das war etwas völlig anderes! Bei ihm war es … er war … ach, es war egal, es war falsch von ihr gewesen und es regte ihn auf! »Du hättest mich verdammt noch mal wecken können.«

»Ich dachte, so funktioniert das bei einem One-Night-Stand«, sagte sie verwirrt.

Scheiße, sie hatte recht. So funktionierte es normalerweise. Aber … Shit, er sollte keine weitere Zeit verschwenden!

»Ist jetzt auch egal«, sagte er fahrig und schloss für ein paar Sekunden die Augen. »Maria, ihr müsst das Hotel schließen und euch verstecken.«

»Was?« Perplex schüttelte sie den Kopf. »Nein, wir haben alles im Griff, wir …«

»Nein, habt ihr nicht«, sagte er leise und stützte die Fäuste auf das Holz. »Der Mann von gestern? Ramirez? Er ist gerade im *Pussys 4 ever* und sucht nach einem wertvollen Päckchen. Und er hat seine Männer mitgebracht. Ich muss mich darum kümmern und ich will, dass du hierbleibst und das Hotel schließt. Und dann wirst du dich mit deinen Schwestern irgendwo verstecken. Denn wenn Ramirez das Päckchen nicht im Club findet, wird er hierherkommen und er wird sich nicht halb so höflich und nett verhalten wie ich. Hast du mich verstanden?«

Maria schüttelte den Kopf, ihre Augen so groß wie Tennisbälle. »Was? Nein, das ist doch absurd! Wovon redest du? Wenn da böse Männer sind, sollten wir die Polizei rufen, wir …«

»Die Polizei ist nicht so effektiv wie ich«, unterbrach er sie ungeduldig. »Und höchstwahrscheinlich sind die Hälfte der Beamten nicht einmal auf eurer Seite.«

»Aber … sie haben einen Eid geschworen!«

»Das ist ihnen egal. Sie werden wegsehen und stattdessen ihr neues, wunderschönes Geld betrachten, das auf magische Weise einen Weg in ihre Hosentaschen gefunden hat. Also noch einmal: Hotel schließen, deine Schwestern suchen, verstecken. Versprichst du mir, dass du genau das tun wirst?«

Maria presste die Lippen aufeinander, nickte jedoch.

»Ich will die Worte hören.«

»Ich verspreche es«, flüsterte sie.

Erleichtert atmete er aus. »Gut.«

»Nein, nicht gut«, widersprach Maria sofort. »Diego …« Ihr Blick wanderte an ihm hinab und blieb an seiner Seite hängen, wo er den Knauf seiner Waffe spürte. »Diego … was hast du vor?«

»Ich werde mich darum kümmern«, sagte er abgehackt und wollte sich schon abwenden, doch Maria hielt ihn am Arm zurück. Ihre warmen Finger sanft, aber bestimmt.

»Lass mich dir helfen«, bat sie leise. »Du musst nicht …« Sie brach ab und schluckte. »Was immer du auch vorhast: Du musst das nicht tun. Ich könnte mit ihnen reden, oder …«

»Maria, diese Männer reden mit nichts anderem als Bleikugeln.«

»Okay, aber du bist keiner von ihnen. Du musst Blei nicht mit Blei bekämpfen, du bist besser als das, du …«

Er lachte trocken auf und schüttelte den Kopf. »Nein, bin ich nicht«, sagte er kühl. »Ich bin einer von ihnen. Egal, wie sehr ich mir wünsche, es nicht zu sein. Ich bin aus exakt demselben Holz geschnitzt.«

Und dann wandte er sich um und verließ das Hotel.

Es war hell und warm draußen, doch Diego achtete nicht auf die Sonne. Mit langen Schritten ging er die Straße entlang, während sich heiße Wut in sein Fleisch fraß. Er war belogen worden und wenn es eins gab, das er nicht tolerierte, dann waren es Lügner. Er hätte nie auf Adriana hören dürfen! Natürlich vertraute sie dem Schleimsack, von dem sie dachte, dass er sie liebte. Sie hatte doch keine Ahnung, was gut für sie war. Er würde sie aus dem Club holen und dann aus der Stadt verschwinden. Gott, er hasste es, wegzulaufen, aber allein gegen die *Baracudas* anzutreten, war schlichtweg dämlich. Wenn er konnte, würde er jedem seiner ehemaligen Mafia-Kollegen aus dem Weg gehen. Am besten war es, sie merkten nicht einmal, dass er da war.

Das *Pussys 4 ever* erschien in seiner Sichtweite und trotz des Versprechens, dass der Club 24 Stunden lang geöffnet habe, sah er heute verdächtig geschlossen aus. Diego verstand es. Er hätte die Türen auch zugesperrt, wenn er nach einem wertvollen Drogenpäckchen gesucht hätte.

Er drückte gegen die schwarze Eingangstür, doch sie war verschlossen. Shit.

Er sah sich zu den Seiten um, überlegte, ob der Club vielleicht eine Hintertür hatte … und entschied, dass die

Suche danach seine Geduld überstrapazieren würde. Er war doch kein verdammter Polizist!

Also machte er ein paar Schritte zurück – und trat die Tür ein.

Das Holz war lächerlich morsch. Das Schloss brach unter seinem Tritt wie ein Netz aus Zahnstochern und barst nach vorn auf.

»Geht doch«, murmelte er, zog seine Waffe und entsicherte sie, bevor er über die Tür und den Flur hinweg in den Tanzraum stieg.

Die Podeste und Stangen waren wie erwartet leer. Diego sah nach rechts zur Bar und verzog das Gesicht. Jemand hatte sie komplett auseinandergenommen. Die Flaschen waren aus den Regalen geschmissen und die Holzlatten aus der Armatur gerissen worden. Allerdings schienen die *Baracudas* mit diesem Raum fertig zu sein. Keine Menschenseele versteckte sich hier. Er spitzte die Ohren, erwartete fast Schreie oder etwas ähnliches zu hören, doch es war still.

Viel zu still. Vielleicht waren sie schon weg.

Langsam, die Waffe erhoben, bewegte er sich durch den Raum, in Richtung der weißen Tür mit der Aufschrift *Privat*. Hier war er das letzte Mal langgegangen, als er *Adriana* gesucht hatte. Hier würde sie …

Ein Donnern zerriss sein Trommelfell und er fuhr zusammen. Das kam hinter der Tür her. Von den Umkleiden.

»… die verdammte Tür auf, Kleine! Wir wissen, dass du da drin bist! Muss ich erst das Schloss aufschießen?«

Diego beschleunigte seinen Schritt, rannte zur Tür und riss sie auf. Unbemerkt rein- und rauszukommen, stand nicht mehr zur Debatte.

Er trat in den kargen, kalten Gang, den er bereits kannte, und sah gezielt von links nach rechts. Es war niemand in Sichtweite, doch das Donnern und die Stimmen wurden lauter. Als schreie jemand eine Tür an, während er mit einem Hammer darauf eindrosch.

»Wir wollen nur reden, Süße!«, rief eine zweite Stimme. Ramirez. Sein Krächzen hätte Diego unter Hunderten wiedererkannt. »Du brauchst dich nicht so anzustellen.«

Ein weiterer Donnerschlag.

»Wir werden die Tür so oder so aufbekommen. Du zögerst das Unvermeidliche nur hinaus! Und wenn du nichts weißt, werden wir dir nichts tun. Versprochen.«

Diego konnte sich nicht an ein einziges Versprechen erinnern, das Ramirez je gehalten hatte. Sein Kiefer verhärtete sich, während er auf leisen Sohlen den Gang entlangeilte.

»Hol einen verdammten Schraubenzieher, Fernandez!«, zischte Ramirez. »Mit dem Hammer erreichst du offensichtlich gar nichts! Los!«

Jemand grunzte bestätigend und im nächsten Moment vernahm Diego schwere Schritte. Schritte, die auf ihn zukamen.

Er hielt inne, bevor er sich an die Wand presste und sich bis zur Ecke vorarbeitete, dann wartete er ab, lauschte den Schritten …

Ein dunkelhaariger Mann kam um die Ecke gehetzt, doch Diego nahm sich nicht die Zeit, ihn genauer zu studieren. Er schlug ihm den Ellbogen ins Gesicht, bevor er mit dem Knauf der Pistole in seine Halsbeuge niederfuhr.

Das Schlüsselbein des Mannes knackte, ihm entfuhr ein Stöhnen und er ging zu Boden. Noch bevor er das dreckige PVC berührte, war Diego über ihn hinweggesprungen und mit gezogener Pistole um die Ecke geschlittert.

Ramirez stand keine drei Meter von ihm entfernt. Er hatte die Hand an der Waffe – war jedoch zu langsam gewesen. Er würde sie nicht ziehen könnten, bevor Diego abdrückte, und er war nicht dumm genug, es zu versuchen.

»Hallo, Ramirez«, sagte er ruhig. »Geh weg von der Tür.« Er machte ein paar Schritte vor, die Waffe mitten auf sein Gesicht gerichtet. Es war so verlockend, einfach abzudrücken. Er müsste sich danach nicht einmal schlecht fühlen, denn Ramirez hatte es verdient. Eine Fingerbewegung, das war alles. Er würde am nächsten Morgen nicht einmal einen Muskelkater haben. Außerdem würde das so viele Probleme lösen. Die *Baracudas* hätten noch größere Angst vor ihm. Ramirez würde nicht mehr jeden seiner Schritte verfolgen …

»Oder was, Como?«, fragte Ramirez spöttisch. »Du erschießt mich?«

»Ja«, sagte er schlicht.

»Ich bitte dich. Wir wissen beide, dass du kein Killer bist, Diego.«

»Da sagen all die Menschen, die ich umgebracht habe, etwas anderes.«

»Das war eine andere Situation. Sie hätten Hunderte verletzt … alles, was ich hier verletze, ist eine Tür. Dafür willst du mich umlegen?«

Diegos Kiefer knackte. »Du hast genug Dinge getan, um eine Kugel in deiner Stirn zu verdienen«, murmelte er und legte den Finger an den Abzug.

KAPITEL 17

Fassungslos starrte Maria zu der Drehtür des Hotels, durch die Diego vor wenigen Sekunden verschwunden war. Ihr Puls ging schnell, Gedanken schwirrten in ihrem Kopf und brachten sie fast um den Verstand. Sie versuchte zu verarbeiten, was gerade geschehen war und was Diego gesagt hatte, doch das war kaum möglich.

Ramirez.

Das *Pussys 4 ever.*

Und Geld. Natürlich ging es wieder einmal um Geld.

Irgendetwas lief da gerade mächtig schief und Diego war auf dem Weg dorthin. Mit einer Waffe in der Hose, als würde es ihn nicht kümmern, dass sie alle sahen. Als würde es keinen Unterschied mehr machen, ob er von Polizisten erwischt wurde. Die seiner Ansicht nach ja ohnehin alle bestechlich waren.

Zischend atmete sie aus und senkte den Blick auf ihre zitternden Hände.

Verdammt. Sie war sicher, dass Diego sich gerade in Schwierigkeiten brachte. In große Schwierigkeiten. In diese Art von Schwierigkeiten, die man nur aus Action-filmen kannte. In denen man den Gegner entweder erschoss oder erschossen wurde. Und sie verfluchte sich dafür, dass sie das kümmerte. Dass sich Diego offen-sichtlich so weit in ihr Herz geschlichen hatte, dass sie den Gedanken nicht ertragen konnte, dass ihm etwas zustieß.

Nein. Sie durfte nicht zulassen, dass er dort hinging und vielleicht etwas tat, das er auf ewig bereuen würde. Diego war ein guter Mann, da war sie sich sicher. Ein guter Mann, der zu oft in seinem Leben falsche Ent-scheidungen getroffen hatte.

Aber das würde sie nicht noch einmal zulassen. Diego hatte die Chance auf ein normales Leben. In dem er ehrlich und rechtschaffen war. In dem er einen nor-malen Beruf ergreifen konnte und niemanden mehr erschießen musste. In dem sie ein Paar sein konnten. Sie wusste nicht, wie lange sie schon so dachte, aber es gefiel ihr. Bei Diego fühlte sie sich gut. Mehr wie sie selbst.

Sie würde ihn aufhalten. Sie musste ihn nur erwi-schen, bevor er von der Waffe in seinem Hosenbund Gebrauch machte, und ihm erklären, wie blöd seine Idee war, sich einzumischen.

Ja, das würde funktionieren!

Zielstrebig umrundete sie die Rezeption und ging auf den Ausgang zu. Sie würde Diego zurückholen und dann konnten sie sich gemeinsam mit ihren Schwestern verstecken. Kurz vor der Drehtür hielt sie inne. Sie hatte Diego versprochen, sich nicht einzumischen und eigent-lich war sie jemand, der seine Versprechen immer hielt. Ja, sie gab viel darauf, schließlich wollte sie auch nicht getäuscht werden. Und Diego verließ sich auf sie.

Aber was machte sie sich da überhaupt Gedanken? Es ging hier um Diego Como, der Lügen bereits mit der Muttermilch aufgesogen hatte. Einem so wackligen Moralgerüst gegenüber würde Gott ihr eine Unwahrheit ihrerseits sicher verzeihen. Sie schnaubte und legte eine Hand auf das Glas.

Schwungvoll ging sie durch die quietschende Tür und trat auf die Straße. Sie zog ihr Smartphone aus der Tasche und schickte ihren Schwestern schnell eine Nachricht, dass sie sich besser in ihrer Wohnung einschließen sollten. Nur zur Sicherheit.

Obwohl sie sich beeilte, war die Straße vor dem *Pussys 4 ever* leer. Diego musste ein ganz schönes Tempo draufgehabt haben. Sie schluckte und ihre Brust fühlte sich eng an.

Es gab wohl kaum einen Ort, der die Fassaden von San Colina so verunreinigte wie dieser Tanzschuppen. Mit einem unangenehmen Gefühl im Magen erinnerte sie sich an ihren letzten Besuch vor zwei Tagen, auch wenn es ihr vorkam, als liege er schon viel weiter zurück. An die schummrige Musik und diesen schmierigen Typen, mit dem sie sich unterhalten hatte. Sie hatte geahnt, dass hier illegale Dinge vor sich gingen. Aber der Deal mit dem Hotel lief schon so lange und Serafina hatte gesagt, dass es okay war, dass sie das Geld noch brauchten und sich davon trennen würden, sobald sie konnten.

Und nun häuften sich die Ereignisse. Erst tauchte dieser Ramirez im Hotel auf und dann das hier. Sie wusste, wer der Auslöser dafür war, es lag auf der Hand.

Sie hielt vor dem Laden an und sah sich um. Niemand war zu sehen, es wirkte sehr … Ihr Herz machte einen schmerzhaften Sprung, als sie die eingetretene Tür bemerkte. Ob sie wohl schon so ausgesehen hatte, bevor Diego hier gewesen war? Oder war er das gewesen? Hausfriedensbruch und Sachbeschädigung, das ging ja gut los.

Serafina hatte sie gewarnt. Sie hatte ihr gesagt, dass Diego jemand war, an dem man sich verbrennen konnte. Hoffentlich musste sie das nicht auch noch wörtlich nehmen.

Maria betrachtete die Tür, die lose in den Angeln hing. Ihr Verstand flehte sie an, diesem Schuppen den Rücken zu kehren. Ins Hotel zu fliehen und Diegos Anweisungen zu befolgen, ohne zu wissen, ob er wiederkommen würde.

Doch sie schenkte ihrem Verstand keine Beachtung. Stattdessen ging sie vorsichtig auf den Hauseingang zu. Wohl wissend, dass sie schon mitten im Feuer stand.

Ein neonfarbenes Poster an der Tür pries untermalt von schlecht aufgelösten Fotos das kostenlose Buffet an. Die LED-Leiste oberhalb hatte sich abgelöst und hing halb vor dem schwarzen Loch. Dem Eingang.

Ihre Knie zitterten, als sie über die Schwelle und in den stockdunklen Flur dahinter trat. Desorientiert tastete sie umher, bis sie mit einer Hand eine Wand erreichte. Weiter weg schimmerte ein kleines Licht. Nach und nach gewöhnten sich ihre Augen an die Dunkelheit.

Plötzlich hörte sie ein lautes, dumpfes Geräusch von unten, dann ein weiteres Mal. Es klang wie Schläge.

Sie fand den Weg hinunter in den Tanzraum, der vollkommen verlassen dalag. Die Stühle genauso leer wie die kleinen mit Stangen bestückten Bühnen, auf denen sich sonst halbnackte – oder viel eher dreiviertelnackte – Frauen räkelten.

Die Geräusche verstummten und sie hörte Stimmen ganz aus der Nähe. Erschrocken zuckte sie zusammen und ging zur Wand, um nicht wie ein verängstigtes Reh inmitten des Tanzraumes zu stehen. Die Stimmen drangen hinter der Tür mit der Aufschrift *Privat* hervor. Aus dem Gang, in dem sie Steve aufgesucht hatte.

Schnell ging sie darauf zu und öffnete die Tür. Der Gang war leer, die Stimmen erklangen hinter der Biegung. Maria schlich durch das Halbdunkel und sog scharf die Luft ein, als sie einen bewusstlosen Muskelmann am Boden entdeckte.

»Da sagen all die Menschen, die ich umgebracht habe, etwas anderes.«

Diego. Er klang beherrscht. Kalte Klauen schlossen sich um Marias Herz, als ihr die Bedeutung seiner Worte bewusst wurde. Ihre Gedanken drifteten ab, sodass sie die Erwiderung nicht ganz mitbekam. Sie schlich weiter, bis sie genau hinter der Ecke stand.

»… eine Tür. Dafür willst du mich umlegen?« Auch diese Stimme erkannte sie gleich: Sie gehörte diesem widerlichen Ramirez. Fast bildlich konnte sie sich die Situation vorstellen, die um die Ecke entstanden war.

»Du hast genug getan, um eine Kugel in deiner Stirn zu verdienen.« Diegos Stimme. Leiser, murmelnder. Bedrohlicher.

»Nein!« Maria sprang um die Ecke, die Hände erhoben. Es war alles genau so, wie sie es sich ausgemalt hatte. Vor ihr stand Diego, der die Pistole auf Ramirez gerichtet hatte. Die Pistole, die sie heute Morgen noch in der Hand gehabt hatte. Sein Finger lag am Abzug. Bereit abzudrücken.

Diego wandte den Kopf nicht zu ihr um, aber seine Kiefermuskeln verkrampften sich. »Maria, du hast hier nichts verloren«, zischte er und diesmal zitterte seine Stimme hörbar.

Ramirez' Blick glitt über Diegos Schulter zu ihr und er lachte leise. »Maria Stone? Ist sie der Grund, wieso du nicht verschwinden wolltest, Como?«

Diego ging nicht auf seine Worte ein. »Hau ab, Maria«, sagte er wieder, deutlich lauter.

»Erschieß ihn nicht«, flehte Maria, während sich Tränen in ihre Augen drängten. Sie ignorierte Ramirez, der dafür, dass gerade eine Waffe auf sein Gesicht gerichtet war, weiter erstaunlich blöd grinste. »Bitte. Du weißt, dass du das nicht tun musst. Du musst niemanden töten. So bist du nicht!«

Diego lachte freudlos auf. »Er wird nicht der Erste sein, den ich umlege, Maria, und wahrscheinlich auch nicht der Letzte. Ich dachte, langsam hättest du es verstanden.«

Doch. Sie hatte es verstanden. Seine Worte waren eindeutig gewesen.

Da sagen all die Menschen, die ich umgebracht habe, etwas anderes.

Trotzdem ätzten sie wie Säure durch ihre Brust. Er hatte bereits getötet. Er hatte Menschen das Leben genommen. Sie hatte es geahnt, seit sie von seiner Vergangenheit erfahren und die Pistole bei ihm gefunden hatte, aber es war etwas anderes, es aus seinem Mund zu hören.

»Süß«, sagte Ramirez und sah sie mitleidig an. »Du dachtest wirklich, die Weste deines Casanovas sei gänseblümchen-weiß, oder? Ich bitte dich. Er ist kein halb so netter Mensch, wie er es dich vielleicht glauben machen wollte. Diego Como ist mindestens ein genauso großes Schwein wie ich.«

»Halt deine Fresse.« Diego neigte den Lauf der Waffe kaum merklich nach unten. »Sonst treffe ich dich da, wo es richtig wehtut. Niemand ist beschissener als du, Ramirez. Die Lorbeeren werde ich dir nicht klauen.«

»Du hast mir gesagt, dass du mit diesem Teil deines Lebens abgeschlossen hast!« Maria trat einen weiteren Schritt auf Como zu. Gern hätte sie ihn berührt, aber mit der Waffe in seiner Hand war ihr das zu gefährlich. »Und ich glaube, dass das die Wahrheit ist. Dass hinter diesen Worten der wahre Diego gesteckt hat. Vielleicht warst du mal ein Killer, aber das ist vorbei! Es sind die Umstände, die dich dazu getrieben haben. Deine Kindheit, deine rücksichtslosen Eltern. Damals hattest du keine Wahl, aber jetzt hast du sie. Du kannst dich für das Gute entscheiden!«

»Du stellst dir das so einfach vor.« Diegos Kiefer knackte. »Aber du weißt nicht, was auf dem Spiel steht.«

Nein, das wusste sie nicht. Denn es musste mehr sein als der simple Wunsch nach Rache an Ramirez. Aber wieso sagte er ihr nicht einfach, was es war?

»Dann lass es uns mit Worten klären. Man kann doch über alles reden …«

»Nein, das kann man nicht, Maria«, schnitt Diego ihr scharf das Wort ab. »Das reale Leben funktioniert so nicht. *Mein* Leben funktioniert so nicht. Die Mafia redet nicht, sie schießt. Und ich bin ein Teil von ihr.«

»Das bist du nicht!« Maria war kurz davor durchzudrehen, aber sie zwang ihre Stimme zur Ruhe. Ihre eigene Panik würde Diego jetzt auch nicht helfen. »Ich habe dich kennengelernt. Du bist nicht wie sie. Du hast ein Herz! Und du hast Menschen, die dir etwas bedeuten und denen du etwas bedeutest! Ich … ich habe das Bild auf deinem Handy gesehen. Du hast eine Zukunft. Mit

Adriana und … und wenn du willst, auch mit mir. Willst du es diesen Typen wirklich zugestehen, dir diese zu verbauen?«

»Sie haben es verdient zu sterben.« Diegos Stimme war nun leiser. Seine Hand war vollkommen ruhig.

»Sicherlich.« Maria hob beschwichtigend ihre Hände. »Aber du hast es nicht verdient, mit der Schuld zu leben, sie getötet zu haben.«

»Ich lebe mit dieser Schuld doch schon. Was macht der eine jetzt noch für einen Unterschied?«

»Einen großen. Weil es dein Neuanfang sein kann. Es ist deine Entscheidung, welcher Mensch du sein willst. Deine Vergangenheit liegt hinter dir, aber deine Gegenwart und deine Zukunft kannst du selbst bestimmen. Du bist ein *guter* Mann, Diego. Das weißt du. Ihn zu töten, wird dir nicht helfen.« Sie sah hinauf in sein Gesicht und meinte für den Bruchteil einer Sekunde, dass seine Augen glänzten, während ihre Worte endlose Momente lang zwischen ihnen hingen.

»Verdammt«, murmelte er. Dann fügte er lauter hinzu: »Auf den Boden, Ramirez!«

Marias Herz machte einen erleichterten Hüpfer, doch sie konnte diesen Triumph nicht lange genießen. Plötzlich schlang sich ein Arm von hinten um ihren Bauch und riss sie zurück. Erschrocken schnappte sie nach Luft, als der Angreifer sie gegen seine Brust drückte und sie nur den Bruchteil einer Sekunde später einen kalten Pistolenlauf an ihrer Schläfe spürte. Der hastige Atem des Mannes erreichte ihr anderes Ohr. Er stank nach Schweiß.

Diego umklammerte die Pistole fester und nahm auch die andere Hand zur Stütze hinzu. Sein Blick zuckte zwischen ihr und dem breit grinsenden Ramirez hin und her.

»Lass sie los«, sagte er bedrohlich leise. »Lass sie sofort wieder los oder ich erschieße deinen Anführer.«

KAPITEL 18

Das Blut rauschte in Diegos Ohren und augenblicklich wurden seine Hände feucht. Die Waffe lag noch immer ruhig in seiner Hand – auch wenn er sich alles andere als ruhig fühlte. Sein Herz schlug schmerzhaft schnell in seiner Brust und Kälte drang durch seine Haut, breitete sich in seinem gesamten Körper aus, bis er keinen klaren Gedanken mehr fassen konnte.

Diego erkannte das Gefühl fast nicht. Er hatte es zu lange nicht mehr gespürt. Es war Angst. Nein, Panik, die sich durch seine Muskeln fraß und ihn zittern lassen wollte.

Maria hatte die Augen weit aufgerissen, die bebenden Lippen fest zusammengepresst und ihre sonst stets geröteten Wangen waren kalkweiß. Sie sah aus, wie er sich fühlte. Er sah den Puls hektisch an ihrem Hals schlagen, während sich der Lauf der Pistole in ihre Schläfe bohrte. Sie hatte gesagt, dass er sich für das Gute entscheiden konnte. Vielleicht hatte sie sogar recht damit. Aber verdammt, in diesem Moment wollte er einfach nur abdrücken.

Dieser Wichser. Er hätte Steve erschießen sollen, als er noch die Wahl gehabt hatte. Jetzt war es zu spät.

»Ich sag es ein letztes Mal«, wisperte er und es kostete ihn alles, die Stimme tief und gelassen klingen zu lassen. »Lass sie gehen oder du wirst deines Lebens nicht mehr glücklich.«

Steve lachte nervös auf. »Als ob. Ich steh doch ohnehin schon auf deiner Abschussliste, weil ich deine Schwester in … eine missliche Lage gebracht habe.«

Er hatte recht, aber das würde er dem Bastard sicherlich nicht laut sagen. »Lass sie gehen und ich verspreche dir, dass ich euch laufen lasse«, log er. »Nimm Ramirez und hau ab.«

Steve verzog spöttisch das Gesicht. »Scheiße, nein! Das kannst du vergessen. Für wie dumm hältst du mich?« Sein Arm zog sich fester um Marias Mitte und ein leises Wimmern drang über ihre Lippen, das Diego bis in seine Knochen spürte. Steve zog sie mit sich, an Diego vorbei, auf Ramirez zu. Doch zu jedem Zeitpunkt hielt er sie als lebendigen Schutzschild vor seinen Körper, sodass es Diego unmöglich war, einen klaren Schuss auf ihn zu bekommen. »Das Mäuschen nehme ich schön mit. Als Sicherheit. Eine Garantie dafür, dass du Ramirez am Leben und die *Baracudas* in Ruhe lässt. Wir werden sie ein paar Tage irgendwo verstecken und dann … vielleicht … wieder gehen lassen.«

Steve machte einen Schritt zurück, weiter in Richtung Ramirez, sicherlich zum Hinterausgang, und Diegos Finger zuckte auf dem Lauf. Die Angst, die seinen Herzschlag verlangsamte und sein Blut einfror, kroch weiter durch seinen Körper und ballte sich in seinem

Magen zu einem kalten, großen Ball zusammen. Er wusste nicht, was er von Maria wollte. Er hatte keine Ahnung, was es war, das er spürte, wann immer sie lächelte. Aber er wusste, dass er sie schützen würde, und wenn es ihn das Leben kostete. Sie war … Maria. *Seine* Maria. Und jeden, der ihr ein Haar krümmte, würde er mit einer Harpune jagen und den Wölfen zum Fraß vorwerfen.

»Du kennst mich nicht, Steve«, sagte er leise. »Aber Ramirez kennt mich. Er weiß, dass dein kleiner Plan eine schlechte Idee ist. Denn wenn du sie mitnimmst, werde ich dich finden und zerstückeln und an einen Metzger verkaufen. Lass sie los, bevor ich meine Geduld verliere.«

Einen Moment lang schielte der Blonde unsicher zu seinem Kollegen. Doch Ramirez sagte nichts. Er starrte immer noch in den Lauf der Pistole und schluckte sichtbar. Denn ja, er wusste, wozu Diego in der Lage war.

»Ich nehme Ramirez mit«, stellte Steve klar und positionierte sich neben ihm, mit dem Rücken zur Tür, die zur Umkleide führte. »Wir werden jetzt gehen und du wirst hier stehen bleiben, dann sehe ich vielleicht davon ab, der süßen Kleinen hier das Hirn wegzupusten.«

Diegos Gedanken rasten und er hielt den Blick auf Marias unschuldiges, blasses Gesicht gerichtet, während er nach einer Lösung suchte … als sich plötzlich die Tür hinter Steve und Ramirez einen Spalt weit öffnete.

Sein Herz stand still, als er Adriana erkannte, die ihm kaum merklich zunickte, bevor sie mit dem Finger auf Steve und dann auf sich selbst deutete.

Diego verstand sofort.

»Ich würde nicht gehen«, murmelte er und machte einen Schritt vor. Sein Blick flog zu Ramirez' Gürtel, an dem seine Waffe hing. »Es wird doch gerade erst interessant ... *Runter, Maria!*«

Die letzten Worte brüllte er und dann ging alles ganz schnell.

Maria ließ sich einfach zu Boden fallen, während Adri mit einem Schrei die Flasche schwang und dem überraschten Steve auf den Hinterkopf schlug. Ramirez zuckte zusammen, hob verwirrt die Augenbrauen – kam aber zu keiner weiteren Bewegung. Bevor er verstehen konnte, was gerade passierte, holte Diego aus und schlug ihm mit der Faust ins Gesicht. Er spürte Ramirez' Nasenbein unter seinen Fingerknöcheln brechen, bevor der Mafioso nach hinten kippte. Steve sackte neben ihm zusammen, eine Platzwunde am Hinterkopf.

Hastig bückte Diego sich und kickte ihm die Waffe aus der Hand, bevor er auch Ramirez die Pistole abnahm und sie in seinem Hosenbund verstaute. Erst dann stand er wieder auf und sah zu Maria.

Seine Schwester hockte auf dem Boden und sah verächtlich auf ihren nun wahrscheinlich Ex-Freund hinab, doch Maria starrte nur ihn an. Die Lippen leicht geöffnet, das Gesicht noch immer gespenstisch blass.

»Ich weiß«, flüsterte er und zog sie fest in die Arme. »Alles okay?«

Sie schmiegte sich an seinen Oberkörper und ihr Atem strich über seinen Hals, während er sie so fest an sich drückte, dass es kaum bequem für sie sein konnte. Doch sie beschwerte sich nicht. Sie legte die Arme um ihn, presste ihr Gesicht an seine Brust ... und erst als sie »Mir geht es gut« wisperte, entspannte er sich.

Die Kälte floss aus seinem Körper und ließ nichts als Wärme zurück. Seine Lunge und seine Augen brannten, doch er ignorierte beides. Er schloss die Augen, presste die Lippen an ihre Schläfe und atmete zitternd aus. »Ich hatte in meinem Leben noch nie solche Angst.« Und es war die Wahrheit.

Maria nickte stumm, so als würde es ihr genauso gehen.

»Es tut mir so leid«, murmelte er. »Ich hätte mich einfach von dir fernhalten sollen, dann wäre nichts passiert.«

Sie schüttelte den Kopf und er spürte, wie warme Tränen in sein T-Shirt sickerten. »Es war nicht deine Schuld. Du hast mir gesagt, dass ich im Hotel bleiben soll.«

Ja, aber er hätte wissen müssen, dass sie ihm nachlaufen würde. Denn Maria tat nie das, was er von ihr erwartete.

»Was tun wir jetzt, Diego?«, drang eine brüchige Stimme zu ihm durch.

Er öffnete die Augen und sah in das unsichere Gesicht seiner Schwester.

Langsam ließ er Maria los und blickte zu Boden.

Er wollte sie töten. Sie beide umbringen. Noch nie in seinem Leben war er so hasserfüllt gewesen wie jetzt. Doch als er in Marias tränenverschmiertes Gesicht sah, in ihre großen, braunen Augen, wusste er, dass er das nicht würde tun können. Weil sie glaubte, dass er ein besserer Mann war – ein Mann, der er gerne sein wollte. Für sie.

»Wir … fesseln sie und rufen die Polizei. Und dann hauen wir ab.«

»Wohin abhauen?«, fragte Adriana verwirrt.

»Weg«, sagte Diego fahrig. »Raus aus der Stadt. Ich …« Sein Blick flackerte zu Maria. »Ich hab gesagt, dass ich nicht lange bleiben will.«

»Du willst gehen?«, fragte Maria leise und wischte sich die Tränen von den Wangen. »Zusammen mit deiner Schwester einfach abhauen?«

Nein. Nein, das wollte er nicht. »Komm mit uns, Maria«, flüsterte er eindringlich und legte ihr eine Hand in den Nacken, damit sie ihn ansehen musste. »Komm mit uns und wir fangen irgendwo von vorn an. Du kannst überall Kleidung entwerfen. Komm mit …« Er schluckte, wusste nicht, was er wollte … wusste nur, dass er Maria noch nicht gehen lassen konnte und flüsterte: »Komm mit *mir*.«

Marias Augen weiteten sich und einige Sekunden lang starrte sie ihn nur perplex an. Dann – ganz langsam – schüttelte sie den Kopf. »Ich will nicht mit dir mitgehen, Diego«, flüsterte sie und neue Tränen sammelten sich in ihren Augen. »Ich will, dass du bleibst.«

Verwirrt blinzelte er sie an. »Was?«

»Ich will auch nicht gehen!«, sagte Adriana mit fester Stimme. »Das hier ist mein Zuhause. Ich mag San Colina.«

Diego schüttelte den Kopf. »Wir können nicht bleiben.«

»Wir können machen, was wir wollen«, sagte Adriana aufmüpfig.

»Nein.« Diegos Stimme war schärfer als gewollt, doch er konnte sich nicht davon abhalten. »Das hier ist das Territorium der *Baracudas*, wir …«

»Mit denen werden wir fertig«, murmelte Adriana.

»Siehst du doch«, meinte auch Maria und nickte zu den leblosen Gestalten am Boden.

Diego lachte trocken auf, ließ Maria los und fuhr sich mit der Hand durch die Haare.

»Das kann nicht euer Ernst sein.«

»Ist es aber«, wisperte Maria und griff nach seiner Hand. »Du hast mir erzählt, dass du dein ganzes Leben lang nicht zur Ruhe gekommen bist. Dass eine Pflanze die einzige Konstante in deinem Leben ist. Aber das muss nicht sein, Diego. Du hast es verdient, ein Zuhause zu haben!«

»Sie hat recht, Diego«, murmelte seine Schwester und sah ihn traurig an. »Du willst einen Neuanfang. Hab ihn hier.«

Wieder lachte er. Sie hatten keine Ahnung, wovon sie sprachen!

»Wenn du einmal wegläufst, rennst du für den Rest deines Lebens weg, Diego«, murmelte Maria und ihre warmen Finger drückten seine. »Ich habe gerade erst wieder angefangen, mich mit meinen Schwestern zu verstehen. Das bedeutet mir etwas. Ich werde nicht gehen.«

»Ich gehöre nicht hierher«, murmelte er kopfschüttelnd.

»Doch, das tust du. Du gehörst … zu mir. Ich kann dein Zuhause sein.«

Seine Brust zog sich schmerzlich-süß zusammen und er wünschte, es wäre so einfach. »Du kennst mich doch gar nicht, Maria«, wisperte er und fuhr mit dem Daumen über ihre Wange, an der eine weitere Träne hinabperlte. »Du weißt nicht, wer ich bin.«

»Natürlich weiß ich das«, widersprach sie. »Ich hab in dein Herz gesehen. *Du* bist es, der vergessen hat, wer er ist. Du bist ein guter Mann, Diego. Du liebst deine Familie, du beschützt die Menschen, die dir etwas bedeuten … und ich kann dir helfen, das zu verstehen.«

Mit geöffnetem Mund sah er sie an. In ihre ernsten, dunklen Augen. Sie glaubte, was sie da sagte. Sie glaubte, dass er ein reines Herz hatte.

Und er wollte der sein, den sie sah. Wollte es so sehr. »Ich weiß nicht, ob ich es kann, Maria«, murmelte er. »Der Mann sein, den du denkst, zu kennen.«

»Aber das musst du doch auch gar nicht!«, sagte sie hastig. »Du musst es nicht wissen. Und du musst mir nicht versprechen, dass du ewig bleibst. Du sollst es nur versuchen. Mit mir.«

»Du hast es verdient, Diego«, sagte Adriana ruhig. »Alles, was sie sagt, ist wahr. Sie scheint eine sehr kluge Frau zu sein. Kluge Frauen sollte man nicht gehen lassen.«

Diego schluckte, öffnete den Mund, wollte etwas sagen, doch er kam nicht dazu.

»Geht ihr«, meinte Adriana mit fester Stimme. »Geht in Marias Hotel. Ich bleibe für die Polizei. Ich arbeite hier, Steve ist mein Freund …« Sie schluckte hörbar und lächelte wacklig. »Sie würden mich so oder so befragen. Wenn ich sie anrufe, sieht es besser für mich aus. Ich kann ihnen erzählen, was passiert ist.«

Diego hob die Augenbrauen.

»Meine Version erzählen«, setzte Adriana hinzu. »Aber haut ab, bevor sie wieder aufwachen. Je eher ich die Polizei rufe, desto besser.

Adriana hatte recht. Wenn sie bleiben wollte, war das die beste Wahl. »Schön, ich …« Er schnaubte. Diese Situation entwickelte sich ganz anders als gedacht. »Fesselt sie, solange ich noch kurz etwas erledige.«

Maria und Adriana nickten, verschwanden in der Umkleide und kamen mit verschiedenen Peitschen und Fell-Handschellen zurück. Sie machten sich an den beiden Bewusstlosen zu schaffen, während Diego einen alten Kassenbon aus seiner Jeanstasche und Ramirez den Kugelschreiber aus der Brusttasche zog. Er drückte den Bon an die Wand und kritzelte ein paar Sätze darauf.

Als er fertig war und bemerkte, dass die beiden Männer wie zwei Päckchen verschnürt waren, zog er mit verdrießlicher Miene Ramirez' Hose am Gürtel etwas nach oben und stopfte den Zettel hinein.

»Damit die Polizei ihn nicht findet.« Ramirez würde schon merken, dass er was in der Hose stecken hatte. Dann wischte er die Fingerabdrücke mit Hilfe seines T-Shirts von Ramirez' und Steves Waffen und legte sie neben die Körper. »Ruf mich an, sobald die Bullen mit ihrer Befragung durch sind, Adriana«, sagte er scharf und zog sie in seine Arme.

Er spürte sie nicken, bevor sie flüsterte, sodass nur er es hören konnte: »Du hast alles Glück der Welt verdient, Diego. Und verständnisvolle Frauen wie Maria wachsen nicht auf Bäumen, also versau es nicht!«

Schnaubend ließ er sie los und wandte sich Maria zu, die schluckte, nickte und ihm voran den Stripschuppen verließ.

Sie liefen schweigend durch den Tanzraum und Maria sprach erst wieder, als sie durch die zersplitterte Tür ins Sonnenlicht traten.

»Ich habe das ernst gemeint, weißt du«, murmelte sie und nahm seine Hand in ihre, um ihn nach links in Richtung des Hotels zu ziehen. »Ich kann dein Zuhause sein.«

Ein breiter Kloß drängte sich in seinen Hals, während sie das *Pussys 4 ever* immer weiter hinter sich ließen. Die ersten Polizei-Sirenen ertönten in der Ferne. »Du solltest so etwas nicht leichtfertig sagen, Maria.«

»Das tue ich nicht. Ich …« Sie holte tief Luft und drückte zögerlich seine Finger. »Ich glaube, ich liebe dich.«

Ein Ziehen setzte in seiner Brust ein und seine Mundwinkel zuckten, als er ihr einen Seitenblick zuwarf. »Ach, glaubst du das?«

Marias Wangen liefen rosa an. »Ja. Und ich glaube … dass du mich auch lieben könntest.«

»Aha«, bemerkte er und unfreiwillig brach das Lächeln weiter auf seinem Gesicht aus. Er wusste nicht, wie sie es machte, aber wenn er mit ihr zusammen war … dann war jeder Moment, in dem er nicht lächelte, vergeudet.

»Ja«, fuhr sie fort. »Ich glaube, du hast dich noch nie so gefühlt wie bei mir und ich … ich glaube, das ist gut so.« Das Hotel kam in Sicht. »Denn ich fühle mich bei dir wie noch nie bei jemand anderem und …« Sie brach ab, ihr Kopf rot wie eine Tomate. »Das Wetter ist schön, oder nicht? Die Sonne ist … sehr gelb.«

Er konnte nicht anders, er musste lachen. »Was habe ich dir das letzte Mal gesagt, als du über das Wetter geredet hast?«

»Dass du mir in mein Getränk pisst. Aber gerade habe ich keins, also bin ich auf der sicheren Seite.«

Ah, sie war wirklich sehr klug.

Sobald sie die quietschende Drehtür des Hotels erreicht hatten, blieb er stehen. Maria folgte seinem Beispiel und sah erwartungsvoll zu ihm auf. »Du hast recht, Maria«, murmelte er eindringlich. »Ich habe mich noch nie so gefühlt wie bei dir. Es ist … als würdest du all das an mir mögen, was noch kein anderer gemocht hat.«

»Aber?«

»Aber ich habe ein sehr gefährliches Leben geführt und das wird nicht einfach so verschwinden.«

Sie nickte. »Ich weiß. Doch das ist okay. Ich werde für dich beten.«

Seine Mundwinkel zuckten. »Ich weiß nicht, ob das genügt.«

»Das ist mir egal«, sagte sie. Ihr Blick todernst. »Ich habe mir mein ganzes Leben lang sagen lassen, dass ich prüde und langweilig bin. Dass ich keine Risiken eingehe. Dass ich vorsichtig sein soll. Aber du … du bist das erste Risiko, das ich nicht missen möchte! Du hältst mich nicht für langweilig, du findest mich witzig. Ich mag den Menschen, den du aus mir machst.«

»Ich mache gar nichts«, sagte er kopfschüttelnd. »Das bist allein du.«

Sie lächelte breit. »Nein. Aber ich liebe es, dass du das denkst.«

Und er liebte, dass sie ihm vertraute. Dass sie an ihn glaubte. Egal, was er schon getan hatte. Als wäre sie Gottes persönlicher Beichtstuhl, der ihm auf äußerst befriedigende Art und Weise die Sünden aus dem Körper vögelte. Und vielleicht hatte Maria recht … vielleicht liebte er sie. Er hatte keine Ahnung. Er kannte das Gefühl nicht. Er wusste nur, dass er sie nicht gehen lassen konnte.

»Diego«, flüsterte sie. »Was hast du auf den Zettel geschrieben? Den in … Ramirez' Hose?«

»Dass ich bleiben werde und nicht plane, ihnen in die Quere zu kommen. Solange sie Adriana, dich und dein Hotel in Ruhe lassen.«

Marias Augen wurden riesig. »Du bleibst? Wirklich?«

Er nickte unsicher. »Ich kann nicht versprechen, dass es für immer ist, denn ich weiß nicht, ob es für immer ist ...«

»Was weißt du dann?«

»Dass du dich wie ein Zuhause anfühlst«, sagte er leise und küsste sie.

Und als sie ihre weichen Lippen für ihn öffnete, sich eng an seinen Körper schmiegte und die Fingernägel in sein Shirt krallte, dachte Diego, dass Maria recht hatte. Das Wetter war schön. Und die Sonne war sehr ... gelb.

EPILOG

»Ich habe mich tatsächlich für die Eyelashspitze am Bügel entschieden, sie aber noch ein bisschen länger gemacht als im ersten Entwurf. Alessia war auch begeistert und hat es an unseren Hersteller weitergeleitet. Ich warte jetzt auf die Stoffproben und schaue, ob alles so passt, wie ich mir das vorgestellt habe …« Maria hob den Blick von ihren Entwürfen und sah Estelle fragend an, die neben ihr am Empfangstresen lehnte.

»Okay, wunderbar. Dann kannst du ja bald deine Muster nähen und mich noch mehr begeistern als ohnehin schon.« Ihre Schwester schenkte ihr ein breites Lächeln.

Maria schmunzelte. Sie wusste nicht, ob sie es sich nur einbildete, aber Estelles Lächeln erschien ihr freundlicher und weniger herablassend als noch vor wenigen Tagen. Vielleicht hatte sie aber auch einfach gelernt, die Wärme dahinter zu erkennen. »Ich hoffe, dass es dir gefällt. Schließlich wirst du es bei der Modenschau tragen.« In ihren Vorstellungen schwebte ihre Schwester

261

bereits in einem Traum aus weißer Spitze über den Laufsteg. Energisch brachte sie die leise Stimme des Zweifels in ihr zum Verstummen. Aber es würde funktionieren. Es musste!

»Ach, da mache ich mir keine Gedanken. Ich habe schon viel gesehen und getragen und all meine Kritik natürlich sehr konstruktiv weitergegeben, damit ich etwas Perfektes präsentieren kann. Apropos ... wie sieht es mit den Strümpfen aus, hast du dir da was überlegt?«

»Ich habe schon gefühlt einhundert Entwürfe gezeichnet, aber war noch mit keinem zufrieden. Sie werden auf jeden Fall halterlos und sollen bis zur Mitte des Oberschenkels reichen. Ich denke, ich setze deinen Vorschlag mit der Ajour-Spitze um. Eher schlicht, aber eben nicht zu schlicht ...« Maria schob ein paar Zeichnungen beiseite, die ausgebreitet aus dem Tresen lagen, bis sie das richtige Blatt gefunden hatte.

Estelle beugte sich über ihre Schulter und hob quälend langsam eine Augenbraue. »Also die hier fallen eindeutig unter zu schlicht.« Sie beschrieb mit ihrem Finger einen Kreis um die Zeichnungen auf der linken Seite. Dann stockte sie und deutete auf ein Bild, bei dem sich feine Stickereien an der Seite des Strumpfes fast bis hinab zum Knöchel zogen. »Das gefällt mir.«

Maria jubelte innerlich, denn dieses Stück war ihr eigener heimlicher Favorit gewesen. Auch wenn irgendetwas noch nicht passte — aber das würde sie herausfinden. »Das dachte ich mir schon.«

»Schön, dann kannst du daran ja weiterarbeiten. Meinst du, dir reichen zwei Monate, um die Kollektion fertigzustellen? Wenn wir die Modenschau hier im Hotel veranstalten, wäre das perfekte Werbung. Mr. Harper war bei seiner ersten Kontrolle gestern ja sehr zufrieden, aber … ich bin noch nicht zufrieden mit den Umsätzen.«

Maria riss die Augen auf und ihr Puls beschleunigte sich augenblicklich. Das Wort *Modenschau* klang so wahnsinnig ernst und obwohl sie bereits Dutzende dieser Veranstaltungen bestritten hatte, war sie doch jedes Mal aufs Neue aufgeregt. Außerdem kam es ihr verrückt vor, dass sie bereits seit einem Monat wieder in San Colina sein sollte. »Eine fabelhafte Idee. Das mit der Kollektion wird kein Problem, ich kenne den Hersteller gut. Wir könnten den Laufsteg durch das Foyer bis in den Festsaal aufbauen. Das ist zwar nicht optimal, hat aber schon einen gewissen Flair.«

Estelle nickte zufrieden. »Perfekt. Dann mache ich mich ab morgen an die Organisation und setze ein Datum fest. San Colina tut es auch gut, wenn hier mal etwas Sexyness aufkommt. Ich hab viel zu lang keine heißen Männer im Anzug mehr gesehen.«

Maria lächelte ihre große Schwester glücklich an. »Danke, dass du mir hilfst. Hoffentlich pusht der Auftritt auch deine Karriere noch ein bisschen.«

Bei diesen Worten verblasste Estelles Lächeln sofort. Sie beugte sich zurück und verlagerte das Gewicht von einem auf das andere Bein. »Ja, weißt du … dazu muss ich dir eigentlich noch etwas sagen. Ich …« Sie hob den Blick und ihre Augen weiteten sich, als sie etwas über Maria Schulter entdeckte. Sie setzte wieder ein Lächeln auf. »… muss mir dringend noch mal die frisch gestrichene Außenfassade dieses Bald-5-Sterne-Hotels anschauen. Du hast hier ja alles im Griff, Schwesterchen? Bis später!« Ohne Maria die Chance zu geben, etwas zu erwidern, drehte sie sich um und lief davon. Sie wollte ihr nachrufen, da vernahm sie ein aufforderndes Räuspern hinter sich und wirbelte herum.

Diego stand dort, die tätowierten Unterarme auf dem Holz abgelegt. Bei seinem Anblick war das merkwürdige Verhalten ihrer Schwester sofort vergessen. Er trug eine Sonnenbrille. Genau wie damals, als sie sich das erste Mal begegnet waren. Er lächelte nicht.

»Alles in Ordnung?«, fragte sie alarmiert. Er war heute zum Probearbeiten bei San Colinas Gartencenter gewesen und sie hoffte, dass alles glattgegangen war. Zumindest Bonsais konnte er mit Sicherheit sehr gut verkaufen.

»Natürlich«, antwortete er mit Grabesstimme. »Abgesehen davon, dass mich deine eingesperrten Brüste so ablenken, dass ich glatt vergessen habe, was ich dir sagen wollte.« Ein träges Grinsen schlich sich auf seine Lippen.

Auch wenn es ganz und gar nicht elegant aussah, beugte sich Maria über den Tresen, um Diego gegen den Oberarm zu boxen. Was ihm natürlich rein gar nichts ausmachte.

»Also, was willst du wirklich?«

»Dir etwas zeigen.«

»Ich habe in etwa zwei Stunden Feierabend.«

»Das dauert mir zu lang.« Er beugte sich vor und griff nach ihrer Hand. Sofort beschleunigte sich Marias Herzschlag und ihr Mund wurde trocken. Wieso dachte sie direkt an etwas Sexuelles, wenn Diego ihr etwas zeigen wollte? »Außerdem sehe ich hier keinen Gast«, fuhr er fort.«

»In Ordnung, aber nur fünf Minuten.« Maria umrundete den Tresen.

»Klar«, bestätigte Diego, wobei er aber nicht sonderlich überzeugt klang. Er zog sie in Richtung der – seit zwei Tagen nicht mehr quietschenden – Drehtür, die vor das Hotel führte.

Er verschränkte die Finger mit ihren und sorgte so dafür, dass sie ganz dicht neben ihm laufen musste. Vor dem Hotel bog er zur Seite und betrat den kleinen Innenhof, auf dem die Autos von zwei der Köchinnen parkten.

Maria warf Diego einen Seitenblick zu und sah, dass er noch breiter grinste als zuvor. Er zog sie hinter eines der Autos und Maria verharrte.

Dort stand ein Motorrad. Ein riesiger Koloss aus Stahl und Leder, mit matt dunkelgrauer Verkleidung. Es war wirklich schön – und sah unglaublich teuer aus.

»Was ist das?«

»Und da erzähle ich allen immer, du wärst so intelligent. Das ist ein Motorrad.« Diego drückte ihre Hand.

»Hast du das … geklaut?«

Diego lachte leise. »Nein, ich habe es gekauft. Ich muss mich in diesem Kaff ja irgendwie stilvoll fortbewegen.«

Marias Herz machte einen Purzelbaum. Er blieb hier. Sie konnte es noch immer nicht ganz glauben und es überschwemmte sie jedes Mal mit einer Welle von Glück, wenn sie daran dachte. Er blieb wirklich hier, in San Colina. Bei ihr, im Hotel.

»Danke«, hauchte sie und schlang die Arme um seinen Hals. Diego legte eine Hand auf ihre Hüfte und schob mit der anderen die Sonnenbrille hoch auf seinen Kopf.

»Das Motorrad ist für mich, nicht für dich.«

Maria lächelte nur breit und blinzelte ein paar aufmüpfige Tränen weg. Dann beugte sie sich vor und
drückte ihre Lippen auf seine, schmeckte ihn und wusste, dass das alles war, was sie wollte. Diego. Trotz all
seiner Kanten und seiner Macken. Oder gerade deshalb.
»Ein bisschen ist es auch für mich«, murmelte sie an
seinen Lippen.

Diego zog sich zurück und brachte etwas Abstand
zwischen ihre Gesichter, ohne sie loszulassen. »Ach,
richtig«, sagte er. »Motoröl und Biker, waren das nicht
deine Vorlieben?«

Maria spürte, wie ihr das Blut in den Kopf stieg. Sie
presste die Lippen aufeinander.

»Und ich dachte, das Schamgefühl hätte ich dir in den
letzten Wochen ausgetrieben.«

»Du musst es ja nicht immer provozieren.«

»Provozieren ist aber eine meiner großen Leiden-
schaften. Sie steht gleich nach der, dich zu …«

»Pscht!« Maria legte ihm einen Finger auf die Lippen.
»Jetzt zerstör doch nicht den Moment.«

»Den Moment zerstören womit?«

»Mit schmutzigen Wörtern.«

Diego lachte rau. Er verengte die Augen und fixierte
Maria. Er umfasste ihre Hüfte und drängte sie langsam
zurück, bis sie mit dem Po gegen das Motorrad stieß.
»Na, wenn ich es nicht aussprechen darf, darf ich es dir
dann wenigstens zeigen?«

»Aber doch nicht hier!« Maria schob ihren Kopf zur
Seite und schaute an Diego vorbei nach oben zu den
Hotelzimmern, die zum Innenhof zeigten. Die ge-
schmacklosen Vorhänge verdeckten alle. Zwar gab es
kaum einen Grund, wieso jemand genau um diese Uhr-

zeit in den nicht gerade ansehnlichen Innenhof schauen würde, aber man konnte ja nie wissen …

»Ich finde, hier ist genau der richtige Ort«, entgegnete Diego mit dunkler Stimme. »Hier, auf den Ledersitzen dieses Motorrads. Ich kann meinen nackten Oberkörper gern auch noch mit Motoröl einreiben, wenn dir das gefällt …«

Marias Atem ging schwer. Obwohl sie wusste, dass er sie gerade aufzog, machten seine Worte sie an. Eine ordentliche Portion Motoröl würde ihm sicherlich stehen …

Als er seine Lippen auf ihre presste, war es ihr schon fast egal, dass jemand zuschauen könnte. Er umschlag fest ihre Hüfte und hob sie so hoch, dass sie halb auf dem Motorrad saß, nur ihre Fußspitzen berührten noch den Boden und gaben ihr etwas Halt.

Sie krallte die Finger in Diegos Haare und zog ihn näher zu sich heran. Er drängte sich zwischen ihre Beine, rieb seinen Oberschenkel an ihr. Leise stöhnte sie an seinen Lippen auf. Sollten die Hotelgäste doch zusehen … Vielleicht kamen sie dann wieder.

Diego legte eine warme Hand auf ihren Oberschenkel und zog den Rock nach oben. Er beugte sich vor und biss ihr leicht ins Ohrläppchen. Sie stöhnte leise auf … als plötzlich ihr Handy klingelte.

Sie stöhnte auf. »Ignorier es«, murmelte sie und legte mit einem genüsslichen Seufzen den Kopf in den Nacken, als sich Diegos Lippen bis zu ihrem Hals vorarbeiteten.

Doch der Anrufer war hartnäckig. Nach dem zehnten Klingeln entfernte sich Diego genervt von ihr, griff in die Tasche ihres Blazers und zog das Handy hervor. Mit einem Stirnrunzeln schaute er auf das Display.

»Wer ist es? Drück ihn weg.«

Stattdessen nahm Diego ab und hielt sich das Handy ans linke Ohr. Marias Herz setzte einen Schlag aus.

»Es tut mir sehr leid, Herr Pfarrer, aber ich muss jetzt mit ihrer Tochter schlafen«, sagte er höflich, hielt Maria dabei aber mit seinem Blick gefangen. Ein diebisches Lächeln umspielte seine Lippen. Dann drückte er den Anrufer weg und ließ das Handy achtlos auf den Schotter neben dem Motorrad fallen.

Es dauerte einige Sekunden, bis Diegos Worte in Marias Kopf ankamen. Er hatte doch gerade nicht … Er hatte … ihr Vater! »Du … was hast du getan?«

Das Lächeln verschwand nicht aus Diegos Gesicht. »Irgendwann wirst du mich ihm sowieso vorstellen müssen.«

Ja, aber bevor sie nicht schwanger war oder er ihr einen Antrag machte, müsste das ja noch nicht sein …

Bevor das Gedankenkarussel in ihrem Kopf richtig in Schwung kommen konnte, war Diego wieder über ihr und presste seine Lippen fordernd auf ihre. Verbannte ihren Vater mit seinen Küssen aus ihrem Kopf. Mit seinen Händen, mit seinen Berührungen.

Es war ihr egal, was er über sie dachte. Es war ihr egal, was alle über sie dachten.

Aber ihr war nicht egal, was Diego zu der neuen Unterwäsche sagen würde, die sie heute trug …